时光的河

白羚 著

The River
of Time

上海文艺出版社

图书在版编目（CIP）数据

时光的河／白羚著. — 上海 ： 上海文艺出版社，
2023.12
ISBN978-7-5321-8891-8

Ⅰ. ①时…Ⅱ. ①白…Ⅲ. ①散文集—中国—当代
Ⅳ. ① I267

中国国家版本馆 CIP 数据核字（2023）第 228725 号

责任编辑　毛静彦
特约编辑　长　岛
封面绘画　杜兴鹏

时光的河
白羚　著
上海世纪出版集团　上海文艺出版社
上海市闵行区号景路 159 弄 A 座 2 楼　201101
上海文艺出版社发行中心发行
上海市闵行区号景路 159 弄 A 座 2 楼 206 室　201101　www.ewen.co
苏州市越洋印刷有限公司印刷
开本 880×1230　1／32　印张 10.25　插页 2　字数 205，000
2023 年 12 月第 1 版　2023 年 12 月第 1 次印刷
ISBN　978-7-5321-8891-8／I·7005　定价：68.00 元

告读者　如发现本书有质量问题请与印刷厂质量科联系
T：0512-68180638

自序

从少年时代开始，去远方的想法就像猛火一样炙烤着我，撩拨着我，让我生生地疼，让我无从平息。

离开父母，离开家，离开洞庭湖畔我熟悉的小城，离开有我儿时记忆的村庄，离开所有熟悉的人和事，离开故乡……

有多远走多远。为了成为那只展翅的鸟儿，为了不被"他们"牵绊，我在一个毫无睡意的夜里兴奋地准备着自己简单的行装，那是一个宽大丑陋、手感粗糙的牛仔布包。

离开故乡多久了？我忽然答不上来。又见春天，金陵行道上的早樱温和地开着，紫丁香款款而来，垂丝海棠还在与左邻右里热切地交谈着，我却怀念起故乡那一大片明黄色的油菜花。

那是一大片明晃晃亮瞎眼的黄。锦缎一样的铺开在前后两个村落之间，开阔极了。没有游客和打卡者的叨扰，没有手机的快门声，观众席里只有蜜蜂、麻雀，还有恰好路过的和风与天上流浪的云。

只有父亲单位红砖砌起的院子里，他自己开辟了一小块油菜地，在一溪之隔的田埂的这边，这些小油菜苗也会在貌似无声中以飞速向上的节奏融进这一季的交响曲。也是在自己的这片小小的油菜地里，连续好几年，父亲都会喊上母亲、姐姐，拉着我穿过紧挨在一起的密密的油菜花枝，在花瓣的簇拥中展露出我们的笑脸，那唇角发梢黏着黄色的花粉、嘴角眉间带着浓浓喜悦的春天的笑脸。

长大了，我已经不能轻易回答出"离开故乡多久了？"这样的问题。白云苍狗，我已经到了需要屈指细数的年纪。

多少年的奋力奔跑，多少年的潇洒行走，不止千里之外，不止异国他乡。我以为淡忘的故乡和相关影像却日渐清晰，日渐蔓延，渐如怀抱，包裹着我，又如那条熟悉的小溪，温润着我，滋养着我，直到灵魂深处。而其中，母亲的慈爱与温暖，故乡的四季风物与味道，儿时的回忆，熟悉的地名，年少的青涩……都在我乡愁起时又默默地疗愈着我。

只是，故乡仍然是不小心被我冷落，仍然是差点被我弄丢的地方。故乡，在青丝白发间，悄悄变成了回不去的远方。

品味人生各个阶段的情感，有时那难以言喻的滋味，找不到宣泄的出口，唯有寄情于笔墨。

大概十三岁时，我偷偷地在小本子上写着只有自己才懂的诗歌短句。又在某个大雨滂沱的下午，我一下从四楼教室窗口扔下一大把碎纸，那是我几个月秘密写的作品，因为不太满意，索性与它们永别！

那时的我是胆怯的，写东西生怕被同学发现，既怕被嘲笑，更怕被同学"盯梢"。除了作文课，我能大方地写作，要数十六岁高三毕业的日子。散文诗创作也是那时开始的，处女作《不为什么，真的》发表于优秀刊物《散文诗》并获得"年度最受读者欢迎作品奖"，那时起，从笔头流出的散文与散文诗，便成了我心灵的寄托。《心语》《花祭》等散见于各种杂志报刊。今天，又把它们融进了《时光的河》里。

《时光的河》收录的作品主要是以散文为主，还有少量散文诗。在书里，爱情似乎更多是用散文诗来表达，既有张扬的棱角，又有隐晦的深沉。而对故乡的惦记、对远方的思考则大多是用散文来表达。

本书中，故乡是主角。从年少到中年，一路行来的内心感发、人生感悟，有年少时的朦胧浪漫，有挫折时的迷茫，有对人生的思考和沉淀。散文的立体与丰富，更能展示故乡的各个方面。

"我们，都住在时光里。"兜兜转转，跌跌撞撞，经历是人生最大的获得，不论喜与悲。时光，打磨着世间万物却也成就着不同的你我。

杨绛先生说："最美的样子，是在烟熏火燎之后，依旧能保持善良、爱美的秉性。花谢了，修剪好枝叶；叶落了，保持树的骨干。一地鸡毛不需人知，岁月静好且自从容。"

做真实而有温度的自己，内心柔软而不失勇敢，睿智豁达而不失从容，大概是你我都能在时光里安然守护好自己的缘故吧。

在时光的河里，你、我，同样是主角。

白　羚
癸卯年闰二月初三凌晨
于金陵牛首山河畔

目 录

contents

第一辑　时光里（散文诗系列）

第二辑 乡愁记忆

第三辑　我亦是行人

第四辑　万物生　众生相

第一辑

时光里（散文诗系列）

时光的河

没有风，馨香浮动。

蓦然回首，没有其他赏花的人，没有旁人。轻盈细碎的脚步，伴着略微乱了节奏的心跳。

簇拥的繁花却仿佛陈年的老酒，哪怕没有一丝晃动，没有一丝肌体的触碰，没有一丝体温倾轧的痕迹。

眼前的繁花却仿佛陈年的老酒，静置，静置，在时光的河床里，在记忆的底部。无声，无息，却满世界蔓延。

……是你在唤我吗？第一声怯怯而青涩的呼喊。

击败了经年累月的寒暄与各种台词，如火山爆发时的熔浆，瞬间从地壳深处迸裂出来，穿越黑暗，突达天际！呼喊，你以自己独特的方式，在我的青春隆重登场。

没有风，馨香浮动。

蓦然回首，没有其他赏花的人，没有旁人。轻盈细碎的脚步，伴着略微乱了节奏的心跳。这可是你那年与我相约的山径？甜美的花蕊几乎正出卖着青春的一个个秘密。

少年对爱情的憧憬，远不如脑海中的画面来得新鲜靓丽。

几千个日夜之后，眼前这一团艳丽绽放，俨然是哪个新娘胸前的那束捧花，被扔出的瞬间突然赢来人群中几多待嫁女子的争抢，却不知最后的结局？

而你，如同空气，无影，无形，消失殆尽。

而我，如同读别人的故事，数他剧中的情节，平静如同无风的山林。

怦然心动的美好，让我在盈盈一握之际，收获无数的刺痛。

恍然！暗香盈袖，或许原来只是诗人酒后高歌的远方罢了。

而真正的成长，却是在翻着书籍读着诗歌，念念有词，念念就忘的年纪。

来过，夫复何求？

时光的镜像馆，一片混乱。

见到的你是你，见到的你不是你。见到的我是我，眼前的我是我。

放下年少的迷乱和彷徨，带着黑夜上路的坚强，成长。我，在时光的河里，体会生命的奔放与宽广。

今天的你我，又何尝不是昨日他想泅渡到达的远方？……

爱的欢歌

年少时曾被歌曲"特别的爱给特别的你"袭击心房，如同雷声轰鸣过的天空，期待阵雨的洗涤！那是少女特有的幻梦时空。

先生与我的爱恋，当初不被任何人看好。但其后一直的浓墨重彩与不乏诗意，却让我内心满是欣喜。

孩子出生的那天，正是农历的"5.20"，我怕自己记不住农历的日子，特意选了这个不需记忆也定会铭记的特殊日子！

初为人父的夫君，原本大大咧咧，竟在宝宝哇哇落地的一瞬开始，不自觉地有了天翻地覆的变化！他竟然会轻手轻脚地拿取物品，小心而认真地抱着天使般的宝贝，含笑不语地看着他，或温柔地握着他的小手。会懂得了没日没夜地守候与陪伴，会在吃饭时第一个放下筷子，跑去处理孩子的尿布。

在产后的七个日夜，先生似乎没睡过几个整觉，一脸的幸福与满足，虽然这并不足以抵消他日常继续对我的粗心。

男人每日像战车一样，奔波于外面纷扰的世界，还要抵挡各种诱惑与考验，换位思考一下，真心觉得还能带着真爱坚守在妻儿面前的好男子是越发稀少而珍贵。

翻过的日历，使回忆日渐丰腴，感情日渐浓厚。在家的世界里，经线与纬线的交织，书写着别样的风情。你我的相濡以沫，爱与亲情相互融合，却不互相取代，爱情日日都是鲜活生动的。

爱情与锦衣华服毫无关系，爱情与柴米油盐、事业成败并不冲突，爱情是足够纯粹的自然表达，能担起责任，亦能如燕低喃。

时代赋予我们对情感的表达，早已不同于先人。流动的感情，有新内容的感情，才是新鲜美好的。虽不希求字如珠玑，但最真实的内心和适时的表达，本身就是给自己，给对方，给生命最美好的礼赞！

有爱的人，每天都是"5.20"的日子，每天都是情人节！即便如此，我还是有很多的话想娓娓道来，虽然你不在我身旁。流畅地把心底的乐韵变成文字，等到白发苍苍，你也能知晓我此刻在想你，一如你在想我一般！

孩子的成长，更是催发了我们的坚定，今天一早，收录获奖证书一张。

花有千万种，有一种是只为自己绽放美丽的就已足够！你、我、孩子，我们都是自己生命的风景缔造者与欣赏者！

谦卑向世界，真实向内心，挺拔向梦想。空气中弥漫着我爱你的恬淡芬芳！

云上花开

——记贵州赫章高山韭菜花海

其实你只是不起眼的小花一朵，不香不艳，不媚不俗。

是鸟儿掉落的食物？还是风儿吹送的种子，落到了泥土里？

天生天养，骄阳风霜，却催生出你动人的线条。

山坡上，石缝中，硬朗的线条都不抵你独特的绽放。

在天际，在云上，你，让世界柔软丰富，如画卷，如梦境。

世人纷纷不远千里万里，长途跋涉，只为遇见你。

在你绝世而独立的身姿前，我竟不敢抬起手指去轻轻触碰你，生怕我脉搏的跳动毁了这个飘渺的梦。

我只能像个傻子一样，慢慢俯下身去，让目光停留，呆呆地望着你。

海拔二千七百七十七米的高坡上，一株株的野韭菜花，直直地站立着，安静地舒展着自己的花瓣。前后左右，每一朵花，其实都是若干朵的小花瓣三百六十度的聚拢后，再以最自然的姿态开放着。

虽然只是细微的聚拢，却都自带光芒。

彼此的默契天衣无缝，才成就了这坡上草原最高处，似瀑布倾泻的淡紫色的梦。

这可见的让人沉醉，不忍高声、不忍离去的美丽的梦，不深不浅，间着翠绿低矮的叶子，衬着高远湛蓝的天幕，加上游离不定大朵的白云，透着光，迎着风轻巧的摆动。在那接近峭壁般陡峭的山崖顶上，你，冲击着世人对平凡的一切定义。

站在高冈上，你分明就是天上最美的云，他们唤你作云上花海，我唤你作我的爱，我的值得期许一生的恬美怡心的梦！

不为什么，真的

道旁的草已悄然爱上天空的星，夜精灵便将思念纷扬成雪花，缀点那份凝碧。

世界，在无言中透明起来。

帆在颤栗中降下，船泊了。你的桨却仍不住地敲落在我的心头。在那火一般的切望里我粉碎了。呵，温情的诱惑！呵，尘封的世界尘封的我！我已失落了玫瑰，只有新奇的苦痛——是你歌声倏地从云端跌落，是冬在幻梦中远逝。

你的足音如同夏日的雷鸣，正由头顶传到我的心房。你的心灵开始舞蹈，口哨声如初融的一江雪水奔流过我的天空。你在呼唤我，像饥渴的生灵祈求获得甘霖。我渐渐消融在你浅浅的微笑中。可是，暮色已浮上天幕，你走吧。不为什么，真的！

我已给黄昏抹上最浓的一片红霓，我已为你亮起第一颗星辰，北方雪地里绘有蓝色的爱，远方的沙漠正等人去燃起生命的丛林。你走吧，就这样，唱着我的歌，一步一步地走远。走吧，去闪亮青春的每一个二十四小时。你走吧，不为什么，真的！

船轻松地漾开了，高挂着心灵的帆，荡远了，在一个溪水欢腾的日子。

我倾洒满地的汗珠，不知何时，成了天空中你串起的一株红豆。

天空的星爱上了道旁的草，凝碧便将思念纷扬成等候，绽放成永恒的祝福。

掌声正为你的归来期待，香气四溢的花朵也将来到我这里。远别的日子，冬已衰老。

不为什么，真的！

1991 年 2 月

夜半时分

夜，最专业的伪装者，最真实的见证者。

夜了，粉墨悉数登场。

黑夜痴狂，颠倒众生。

黑夜是世界的神。随手散布着氤氲的空气，到处播下撩人的霓虹，酒后肆意挑逗的男女，犹如野兽做了你的门徒。

清醒，是连自己都会被自我嘲笑的谎言。

真实，是被践踏的笑柄。

还有什么值得守望？

莫名的悲伤顷刻冰冻，飞身而下的一刻却记起了流年。

爱情的河流，找不到当年平整宽阔的河床，被迫挤压成冰川，终究少了支撑，倾刻塌垮，碾压着虚幻的时空。

影像，被行走者或拉长，或缩小。纠结缠绕的剧痛，传递到她的心上。

那被刀刃一下一下挑出的纵深沟壑，那被现实踩踏的坑坑洼洼的天地里，到处是真与伪的厮杀，到处是面具下的疯狂。

凌晨三点半，你若无其事地开门回来。跌跌撞撞，摇摇晃晃。灯光投射下是凌乱的步子，桀骜的面容。

"好久不见！"我说。你眼神的敷衍和空洞，让我又脱口而出："好笑！不如不见！"

你旁若无人地脱鞋，照镜，倒头睡去……三分钟后，浑浊的酒味、勇敢的鼾声，充斥着整个世界。

城市的夜晚，热闹非凡。却没有人安慰哭泣的骆驼。

家乡的田园安静祥和，五月的橘花温润怒放。

请允许我把悲伤悄悄寄存。沉沉的黑夜！

这暗长的黑夜，如同一条沉沉的锁链，锁住过往，也锁住了向往。

昨日之前，盈月当空，思念的经纬清晰可见。夜半时分，今日此时，夜的黑，如墨似漆。捆缚，倾轧着我的双腿。

放浪，比潮水更汹涌。湮没的，不过是我脑海里疯狂的想象！现实的空间，我不停地推门关门，粗暴、轻柔，交替无序。我不停地徘徊犹豫。

我一次次站在你的梦境前。

我一脸平静地假装路过。飘落的呓语却将我击得粉碎，我小心地保卫被燃成了灰。

打包好所有的心事，停止啜泣。无风的窗外，有云正轻飘过。它的离去，镌刻下现在的时间，正是凌晨四点半。

天明以后，再无需多言所谓的把握。明天以后，再不必猜忌，所谓的诚意。歌唱起来有点累，是谁找的调不对？风吹干了是与非，还有我的泪，记得你说过不后悔。

如果不是心碎，疲惫也无所谓。如果不是伤悲，枯萎也无所谓。到底谁是你的宝贝，怎么唤不醒我的明媚？

风干的泪痕旁，是天使投来的乌黑双眸。那小小身体，透出满满纯真。让我转瞬间卸下悲伤，忘记流浪。

世间事物，一旦过于恬静美好，终究可能易变为一场幻像。黑夜是考验人性的魔性的神。

何必执拗于没有结果的拉锯战？就此别过，生命的晴朗还有很多。错错错，莫莫莫！

往后余生，船离海港。让灵魂深处的过往不被拉扯。陪伴天使的旅程，才是我真真切切的希望。往后余生，愿一切无恙！

冬日情思

初冬时节，气温尚未降低，一件厚的外套便能轻松出行。原野上，树林间，还颇能领略些深秋时的光景。

柚子树上，挂满了沉甸甸的果实，因为高悬枝头，所以它可以丝毫不用担心，时光的流逝，会阻碍它骄傲的炫耀。

老玉兰树上的苔藓满满的，仿佛褐色旧衣外多了件时尚的短外套。藤蔓依然有事无事地缠着绕着，怕怀中爱人跑了，时不时还会打上一堆大小不一、难解的节，它似乎很是习惯了这种自我满足。

长青的樟树，是最安静的观众，一如既往地低调沉稳，却不失大度。

这个时节，最用尽心机地妆扮与挑逗着大千世界的，当属那一树树枫叶。有的青碧尚未褪尽，便也试着悄悄着了少许的亮黄。有的则是闪烁着杏样的黄，阳光掠过，让人眩目。更有那枉自大胆的，早已迫不及待地，夺了那火红来，让自己如烈焰红唇般，妩媚了整个时空。

一眼望去，百样风情。"世界上没有两片完全相同的叶子"，说得一点不假！

　　"一重山，两重山，山远天高烟水寒，相思枫叶丹。"李煜在《长相思》里点滴的倾诉，幻作了眼前多彩跃动的枫叶，吹着流年，翻看着树下行人尘封心底的青春回忆。

　　如蝴蝶般翩跹的无数片银杏叶，自由轻盈地滑落，飘散在地。一壶茶的功夫，那如青春扬起的金黄裙裾，又如月夜寄相思的一把泛黄的旧绢扇，便都纷扬着铺满了碧绿的草场，红色的步道，灰白的水泥地坪。或是俯下身子，贴合着亲吻起树下褐色的泥土地来。

　　它们可是用心地准备了一年的时间，等待了一年，酝酿了一年，才得以在这看似普通的时日里，化上浓妆，着上飘逸的礼服长裙，如同灰姑娘去光临王子的舞会一样，隆重、热烈地登场。

　　这样的登场，在人们眼中，原本该是悲怜地离去，在你这儿，分明却成为了今生唯一的一次爱的表白！

　　从未觉得草木无情，反倒觉得草木之心于人相似，纷纷扰扰尘世，各有各的哀怨，各有各的向往，各有各的在意，各有各的心事。于我，于你！

　　迷惘时，去寻一片山林，一片能透进阳光浸住流年的山林，云过处，风定时，山林的起伏后定有你清晰的影踪。

断　章

把自己晾在竹竿上，任由野风将心事翻滚，跟时光说：把我化作一汪湖水吧，作一汪深邃密致的湖水，记忆中的爱可以滑落湖心，淹入湖底的黑泥中，即便没有办法死亡。

生命真是一场极为颠簸的考验，纵然迫不得已，无从选择。

流光是一位极为残酷的杀手，抹去青春，敛灭童贞，笑到最后却泪水满面，幸福的伤痕新不覆旧。

一切爱的情节全都像冲泡了数次的茶叶，臃肿黯然，献了容颜奉了青春，却不得不被弃入废水池，随水冲流。

曾经于春夏秋冬都蓄满爱的各色玫瑰，全然忘记自己快速背叛的呢喃恋情，已经另易主人。

"露泣连珠下，萤飘碎火流。"你的影像不断从一条条细长的罅隙里钻冒出来，挤压着我。还有你那不死而顽固的歌声，和那化作琥珀也不降温的手心的温暖，将三千日夜堆积的坚强击为废墟。

风儿揽着我倦怠的灵魂，多想请你把我搁在古老的荒岛上啊。那里有洪蒙未开的原始与希望，那里有世人传颂的亚当和夏娃。

关于你的一切，我必须拱手甩开，我必须不哭泣不隐匿。我要勇敢地掷出那块沉重的石头，那深入到青春髓骨的痛楚，那让岁月承载的无尽的诡异的压迫。

生命中唯一的一次，我成功地担当了射手的角色，所有预定好的轨迹，都瞬间如妖魔般幻变消失。在断臂后的征程上，我选择在清晨出发，去寻找晨光里的号角………

和自己的吟唱

荷花玉兰开了，又纷纷落了不少花瓣。前几日，它们还婷婷玉立，高傲而饱满地绽在枝头。

在乍暖还寒的昨夜傍晚，我牵着孩子温暖柔软的小手，跟他说："宝贝，快看这漂亮的雪花树！"透过昏黄的灯光，那白又泛着点暗金色，孩子铜铃般的笑声洒满整个夜晚！

最近的夜晚，我频频地整理书柜，频频地抚摸着这些被我冷落多时的宝贝。每一个停顿间，都有我少时的情怀，羞涩的青春记忆在涌动。

暗流潜行，在我的心灵深处，没有多么的起伏跌宕，也少了青春时最爱吟唱的风花雪月，可这一刻，平实温热，踏歌而行仿佛做了它的脉搏。

生活如一部自己参演且不得退场的戏剧，场景会改变，曲调会改变，没有变的是我内心的本真！生活如一首有悲有喜、有停顿有奔跑的交响曲，从第一声啼哭开便已拉开了序幕……

偶然在一个褪色的纸袋里看到自己十七岁时的文字，清楚记得它就是写的我连日所见的玉兰花——是同一棵树吗，我想在梦中遇见你！

今夜，我坐在书房的地板上，和自己聊着家常……

2016 年 3 月 18 日

花　祭

（花开花落，季节更迭，过往的一切在生命的长河里演绎出了什么？）

一切还未曾开始，只有花满枝丫。

花满枝丫，众多的目光走过天空，掉进你如醉的微笑，抚摸过你微颤的面容，便都喟叹在抽足之时。肌肤如雪，依旧；走过，依旧。

当季节远足，我不断老去，终成一地飘零，画满困惑。而遥远的天际，知情的风奏起的花祭，已隐约于丛林流动的绿意中。

一切并未开始，却只有花祭，只有花祭。

1992 年 3 月

时光里

时光如一把锋利的剪子，剪下的两边，一边是回忆，一边是遗忘。

时光如一个狭长的隧道，高兴的便是多彩，悲伤的便是黑暗。

时光如一尊透明的琥珀，过去的你在里边，现在的我在外边。

时光无形，却让人能生起无数爱憎。在深深的爱恋里，你会忘了它。在长长的等待里，你会恨着它。

时光无声，却有痕。从青丝到白发，从顽童到老翁，从来时"哇"的特别的招呼，到去时如抹青烟，也如告别枝条的落叶，最后化作尘埃，混作泥土，但也无其他相互区别的方式，都是作了一样的终结。

而今，我在时光里，从一道道透亮的光束里，搜寻着温度不一的过往，大悲大喜都被摒弃在时空之外。

我如同已经为数不多的裁缝，少年拜师，一学经年。每天坐在缝纫机前，擦亮眼睛，穿针引线。每天重复同样的事情——缝补着别人的需要，拼接着别人的梦想，忍受着别人的挑剔，接受着别人少有的赞美或感谢。

有过高声不停的呐喊，有过碎碎叨叨的自说自话，有过大山一样的缄默不语，有过挥舞拳头的歇斯底里，无论怎样四季变换，都改变不了我停留原地的生活。

边边角角，拼拼凑凑。浆洗，曝晒，缝缝补补，希冀太多，终明白岁月是没得修改的作品，无法拆了再缝，无法重置。

墙角堆积如山的废弃布料，似乎在写照曾经的每一天。那可都是生命委以自己的作品啊！图形如何，色调如何，不论美丑，顾不上雅致，此刻都须用双手相捧，纳入怀中。

时光如一把被打磨锋利的剑，出鞘的一瞬，自带光芒，削平世俗，照亮梦想，最终的路途通往天堂。

我们，都住在时光里。

2018 年 8 月 3 日

苦　楝

一

南方，广袤的平原，有一株不老的苦楝树。失血的花蕾微微地垂着，极像被远处桔林燃烧的爱情所灼痛。但花儿终于并未睡去。

树前，母亲如祭奠神灵般，和小儿各洒过一把黄土，说："孩子，妈种它时正是你学走路之日……"

妈把它交给他么？小儿似懂非懂地点点头。

母子俩虔诚地凝望和直直的枝条一起，伸进苍茫。

那线条不断延伸，溶成整个星际都响彻的呐喊。

二

夜，滑入瞌睡人眼睑。小镇，已挂满灯火。

橘林悬起的红锦已经摘去。只剩下苦楝枝头吊着的密布斑点的瘦果，昏黄是母亲思儿的脸颊。

一颗果子焦黄了，离开母体，裂炸出细碎的核。

凉意落进衣领，摇出一份哀怨低沉，是母亲握紧已逝小儿笑脸时的呆滞。

苦楝是唯一的观众。

满溢的水，把那曾偷听有母子无数情话的小河汪洋成苦难，矮了村庄，带去了小儿。

母亲的心啊，顿时如这洪水覆裹的家园，满了，又空了。

泪，在潮退时节涨起。

静默的苦楝树，依然无语……

三

灯火，没有摇晃地亮起在每个人的眼睛里，散作溪水收录的喃喃呓语。

走出沉寂，母亲唱着黎明的歌。

一大帮穿开档裤的娃娃，围坐在苦楝旁，带露珠的野天鹅，娇柔的拇指姑娘使他们陶染，孩子们在纯净的空气和自然的清香里长大起来。

这一片灿烂的星辰，用他们永远汹涌的童心，使阔别母亲多年的欢笑重返家园。

在彼此的目光里，母亲和孩子找到了共同的蓝天。

四

梆声，划着轨迹，向小镇更深处响去，回荡在太阳升起的地方！

东方，于是有了一种精神，和一位巨人样的母亲。

注：江南水乡多有苦楝树，因其果苦，人们都喊作"苦枣子树"。

1991年9月

母亲节

母亲节前夕，久未养花的我特意去买了一盆茉莉花带回家，从此，晨起，黄昏，多了一份牵肠挂肚。小小的花骨朵长大没？饱满的花骨朵开了没？瘦小的那一个可没掉落吧？

茉莉是母亲生前最喜欢的盆栽，爱屋及乌，连茉莉花茶也是她的最爱。我家除了绿茶，一年到头不间断的，就是茉莉花茶。沸水一冲，茶叶翻滚，晒干的茉莉花瓣随之展开，馨香满屋。茶叶并不贵重，茶叶比较细长，茶汤透着金红色。

客人们端着茶杯，不忘尽情地深呼吸，特别开心能与此茶结缘。这个时候，妈妈总不忘介绍："我觉得'美猴王'这个牌子的茶真好！又香又好喝，还不贵！一袋茶一斤，可以喝好几个月，挺实惠的。"

天气闷热的夏天，母亲依然会用一个大大的搪瓷茶杯，泡着一大杯热气腾腾又香气馥郁的茉莉花茶，摆在八仙桌上。着一身素色连衣裙的她闲坐一旁，一边摇着奶白色的席草扇子，一边悠闲地唱着熟悉的民歌《茉莉花》："好一朵美丽的茉莉花，好一朵美丽的茉莉花,芬芳美丽满枝丫,又香又白人人夸……"

身为音乐老师的母亲,唱歌自是特别好听,声音轻柔婉转,感情温润细腻。母亲的歌声里花香流转,江南的景致悉数登场。

母亲节一早上,恰逢周日。我朦胧中听到隔壁房间,孩子早早起床的声音。然后声音又暗下去了,我也顺便又回到了梦境。待到我起床片刻,换上漂亮衣裳,正要步出房间之际,孩子风一样地出现在我眼前,一脸灿烂地唤着"妈妈,妈妈!"……

外面阳光甚好,我说:"早,宝贝!"

"妈妈,送给你的礼物!祝你母亲节快乐!"说着,背在身后的小手嗖地一下,亮在我眼前。孩子手里握着的是一小朵紫色的康乃馨,透明塑料袋子包着,外面还绕着一道漂亮的丝带,精致亮眼。

我惊讶于这突如其来的幸福,紧紧地拥抱着孩子。

难得抽空在家的孩子他爸,决定带我们去远足。一路上,我逗孩子:"儿子,你长大了找什么样的人做老婆啊?"

"啊,这问题也问得太远了吧,妈妈。"孩子认真地回答道。

"没关系的,宝贝。我们就随便聊聊而已呗……"

"肯定要长得美呀,还有,就是要能干!"说话时,孩子刻意看了我一眼,又继续认真地说,"还有,人要好,要对爸爸,对你,对我们一家人都好!"

哈哈,这一通像模像样的话把开车的孩子他爸都逗得合不拢嘴了。

我说:"去年母亲节,我给奶奶打电话,奶奶说,外国的节日我不懂,也不过,我只过农历的节日。"

说话间,先生拨起了婆婆的电话,不过没人接。我知道,他想他的母亲了!

五月的第十三天,近上午十一点,日头正好,气温初升,我想婆婆一定在地里忙活不停,那里有她的橘子树林,有她的各种新下种的蔬菜,有她的过往生活的痕迹,有她对下一季丰收的满心欢喜和期待。

我问孩子:"你知道奶奶喜欢吃什么吗?"

"我知道的,妈妈!奶奶喜欢吃大白兔奶糖,喜欢吃果冻,喜欢吃甜筒冰淇淋,喜欢吃开心果!"

"嗯,是的,宝贝!你知道吗?前天我给奶奶打电话,要她多买鱼吃,你知道她说什么吗?""她说什么呀?"孩子紧接着问我道。

"她说她做的鱼没我做的好吃,我做的鱼连鱼汤都那么好喝!"孩子认真地听我转述着。

我说:"宝贝,放暑假时,我们就去看奶奶,去给她做好喝的鱼汤,好吗?"孩子点点头。

我的母亲在天堂,在我心里。

先生的母亲在老家,因为生活习惯和对大城市的惧怕,一直愿意独自生活在老家农村。几十年的岁月,她习惯了开门就能看到那里熟悉的一草一木,一砖一瓦。她习惯了一迈出自个家门,就能到左邻右里家去串门聊天,跟人道个家长里短,或听人讲白说古、笑个嘻嘻哈哈。

孩子的母亲在他手心,真实、温暖。看得见,摸得着,抱得到——是我!有时我会忘却了年龄,仿佛和他一般大小,只为有你的时候爱比蜜甜。

时光浸润着我们的心，我得忘记自己鬓角的白发与日俱增。我得记得叮嘱自己——这回要给儿子买大一个尺码的夏季短裤、买大两个尺码的秋季长衫，还有快赶上我一样大小的鞋子，还有我初中才看的《鲁滨逊漂流记》。

琪琪，我是多么期待你变懂事，多么留恋你给我的亲亲和频繁的拥抱！却又不敢多想你真的长成大个子男子汉，要背起行囊，给我道别离家的场景！真的如诗句描述的一般："盼望长大，又害怕长大！"

记得，那天我们在贵阳龙宫溶洞地下暗河乘坐游船，我一路兴奋于美景，沉迷于拍照。却突然被你大声提醒："妈妈，快低头，小心岩石！"说时迟那时快，你一把抱着我的头和上半身，紧紧地压在你小小的膝盖上。

我连忙地谢谢你，你却皱着眉头认真地说："哎呀，妈妈！你不知道刚才多危险！真的是差点就要碰到迎面来的石头了！你差点受伤，你知不知道？！"

你的担心让我感到深深的幸福和甜蜜，你知道吗？这一记画面，就足以抵消你在我腹中十月我所受的苦和遭的罪。

母亲节，想着你昨晚一口气背了十多首长篇古文，如《春江花月夜》《木兰诗》《伤仲永》等，很多是我到大学都不曾完整背下来的篇章，我又惊喜又骄傲，还自愧不如。那种感觉，你知道吗？美美的，还有点醉人的味道。

待你成年，有了宽阔的肩膀和胸膛，有了长发及腰的妻，有了风一样奔跑欢笑的孩子，那样的母亲节里，你一定能懂得我今日的心情，而且，会是多么的相似！

涅　槃

何时开始我学会了等，不为春暖花开，而为你的到来；何时开始倦鸟不知返，玫瑰在燃烧里忘却了忧伤。

岁月澄明。

温暖的夜晚，我是那最后一株饱含理念的麦穗，在季节的迂回里，期盼沐浴爱的风霜。

激情灌溉的麦地潮水泛滥，农夫，你以特有的方式梳理欲望收割爱情。月光如犁，十指如镰。农夫，你竟以此种简单的方式准确把握起灵动的音乐，把握肢体美丽的语言和顺滑的线条；向往疯狂，理智阻挡，我的眼睛找不到如意的方向。

季节无声，不问宿命。

你的温度深深透达我的肌骨，在这最初的坦白里，你我与爱情一同涅槃。

牵挂越积越重，压痛我的坚强；灵魂扑打着瘦弱的翅膀，想冲出这道天窗，却反而坠入了更深的网。那正为我展开花瓣的黑玫瑰，却不知生命的苦痛远比欢乐绵长；那山巅的青鸟为何不为我衔来黑色的婚纱，并缀上你的模样。

　　而亘古不变洒满思念的晚上，你为何不让我做你今日的新娘，然后再让我端坐天堂，日日对着你的家门沉吟低唱——夫妻白发只是恩人一场，幸福只能与情人暗暗相伴！

秋天的歌

秋天什么时候来的，我记得并不太清楚。只知道当风剥离了焦躁，逐渐平静下来，轻柔下来以后，在它经过的地方，桂花的香气四处弥漫，沁人心脾。

很多树都会摇起好听的"沙沙"声，其中又偶尔会有如流星划过的光亮——一片叶子弃去了适合高瞰和远眺的码头，毫不犹豫地翻旋而下，整个过程充满了轻松和快乐。

海棠树准备许久换上了精致的妆容，如同要去参加一场盛大的舞会派对，却没想到登台的时刻如此仓促，任何的隆重和精致都在瞬间消散成零落。

我从不羡慕四处可见的丰硕的果实，那是大树对这个季节的谢礼。我从不惧怕"秋风落叶"的萧条，那是时间对这个季节落幕的表达。我更不遗憾没有赶上花开的热闹，也从不嗟叹没有成为其中的一朵，那是美人迟暮的哀伤。

一朵云带着另一朵云四处徜徉，有时会安静地贴伏在深邃悠远的蓝色天幕的胸膛，有时会在早上与贪玩的白却不透光的圆月闲聊，有时会遇上出行的夜星匆忙赶路。

我一直希望能做一片秋天的叶子，恬静而不失美好，富于思考而不喧嚣，既不缺少优美的精致，也不害怕时光的浸染。风霜的侵袭使我出众，阳光的照耀使我有了独特的光芒。

风是秋天的画笔，灵动自由，所到之处都会有生动的线条或深刻画面留下。天空高远辽阔，落日携着如金如火的晚霞，喷射向四处的高楼，仿佛要让它们都变成通体的金黄，或变成透明的物体般，呈现出歇斯底里状。

月下的人们渐渐多了起来，仿佛被谁邀约了似的，都不约而同地出现在了广场上、河堤旁、花园里。他们肩并着肩，手挽着手，月光下的光线不足以让我看清他们脸部的轮廓，却也能感受到他们的亲近平和，怡然自得。

日历一天天翻过，寒冷的冬天快要到来，秋天却越发出众，越发内敛，仿佛一个历经世事的中年人，却仍然沉静豁达，早已告别那些莫名的忧伤。

岁月是个手艺高超的匠人，倾心地雕刻着我们各自不同的人生，本着心生的美好，我成为了这一季秋天的歌者，悠然地接受着生命亲手打造的馈赠，悠然地接受着一切的寻常与不寻常。

心　语

　　不知怎的，原本美妙的时光在今日早来的夜色中，显得有些过于平静，我即便有颗满含欢悦的心，也会因了这分清冷和无奈，而渐趋沉寂。

　　向往浪漫，不一定什么时候都会是好事，长大的年龄偏和着我长不大的心，这是一种言语不得的哀伤和疲惫。

　　小时候望着天际高飞的鸟群，内心充满诱惑，小小的心里密种着对流浪的憧憬，不知这世间有没有那样一种不需压迫着自己表情与思想的生活？

　　爱情在长大，谣言在长大，起风的日子，困惑走进你我的眼睑，人间的游戏一直很多，真实和笑容是驱除荒凉的最佳武器，我们活在自己的故事里，艰辛然而充满爱意。

　　随爱一齐漾开的，是时增时缓的痛楚。因为爱，所以有了爱；因为有了爱，所以有了痛，所以便有了四目相对时的美好，所以有了那几乎可以将我心揉碎的凝望和切肤的疼痛。

　　青春的愿望太多，我们必需为之而求索流浪，人生才会更完整。

　　从此，也许远隔天涯，但你我的心，定会相携走过每个季节的风雨变幻，如今的奴隶实在太多，金钱的，名誉的，虚假遍地。

　　拥有这么一份纯真灿烂真不容易，我心已决，不管你今日贫穷如何，抑或沧桑如何。

　　任阳光曝晒我的衷肠，任人们怀疑或嘲笑我的痴情，我都会在每一个长夜对着有你的方向守望，与你静对，与你低语，我会在你归来的港口，高悬旗帜——让羞怯化作甜柔漫天挥舞。

　　风过后，云淡烟轻，世间的一切都已分明，人们的语言不再张狂，春的脚步不再踉跄。

　　悲伤已老，疑惑已去，光阴滤出了感情的尘埃，交付与我们的只有永世的爱情和理想的图腾。

　　人间的游戏确实很多，但我们活在自己的真实里，艰辛然而充满爱意。

　　　　　　　　　　　　　　　　　　1995 年圣诞夜

　　　　　　　　　　　　发表于 1997 年《散文诗》杂志

如　歌

天空再蓝，你若不愿抬头，也会与你无关。花摇枝颤，你若不愿驻足，也是路边日常。

星云流水，挡不住春的气息荡漾。

你我，从过往来，欲往远方去。

每一个时空，其实都是岁月雕琢的立体呈现。喜怒哀乐皆齐全。

当下，唯此愿最为珍贵——

将日子过成诗，融进爱意深浓，浓到化不开，且透着独有的芳香。

将生活化成书，一页一页，层层叠叠，丰盈雅致，却不失灵动飘逸。

最喜你的一招一式，一言一笑。清澈明净，无邪之至。

感谢生命中有你！

心声如歌，你最珍贵，弥足珍贵。

2017 年 4 月 14 日

山居记忆

（记忆与美好喷涌，只因桃李拴住了四季，拴住了我们。）

一

春光的剪影里，花如叶，叶似花。

甜香里，若不能采集甜蜜，那就在此静默、守候芬芳。轻闭上眼，梦境是真实的，现实是恍惚的。流年的誓言里，刹那是真实的，永远是虚幻的。

穿行，在诗中，在画里，在时空的交错里。穿行，十里桃林半亩菜花，不敌你无邪的笑颜。借凤凰湖这深情一眸，缀我青春的衣裳！

有花时尽情欣赏，无花时心存芬芳。有歌时倾心聆听，无曲时自己吟唱！此刻的我们，只应该将日子作成诗，回忆做成岸，时间做成河，伴着经年的梦想蔓延到远方……

谷雨节气，黎明前得雨水之丰泽连绵，午后又遇阳光破开云层，万物生长光鲜艳丽。醉桃李羡春风，心田从此为你种……

二

佫大的山间，由得孩子们放肆奔跑。佫大的天空，由得云朵放肆嬉戏，如浪翻涌。冬季里曾一树空寂与灰色的树枝，那曾被我百般嫌弃以为没了生命的枣树，正用青绿有型的枝叶温和地衬托着小夜灯的朦胧。

风无声，虫低唱。

病毒的横行肆虐，让田园生活变得奢侈和难以实现。这些讨厌的名字，改变和阻碍着人们理想的生活，如同没有引线的炸药包，随时可以将一个家、一条街、一个社区、一个城市变得毫无生机，没有烟火气，没有车水马龙，没有人声鼎沸，没有了来来往往，没有了动静。

两百天无人问津的日子，两百个骄阳灼烤、无人过问的日子，我坚定地以为你已死亡，我也绝不遗憾。但推开门的那一瞬间，我惊呆了！

墙角安静站立的你，正自由地为我舒卷着碧绿的手臂，摇摇，似儿时母亲手中摇着的席草扇，许我一季的清凉。

今年仲夏夜的梦境里，应该只装得下这一层一层碧翠如浪的芭蕉叶吧……

三

在桃李，在山间。我有一个心灵花园。

晨起后的第一眼，通常都是在赞美中给了它。发呆的时间多了，脸上却会有谜一样的微笑。夜晚，我会打上手电筒，独自流连其间。下雨时，我会打着伞，一遍又一遍地看着它。

果汁阳台复花的惊喜，月季和室初开的腼腆，玉米花穗的雄浑激荡，风车茉莉的所向披靡，各色圆绣球拥挤的花蕾，柠檬的花不小心变成了小小的果子。

一切都是你想象不到的美好与惊喜！

三月的一个周日，我拖着老公到园子里帮忙。他种了几个大蒜头般的东西到土里，今天看出居然是百合，不由得暗笑自己的马虎和无知。

奶油龙沙宝石差一点挂掉了，没想到在三两日的阳光后又悄悄强壮了起来。百子莲轻盈脱俗、仙气飘飘，蓝雪花开成了快乐的蓝色项链，粉色马蹄莲爆开的雅致。

"芒种忙种，补种无用！"农夫投入地耕作，排除外界的干扰，抵挡低落的情绪，对抗灼热的骄阳……

不深耕种植，哪里会有一抬头能惊诧到灵魂的美好？不勇敢探寻，如何能抵达繁花盛境的彼岸？抛却胆怯和迟疑，朝着既定的方向前进，梦寐的美好总会在某个特定的时刻闪进你的生命，成为引领你的那道光！

植物蜕变的过程，又何尝不是从丑小鸭到白天鹅的过程？有些时候，眼见未必为实，比如金黄的"碧翠丝"。

在被人们忽略彼此的时候，我有幸能从花草的密语里，获得深入骨髓的力量与认知。

在热闹的世界里，在播种、发芽、开花、结果的过程里，植物见证了自己的成长，我见证了自己的改变。

只要有足够的耐心与宽容，生命一定比我们想象的来得更为坚强与精彩！最早长出的苗未必是最苗壮的那株，最为精心呵护的未必是最能开花结果的那株，原来一点希望都不抱的"弃苗"，竟然在我的忽略中成为了最靓丽的一株。同是一手播撒的种子，花期却不尽在同一天。

这不恰好契合了我们生命路途中许多的纠结、不堪与无解的状态吗？这又何尝不是我们陪伴孩子、教育孩子一样的画面？

咄咄逼人和指手画脚永远都是生命成长最不需要的，最多勉强算是无用的肥料。没有多余的道具，没有唠叨与说教，没有彷徨与疑惑。

花草在喧嚣的世界里，不言不语，不争不辩。却懂得遵循规则，隐忍、坚持、向上，全力做自己。不会迷失在一心向花开的执着里。

在四季的景色里，绿色就失了美好成了多余？为了下一季的轮回，落叶和休眠就可以视为生命的不存在？

生活中太多的我们，忘了生命本真的规律，忘了带着接纳心与世界相处，忘了用平和的方式，给自己打赏，与自己友好相处。

可是，不言不语的植物们，它们在静默里，什么都知道。

四

"我求索我得不到的，我得到了我不求索的。"

以饱满的热忱交换岁月的特定时刻，美好定会如愿相随。

徜徉九月，无须烹煮的静好时光。

在你的静默里，我唯有肆无忌惮地享用你赐予的一切……

秋天的粉黛子，应该来自汉唐的古诗词里。那一低头的娇羞，怕是连诗人"河畔的金柳是夕阳中的新娘"，也要逊色三分。

你是循着我的呼唤来的吗？还是恰好只是偶然路过？一根竹枝应声在最为临近的另一根竹子上，悄悄写下神秘的诗句，风都吹不走。

白露为霜的时节，能踏露而行还真是难得的奢侈！和着满山的清韵，我做了那一片不安分的叶子，在梦幻的晨光里，凌空逍遥……

大锅灶的柴火飘香，炊烟袅袅。一定是谁又在加工菜地里收获的地瓜吧？那奔走相告的快乐，那接踵而至的收获，那可见可赏可品可怡情的秋天的美好，仿佛是一夜之间的事情。

五

微冷的初冬，有清霜薄雾的交织，也有跃动的芬芳和甜美的璀璨腻味在空中。

冬日的山中，朴素至极。雪花在纷纷扬扬中曼妙登场，即刻让桃李的万物变得妖娆灵动。

你还会说：冬是冰冷、坚硬的吗？不，雪中的桃李，是晶莹包裹的梦幻世界。只要你肯寻找，雪地里，会有鲜红的山果子，会有忘记时间而绽放的月季，会有迷路而被关在家门口的紫色的小野花。

在山中，在白茫茫中隐约的一丝天青色里，还会有踏雪寻梅的佳人的足迹。

那些仿佛变成折扇的远山，在雪的世界里，又变成了洁白垂落的锦，让你看不远，看不真切！

桃李的冬天，是温暖热切的。炉火的红润捂热了冰冷的茶水，烤着的龙眼在铁板上噗嗤跳跃。小麻雀仍不忘来院中觅食，孩子们在河堤下用简单的泡木板滑起了雪，那震破天的笑声，温暖了整座山林。

广博的大地，衬着雪花忽大忽小的旋律，当起了浪漫的行吟者。深刻、有力、波澜壮阔，承载着经年的梦想。

回忆，是切割后时光的拼盘。冰的晶莹里，是童话的天真，是下一季的萌动。在桃李，在纯粹的天地间，我们都可以重新做回孩子，重新拥抱内心的纯真，简单笑成花的模样。

抓不住时间，存不住流年，我们各自都能以另外的方式，让桃李的四季鲜活留存，让桃李的我们永葆天真，始终年轻。

秋天的心事

你是秋天的一棵树，高大，挺拔，沉静。

我是秋天的一片叶子，翩跹自在地晾晒着我的衣裙。

白天看层林尽染，风过香住。

夜晚听每一片叶子如精灵般的倾诉。每一片都是那么的自在，舒适。

你呆立风中，傻看簌簌作响的无数丹桂银桂集满在脚边的泥沼，或飘进湿润的草地。

我是秋天的一片叶子，晴空下，我在高高的枝头飘摇，唱着深秋的歌，远远眺望着别处恋人牵手而行的身影。

夏目漱石曾说："人生20而知有生的利益；25而知有明之处必有暗；至于30的今日，更知明多之处暗亦多，欢浓之时愁亦重。"

天地万物，没有一件逃得出荣枯、盛衰、生灭、有无之理。

真诚泯灭，虚伪蔓延，贪婪武装的世界从未剥离。经营所指，是处心积虑的刁钻算计，还是日出日落的劳作？

心若在，何须画？心若安，何须乱？

问心与无愧之间，需要带上怎样的道具和台词，方能有那如同轨道的等号连接？

只有风知晓我俩的心事。

你是秋天的一棵树，为了凸显你的优秀，蓝天甘当你的背景，云朵偶尔问候你的树冠，小鸟跳跃在你的枝丫。

我是秋天的一片叶子，傲然做自己的叶子。冷风只能侵蚀我的身体，却无法扑灭我那如同火山般持续喷涌的坚持。

只有风传递着我俩的心事。

生命的色彩

生命的色彩，大抵如此，由空白开始。每个人自己去行笔，打底，配色，涂色，或肆意舞动，或细心周到。

我所经历的，满是欢喜。

最让我沉醉的就是我可以陪着你，孩子，你却不用比照着我，画出自己的灿烂。我们一起从零开始，一起跟随老师启程，去往艺术的海洋。

春日的时光，一下子丰厚起来。

我所期望的，是待你长大，待我两鬓霜花时，你仍能记得这一些美好的画面，和我对你全心全意的陪伴与爱！

我所期望的，是待你也为人父时，你也会时常从心底泛起涟漪与相思，会和你的孩子手牵着手，会聊起今日的一幕，会脸上散发着幸福的光芒……

我想，那便是你对我心底那句最温暖的话语，对"孩子，我爱你"作出的最响亮的回应。

完　整

　　是谁教人把梦境制造，而后又遗忘。无法携带，无从怀想，所有的渴望都已熄灭，岁月的场景频频更换，对白和姿势却越发僵硬。

　　厌恶伪装，却摆不脱冥冥中追随我的目光；试图放荡，又迈不出无形的圈框；想在黑夜里拼命呐喊，立在檐下的路灯却使我惧怕开腔；浅薄没做我朋友，疯狂也不是我亲戚；我被拒绝在山高水长之外，我被弃于暗香浮动之巅；我用黑夜给我的眼睛，却找不到属于我的光明；我被劫持在揉不碎忘不却又站不起理不清的迷乱的边缘国度。

　　想用过往的萤光指引前行，记忆中的碾痕早已抹平得无影无踪；想学折翅的风筝继续飞翔，狂风把我戏弄得跌跌撞撞。

　　只有偶尔，我娇艳、澎湃、平和、生动。

　　乘着钢琴动人的旋律，我如烈驹四处奔腾，我可以看见丢弃已久的真我开始萌芽，开始散发清香；快乐悲伤都变得彻底，泪滴澄澈笑容盈满如注。

那一刻，有耀眼的光环，轻柔地、爱切地，环绕起构成颇多的我们。

往　事

"如梦如烟的往事，散发着芬芳。那门前可爱的小河流，依然清唱老歌。小河流，我愿停在你身旁，听你唱远方的歌谣，让我在回忆里寻找往事，那戴着蝴蝶花的小女孩。"

关于往事，我每天都听到一个声音，极其清脆而柔和。在心底，在梦中，在我行走的混凝土钢筋世界里，在我苍白灰色的梦境里，在乘虚而入的麻木不仁里。

它时常悠然地响起：来吧，来看看我吧。像母亲轻声地呼唤，像朋友热切地挥手，像镜子里自己扬着手中曾被丢弃的少女的日记。

靠近、靠近，忐忑又紧张，熟悉又陌生，时光在切换，心情在激荡。

记忆如梦，恬静美好，生发着生命的幽香。而另一个出走多年的我，而今也终于在故乡月色的浸润中，在母亲牵肠挂肚的呼唤中缓缓醒来，缓缓回应着那一首心底的歌……

彼　岸

　　生命之美，在于平和、静幽中生发如许的诗意和力量。那么多的值得期待，那么多的小确幸，那么多别人眼里的不值一提，恰恰是我的悄悄铭记！

　　温暖造就参与者，犹如冷漠成全过客。烟火人间，诗意栖居，不总是矛盾的双方。

　　在小鸟偶尔的立足间寻找快乐的轻盈，在日渐清晰的莲叶纹路里寻找隐者的智慧，在芭蕉叶从火炬状立起到如扇摇动的自如里寻找喜悦的良方，在蜜蜂的不停振翅里寻找甜美的踪迹，在芭蕉花和果异样的呈现里叹服植物的有趣。

　　生命，潜藏的智慧都在智者修渡的路途，顿悟多了，彼岸就近了。

给你的情诗

忽然之间，你我仿佛做了一回天上的精灵，纵情地扇动着翅膀，翩翩飞翔。你的眼睛，是照亮黑暗的魔法棒，闪着温暖的蓝色光芒。那半明半昧的样子，终将我渐渐融化，最后彻底消融在一连串滚烫的拥抱里。

忽然之间，山间垂挂的瀑布屏息凝神，忘记了要去的地方，它的向往，变成了去触摸永远不可到达的山顶的那一束光芒。

我们的路途，各有来处。雾气四起时，我们牵手而行。前行的路上，荆棘丛生。你的坚强是我的守望，那里积攒着彼此一致的思考，一齐探索生命的艰难过往。

岁月的历炼，让我做了你喜欢的那朵玫瑰，让你做了我欣赏的那座山峦，任由我开在任何一个地方。

火山，如同一个热恋中的国王，越过地幔深处的各种阻挡，一路高歌喷涌向上，再向上喷涌，带着一千四百度的灼热，骄傲地起伏、翻腾，喷涌着绝美的熔浆。

酣畅，我们不是在梦境里飞扬。青春的向往托起我们闪亮的翅膀，美满幸福是终极的方向，虽然我们已经在路上。

　　酣畅，五味杂陈的人生百态，我们都已当蜜饮下，并且珍藏。

忽然之间，你铸就了我的世界，我播撒了一个幸福家园……

佳　酿

心怡时刻。

滂沱大雨的世界，似乎会让人变得迟疑，变得谨慎，变得怯懦不安。

此刻这暴雨后短暂的宁静，世界一片清新。百合花的队伍越来越壮观，浓浓的花香透过潮湿的空气，趁我开门瞬间，直冲进房间。花香牵引着我的一呼一吸，她和我犹如在一起用小提琴奏响乐曲。

杨梅、香水柠檬、黄柠檬，都相约与朴素的高粱酒、糯米酒、青稞酒共度余生。开瓶的日子，定是收集欢声笑语，共品友谊佳酿的时候。

别问我为什么，别问我为了谁。多出的字句只会增加不该有的苦味，懂的自然懂，毋须多言。但我知道，在经历一轮风雨的洗礼与澄净后，苦涩可以褪去，辛辣可以荡然无存，留下的是柔顺甘醇的诗话，是芬芳馥郁的嘉年华。

酒，作为媒介，把尚且青涩的年华封存，却又无形中给予了它们更长的生命力。

　　变与不变，很多时候都不是在是与非或绝对论中定夺。只要你的灵魂足够勇敢与谦卑，生命的结局都会得到改写与翻篇。你大可欢喜自在却又恬淡从容，如水般轻盈地说："多谢命运的加持！"

七 月

回味七月

两段截然不同的历史

苦难穿透你幼年的时光

沧桑过后

紫荆花站成你今日的模样

时空改变

恶梦留下教训

刻骨铭心

罪恶的罂粟

决不可能再次

以它的洁白来骗取

华夏子孙的情感

百年前的土地

正义的旌旗四处飘扬

同胞的热血洗不亮身边
疟疾般蔓延的恍惚眼神
雄威的炮台如何抵得过
软弱昏庸的一代君王
连同外族的厚颜和癫狂

世界在白色的诱惑下
支离破碎九州罩悲伤
晦月被万民分挂心上
香江的水啊
日夜怒涛翻涌
那是屈辱与殖民地的呐喊与反抗
家乡的水啊天天潮涨
几时回来哟
母亲淌着泪珠在守望
大帽山和维多利亚港在远方喊娘

世纪后的城市
依旧是黄皮肤的家园
先贤有话
苦尽甘来
品味七月
乌云散尽日月生辉
五星蕊和紫荆花交相映衬

月圆了自己

也圆了万千心头残缺堆积的梦想

还有

一个民族几代领袖的夙愿

走进七月

这里的目光最为清亮

漾着幸福

饱含虔诚

七月的孩子回到家中

靠进了母亲温热的胸膛

遍览史书中的七月

唯数一九九七

炎黄子孙最为骄傲欢畅

歌唱吧

一九九七

中国的七月最为高兴吉祥

七月的中国最为喜庆辉煌

1997 年 6 月 15 日

缺　口

守候

守候着你

守候着你的喜怒哀愁

守候着你走后永留的　缺口

溃决的缺口

是我灵魂的所有

残酷地占据着

我爱情的整个版图

耳际的风啊

柔和依旧

却吹得我泪水奔流

不能

睁我的双眸

时光走不上回头路
你在别人的世界里
停停走走
那般自由
我终是那芬芳而
未被珍藏的白莲花一朵

温柔散尽
我要用我冰冷的双手
修补伤心的缺口
不分黑夜和白昼

春天的光景

三月初的太阳

在小圆桌上

印下斜长的格子

安静的沙漏

一生精于计算着

时间

却无奈　守不住时间

书间的文字

却能千年流淌

活跃　在我们的唇齿之间

激荡　在我们的心田之上

云雀啁啾

小巧的身影

急于　隐藏树尖

它懂得

即使不见面

你也依然会

婉转流连

我那住满爱的世界

在相爱的路上

我们

始终　心照不宣

茶香氤氲

让我忆起

山谷里的那一场

相逢

2020 年 3 月 19 日

清晨美好

最好，莫过于清晨。

私语的鸟群不小心被我听到了它们讲述的事情：趁人类还在梦里疯狂，我们可以放肆飞翔，尽管去贴近窗台，去果树上饱餐。

蜘蛛原来是个夜游侠，暗夜里竟织好了一张浑圆的大网。蜗牛努力藏匿它的踪影，但是百合叶片上新增的几个窟窿将一切暴露无遗。

整个山谷里都找不到风车茉莉，风在说。我抿嘴偷笑，它一定不曾光顾我那曾被野草盘踞的院落，靠近竹篱笆的地方，有一株风车茉莉没日没夜地绽放，它是在等待谁来驻足欣赏？

伊芙的表达依然含蓄矜持，贴着墙，微侧着脸不敢迎接我如火的目光。天方夜谭的花瓣最终如同一个转动的漩涡，故事还未开讲，就已经被一个个迷醉的眼神酝酿成了下一季的酒，微醺了整个六月。

蓝色海洋忘记了高温季的休眠，又跌荡着波涛来了。

虎头茉莉最近定是邂逅了莫奈，才能在一个枝头幻变出浅绿、浅粉、纯白、米白间上浅紫的梦幻来。茶花女似乎是个穿着和服、踏着木屐的女子，不施脂粉，缓缓而来。

枣树安静地托着越来越多的小小的果子，忍受着无法驱赶的蝇虫的纠缠，默默等待着迟来的蜜蜂的歌唱。

三月里在清瘦的土壤点下一些形如大蒜头的种子，偶然一日拔出了清瘦的苗，没有任何特殊的喂养，今日却一下四朵，恰在同一层的高度，东南西北，温婉地炸裂着。

高洁复古的浅绿花瓣层层叠叠，像极了少女清透修长的裙摆，在优雅的行走中轻轻飘摇，一如少女夜里清新飘摇的梦……它的名字叫"爱莎"。

最好，莫过于清晨。莫过于痴坐于桃李山中，赏院落一隅的小景。

2023 年 6 月 16 日

所谓生活

是谁说"生活就是一半烟火，一半诗意"？是谁说"手执烟火以谋生，心怀诗意以谋爱"？而今日，我说："生活就是一道综合加减法。太懒散时，要学会找事做，充实自己；太忙碌时，要学会做减法。"

生活的减法，不是减去睡眠，不是减去与家人共进一顿晚餐，也不是减去与朋友的一场球赛，更不是减去带孩子在草坪上打一小会儿滚，撒一小会儿欢。

很多人减去了为心灵深处的自我来一场适当的放松与修复。

你得学会能耐着性子陪孩子去爬山，哪怕他落后你一大截，哪怕他时常会出现各种情绪化的"问题"。你得试着习惯弯下腰，或半蹲着，用孩子能听懂的语言和他做交流。在父母的角色上，我们都没有试用期，我们都不是练习生又都是练习生，界限的界定就在于我们只能摸索之后成长，当孩子成长的推手，而不是主宰者。

生命的传承一旦兑现，我们就只能勇敢前行，谁都不可能再回到起点重新起跑。

我们要学会约束着自己好好缓下来，不错过花开，不错过每一轮的新月高悬，不错过山林里春笋破土的瞬间，不错过在一些清晨，悄悄蹲在柱子的后面，亲眼目睹佩戴着美丽头冠的戴胜鸟，是怎样轻盈地跳着，又怎样从草丛中或是泥土里啄出小虫子当食物。偷窥者的表情透露着心情，那是从静静的好奇到满脸愉悦和开心。

晨光洒在芭蕉上，洒在柠檬树上，洒在墙外疯开的凌霄花上，洒在刚刚还满是怅然的庙宇檐角的铜铃上，洒在婆婆的菜园子里，洒进你的心里。

无需只言片语，大自然和谐有序，赐予我们的家园美好祥和充满力量。

生活是一幅油画，创作前充满憧憬，过程中或浑浊混乱或枯燥乏味，才情与欲望都无法投递到正确的点面。几度挣扎几度意欲放手，最终却还是欲罢不能，灰色的凝重托举着血红的激荡。

起身离开再归来，在远处无意中斜睨到，画面主题鲜明感情浓烈配色适宜，构图即便有偏差，却完全体现了自己的性格，该有的都呈现出来了，跌宕的过程无疑是生活的暗示。

"横看成岭侧成峰，远近高低各不同。不识庐山真面目，只缘身在此山中。"走出幽暗地带，心襟自会豁然开朗。犹如一趟穿越峡谷的旅行，从好奇、兴奋、迎风而行的平静到疲软夹杂着惶恐、迷茫、后悔。

心里是透露着微弱的期盼的，就这么一星半点的光亮的存在，犹如暗夜远处遥遥的灯塔，将你唤醒。

内心深处最为守护的一幅画面、一张脸、一首歌，又将你洗涤一新。在这最为艰难孤独又令人困顿沮丧的行程里，将你塑造成了勇者，你被送达了智者的彼岸，从此温暖着世界。

有一首老歌是这样唱的："生活是一团麻，那也是麻绳拧成的花。生活，是一条线，那也有解不开的小疙瘩。生活，是一条路，怎能没有坑坑洼洼。生活，是一杯酒，吟唱着苦乐年华。"

生活，是渔翁的网。只有细心修补，细心观察，才会有熟练撒开的技巧。那高涨的热情，持续的坚持，才能让你获得足够的收获。

生活，是如歌的行板，是涛涛的江河湖水。欢乐时，是你乘着满世界的春风奔涌相告；激昂时，是你如一柄银剑闪着光从高处飞坠而下，豪迈从容；落寞时，是你如同飘浮的白丝巾，冷面地贴着山沿，俯瞰世间；沉静时，是你如一泓幽深的湖水，在阳光下眨着深远的碧眸；苦痛时，在嶙峋的怪石间迂回跌宕，起伏再三，前进是你唯一的方向。

你用自己的肌肤丈量着每一寸光阴，你用自己的体温感触着每一个时间点，你用自己的骨架支撑着小小的天空。

四季轮换，岁月把经历和痛苦都压缩成了小小的豆腐干，经纬分明，烙印却不定清晰。

生活的高潮比比皆是，生活的充电站却屈指可数。

这样的旅行终生铭记，富含庄严与拯救世界的力量。历经数日路途的颠簸和缺氧的煎熬，高海拔迫使你失眠、体力下降、审美疲劳、情绪低落，这时却要继续开始一趟去往海拔更高处的挑战。

因为，很多时候，生命没有退路！

调整好呼吸，调整好步伐，放下兴奋，压住疲惫，咬着牙一步一个脚印，相互鼓励着关心着搀扶着登上雪山，放眼四下，并非冰冻尘封的世界。

青草热切地生长，不知名的野花陆续开放，闪着黄色的光、紫色的光、蓝色的光，小蝴蝶有序地在这些光亮间穿梭表达，地鼠打的地洞有着清楚的痕迹，羊群们认真地低头吃草，忘记了柔声地"咩咩"叫唤，马儿们优雅地秀着长长的美腿，甩着性感的大马尾。

远处的帐篷升起袅袅翠烟，又与飘来的白云结伴而行，赤着脚的小姑娘犹如一朵盛开的红色格桑花，在风中快活地露出笑脸。女主人笑吟吟地提着壶，给男主人的碗里倒进一杯温热的奶茶。

生活是温热的生动的，世界是醒着的是自然的。

可是你却一度如守财奴一般，没收了我们共处的时光，没收了静下来听孩子报告兴奋的芝麻豆子事的时光，没收了一脸轻松听我喋喋叨叨孩子最近表现和改变的时光，没收了关掉电视，放下手机，拧开收音机，一起喝一杯茶的时光。还有梦中的爬山、郊游、仰望星空，还有执手并行于桂树下，听花落的簌簌声的画面。

紧凑的日程，让你如同陀螺，旋转不停。你的话语失去了温和，你的耳朵失去了机敏，你的话题变得偏执，只有工作。你在迫不得已且不能挣脱不能自拔当中，被缠得死死的。你努力地想做好一切，却越来越不是自己，你没有快乐，没有幸福感。

如同毫无感情的机器人，屏蔽了一切外围的爱恨情愁，也如同被雕刻的木质人像。你不停地自我提供正能量，叹气却越来越多。

作家林语堂曾经说过："能闲世人之所忙者，方能忙世人之所闲。人莫乐于闲，非无所事事之谓也。闲则能读书，闲则能游名胜，闲则能交益友，闲则能饮酒，闲则能著书。天下之乐，孰大于是？"

我不欣赏及时行乐的想法，尤其是正当年的我们。我认同青春的年纪，拼搏最美；大好的时光，奋进最美。

可是人到中年，此生过半，适当放空自己，匀出半亩心田，好好耕耘。让它宜诗宜画，宜独处宜群居。

没有离群索居的失落，没有失魂落魄的悲伤。只有竹挑明月，把茶临风，涛声入耳。能亲见"水满有时观下鹭，草深无处不鸣蛙"，体会世间的平和恬淡。能信步闲庭，信口念念："院中有树，树上见天，天中有月。"

杨绛先生曾写过这样的一段话："我们曾如此渴望命运的波澜，到最后才发现，人生最曼妙的风景，竟是内心的淡定和从容。我们曾如此期盼外界的认可，到最后才知道，世界是自己的，与他人毫无关系。"

所谓生活："一心一诺一人生，一茶一酒一余生。""半山半水田园，心情半佛半神仙。一半还之天地，一半让将人间。"

所谓生活，当如是也！

2020 年 6 月 21 日

遗　忘

"谁知道角落这个地方，爱情已将它久久遗忘……"孩童时听得耳熟能详的歌曲，好像是朱明瑛老师演唱的，出自早年电影《被爱情遗忘的角落》，我小时候父母很喜欢谈论的一部电影，剧情我倒是记不太清了。

今天，在濮塘桃李的山里转悠，居然发现了这个电影的原著和编剧张弦下放时，看管林场居住的破旧小屋。

张弦，毕业于清华大学钢铁机械专修科。1980 年在此创作电影同名小说，1981 年担任该电影的编剧。

这里并非绿野仙踪，在现实的生活中，作者当年背负着多少的纠缠、矛盾、痛苦与生活的不堪？这里的一草一木、残砖破垣，应该是最清楚不过的吧。

尼采说："但凡不能杀死你的，最终都会使你更强大。"

村上春树说："在人生中，重要的事情不是胜利，而是奋争。对人生来说必不可缺的东西，不是取胜，而是曾经无悔地战斗过。"

对于真正的强者，梦想的集结号又怎会因为一时、哪怕一世的厄困而终止呢？

张爱玲说："人的一生会死三次，第一次是脑死亡，意味着身体死了。第二次是葬礼，意味着在社会中死了。第三次是遗忘，这世上再也没有人想起你了，那就是完完全全地死透了。"

遗忘，是生命的终点站。然而，对于张弦老师，对于许多能够让后世清楚知道"他曾来过"的优秀的人而言，恐怕始终都不会有第三种死亡出现吧。如此说来，这样的不被遗忘，抵得过一座高山的巍峨与恒久。

无　语

夜色阑珊处，寂寞愁肠几许，把心与谁相诉？

楼外灯火人间，唯我凭窗枯坐，欲把狂风留住，风休住，休住，吹去哀怨无数！

一盏昏黄一盏白，酸甜苦辣化云烟，世人只评风光否，哪解其中涩与艰？

青山不青，且莫笑春风不来。痴人假笑，且莫喜万事大吉。

世间事，勿真乐，勿真悲。

纷纷扰扰尘世，人皆凡夫俗子，梦与游戏之间，唯看醒在何时？

青山不青，只因痴于待春风，不计付出多少。痴人不语，只为惯听楼台风。

十月的秘密

　　紫色的辛夷花，你确定出门时没有调错节拍？对于你要去的地方，你确定没有记错那个门牌？

　　世界很清醒，我也一样。

　　可是，我不由得还是停下了脚步，揉了揉眼睛，凝神而望，你的姿态让我目瞪口呆，我如同进入到了另一个梦境！

　　10月16日早晨，悠然无常的时光里，你如不速之客，乍然骤现在一片沉寂之中，颠覆我对你以往所有的认同！大概，你是禁不住左左右右的木樨，从早到晚，静静散发的一树树美好的吸引吧！

　　它虽然悄然无声，却时刻萦绕寰宇，和着人们的一呼一吸，浸润肺腑透达窗棂深处。

　　这种际遇，一定让你无法阻挡内心冲动到无所适从，让你来不及深刻地思考吧？

　　你无法克制住那灵魂深处的呐喊，你爽快抵押了下一季的梦想，你提前用尽了今年全部的积蓄，只为这一刻最错位的表白？

在秋日阳光的爽朗中，你大肆坦露着自己的心事。

你，柔弱的紫色芳菲，在这一茬的寡淡与斑驳的绿意中，你竟让自己做了平淡世界里最莽撞的勇士。

注：春天的辛夷花深秋又开了！看来草木和人一般，也有灵气和血性，才有了今日之所见。

2019 年 10 月 16 日

守　望

　　实在没想到会在这么一个火一般的夏日，在三十六度炎热的午后，我带着一家老小来到了鲜少提及的武定门，并登上了城墙。原本打算去中华门的瓮城看看的，虽然也能够去到，但明显远了几公里。

　　热心的工作人员冒着酷暑，一直爬上四层楼高的城墙为我们指路。城墙上热浪灼人，几乎无人光顾，而它似乎已经习惯了这份长久以来的寂寥。越移步向前，斑驳与残缺越是贴近我的内心。

　　一眼望千年!

　　再与我对视时，你能看见花开的美好，相守的幸福，拥抱的热烈；你能清晰看见孩提的顽皮、青年的孤傲、中年的平和、老年的随性。

　　隔着千年，你挺拔苍劲包容万象，沧桑是别人未见你时不切实际的想象。看尽繁华世界，熙来攘往，你守望着你的天下人间，不争不抢!

　　真正的强，不在外表，只在内心。真正的坚，战火不毁，冰霜不摧。真正的达，不在计较方寸间，而是直与天空来对话！

每一块砖，本是泥土为之，经历炼狱，来自四面八方，方能到"敲之有声，断之无孔"之境地。

行走间，我只是猜不完整，要目睹多少浩劫，多少战火硝烟，多少颠沛流离，多少城池易旌旗，多少山川换主人，才铸得这一身沧桑的衣妆？更要有几多的坚毅，才能拥有这放眼天下的豁达？

行走间，八十二岁的老父在前方，七岁的孩子在身后追赶。世间何物最为亘古？

世间何物最为亘古？是诉千年离别恨的孟姜女？还是朗朗银河的牛郎织女星？或是为情穷其一生而惶惶不可终日的你和我？还是传唱中，老藤缠绕透着荒芜的另一座老城门？

或许，每个人的心中都有一座城池，有江水涤荡新绿的江南岸，有屋后稻香满园，有檐下乳燕呢喃。更有佳人驻足楼台，放眼远眺，等待着君归来。或才子携手同行，双肩互倚，停步凝眸的片刻……

世间何物最为亘古？爱情在特定的时刻来到，爱情在时间的河床上流淌，时时刻刻，岁岁年年，生生世世，永不停歇。

我们就这么认定了要当爱情一世的俘虏与囚徒。仰望天空，繁星尚未登场，鸟群也忘记了归来的道路。

世间何物最为亘古？

广场的钟声敲响，滴答滴答只是我们便于知晓的记录，无声无息仿佛悄然飘逝，却其实一直存在于宇宙万象。

啊！原来是你，时间的河！

第二辑

乡愁记忆

辣椒记忆

魔术辣椒

在湖南人眼里，好像谁都是生来就会吃辣椒的。似乎断奶那天起，伸进小嘴里的筷子头上时常会被长辈们蘸上一滴微微辣味的菜汤汁，一天、两天，从最初看你张着嘴倒吸冷气或憋着嘴做出"噗噗"的怪样子，到几个月后再看你时一副若无其事的样子，再到随着大人们的口味同一张桌子吃饭吃菜。辣椒，就这么天衣无缝地入到你的生活，入到你的生命！

家乡对于辣椒的吃法倒是挺传统的。我小时候就喜欢扯开煤炉子的炉门盖子，把几个青辣椒丢在火上烤，烤黑后再把那层黑皮撕掉，拌上油盐味精，一道香辣开胃的烤辣椒就做好了。虽不比现在湘菜馆里可以轻易点到一份烧辣椒皮蛋还多了皮蛋的鲜美在里面，可那份调皮和逞能的味道，应该是许多人都有的相似记忆吧！

冬天来了，可吃的蔬菜越来越少了，在那个还没冰箱的年代，很多人家都挖有地窖，只为了方便保存和储藏物资。在寒冷干燥的冬天，把蔬菜、红薯、甘蔗等藏进去，需要的时候再取出来，它们的水分基本上都还保持着，众多的美食梦也得以不因季节的原因而被错失。

我们家就在两村之间的空旷地带，住的是单位修的两层红砖房子，我们住一楼的东头。那年，父亲低价买来了几麻袋辣椒，姐姐和我选了一个下午。

母亲也不知从哪里学来的方法，第二天一早就去村里问老乡要了几担草木灰来，寻个空房间，打扫干净，在角落处把草木灰倒厚厚的一层在地上，然后一层青辣椒一层灰的把辣椒堆好。五十斤辣椒竟然都保管了起来，母亲高兴地说："这样，咱们随时都能吃到新鲜的青辣椒了！"

余下的几十斤青椒，父亲说："找个大缸，做成腌辣椒（酱辣椒）吧！"母亲去队上的小卖部秤来几斤粗粒食盐，等到连着把的辣椒风干些水分后，就一层盐一层辣椒的放进大缸里，上面再压上几块厚重的大石头，盖上盖，加工即告完毕。余下的事情只需交给时间。

腌渍好的辣椒，偏向黛绿色，带着微酸味、微咸，却是"咯吱"脆，切成小块炒鸡肉丁，特别酸爽可口，清脆开胃。

而另一大堆的红辣椒被分成了三部分：一小堆尖辣椒，晒成干辣椒作调料。再有一份二十来斤的，堆进草木灰里保鲜，过年时拿出来做菜待客，又稀奇又好看又好吃。还有一小部分，父亲决定做次冒险，用新方法来做一次尝试。

他把大红的辣椒洗净，摘去把、敲掉芯，然后用筷子夹起揉好的糯米浆（即糯米粉）塞进辣椒的肚子里面，然后淋上油盐调料蒸熟了吃，或者放热油里炸好了吃。

这种不寻常的吃法，让全家人都特别期待，父母更是把附近的朋友都接到家里来了。酒杯里斟满了镇上打的谷酒，被油炸过的糯米红辣椒一出锅，香气四溢，让人垂涎欲滴。再看那红白相间的样子，更是引得众人举箸凝神，赞不绝口。

主人客气地给客人们敬着这个时兴菜，一边逗趣地说："老板舍不得请各位吃肉，好菜留起来自己吃。用这些不值钱的打发你们！"众人都开心地笑着接话："那才不是，肉我时常能吃着，这个稀奇菜，我长这么大还没吃过呢！这个才值钱！"

看着只是一个完整的红辣椒，入口却极为爽脆，还飘着辣椒的香和菜籽油的香，咬一口竟是糯米粉香糯粘软的味道，咂吧咂吧嘴，又冒出几分葱花香。

这丰富的味道，使得碗底的调料汁都给众人分去拌了米饭。煤油灯添了一次又一次油，大家才抹着嘴，打着饱嗝，欢悦地道别散去。

辣椒炒肉

五月开始，菜地里的辣椒相继开花，结着三两个辣椒。记得小时候的辣椒苗普遍比较高，不比现在的品种，苗矮、结得多。

小时候的辣椒品种，要么就是大辣椒，要么就是尖辣椒，要么就是本地辣椒。大辣椒皮细肉厚，稍微有点辣味。尖角辣椒又长又细，横向会有一些细细的褶子，太长的尖上会打着卷卷。本地辣椒个头不大，比中指略长，辣味适中，味道清香，几乎家家户户都会种它。

六月往后走的日子，日头越发骄横，午饭前后围着村里走一圈，灶台边、烟囱里、门缝间，飘出最多的准保是呛人的辣椒的味道。

一时间，门里门外、屋里屋外、大人小孩、壮汉婆娘，一个都没得跑，喷嚏声此起彼伏，如同一段诙谐的交响乐。他们的脸上，或烦躁恼火或无可奈何或开心十足的样子，让你目不暇接，最后都是忍俊不禁地互相对望，一笑了之。听得最多的一句，准保是："唉呀，这辣椒，冲人得很！（呛人的意思）""唉呀，这强盗辣椒，真是呛死个人！"

可若你说一句，"这么辣，就别炒来吃了，算了吧！"，那定是没有人答应，也没有人搭理你的。

辣椒，已经是他们日常生活中不可分离的一份子，也是他们生命中本源的记忆。

记得我家的三畦菜地，分别被父亲种了三种辣椒。完整的大辣椒蒸着吃、煮着吃、油煎着吃、酿肉吃，简单的油盐入味做熟即可。本地辣椒又辣又香，辣的程度正是大家乐意接受的，增一分太过，减一分太淡；既不是一下把人辣醉了、辣蠢了的那种，也不是带着青味、怎么也寻不出一丝辣味的那种。

本地辣椒炒肉，俗称"小炒肉"，是家乡人民最爱的下饭菜。

锅子烧红，倒入斜切成片的新鲜青辣椒。翻炒，加入适量食盐，待辣椒有些变软，先起锅入碗。洗锅，烧红，放入切好的肥猪肉片，加入猪油，直到肥肉的油充分沥出，放入事先用酱油味精抓拌均匀的五花肉薄片（或薄的瘦肉片），大火快速翻炒，加入少许酱油。仅仅片刻，一大碗香喷喷的小炒肉就已经上桌了。

三两片辣椒入嘴，已是唇齿留香。再送入极尽鲜嫩又吸满汤汁的肉片，味蕾则全部被深度唤醒，食欲也在须臾间大为提升。而最会吃的人，当属那些不放过碗底些许汤汁的人。汤汁里，混合着全部菜香，混合着酱油香，混合着猪油香，它们的结合堪称完美。只需两三勺汁，淋在平常的白米饭上，拌匀了来吃，每个人都变成了"全场吃得最香的"那一个。

小炒肉是下饭佐酒的必备，虽然它身份平常，普普通通。人们却酷爱它，家常便饭时、佳肴宴席时，都可以看到它的身影。

我的学生时代，每天都必点这道菜，便宜实惠，荤素搭配，味浓味美，百吃不厌。当然，以它为基础，衍生出来更多的家常口味菜。比如：青椒韭菜花炒肉，大蒜叶青椒炒肉，都是又香辣又开胃的菜。

走出家乡，常年都吃不到记忆中的味道。各种酒楼里的辣椒炒肉，都是远离家乡的味道。盼望着的一个碟子端过来，样子全不一样，香味几乎无有，不情愿的举箸，换来连连的后悔和遗憾。

辣椒通常是不会太入得有盐味的，肯定是带着油炒的，所以看起来油亮，却完全没有盐味在里面，也没有断生，一股子青味。我最不喜欢的就是带油炒的辣椒，因为些许的盐味仅在外层，咬到嘴里，生生的辣，久久不消，特让人恼火。

大棚里的辣椒，毫无精彩可言。肉片入嘴，味如嚼蜡，更别奢望猪油的香味。

母亲做的小炒肉一流，一大家子围在一起，近二十口人都无一例外地喜欢。二姐夫更是经常挂在嘴边的一句话："妈妈，每餐我什么菜都不要，只要有份辣椒炒肉就好了！"

长沙曾经有一家规模很大的土菜馆店，却没有挂招牌，但里手（长沙方言，内行、专业的意思）的人们一定会寻到这里来吃辣椒炒肉。吃货们说，在他们的心中，代表长沙味道的"辣椒炒肉"当属这里。因此，"辣椒炒肉"就是它的无字招牌。这感觉，颇有点无冕之王的意思。

果真，后面我几次都试图问出租车司机，"去辣椒炒肉！"或者"哪里的辣椒炒肉最好吃？"他们都会把我送到这个地方。如此深入人心，真的不多见。

在一个小山坡上的木质建筑里，简陋地摆着三十多个桌子，是那种没有刷油漆的木圆桌和木靠椅。桌子上铺着很多层一次性的塑料桌布和一个小的不锈钢茶壶，里面泡的是免费的便宜的绿茶。

才刚坐下来，服务员便拿着菜谱过来点菜，辣椒炒肉自然是必须的，像剁椒蒸芋头、紫苏炒黄瓜、抱腌鱼、炒丝瓜、炒藠菜、炒红薯杆、口味藕丁、韭菜炒河虾、孜然牛肉、酸辣鸡杂、水煮鱼、口味凤爪等，不胜枚举。

这里的服务员会很贴心地为你推荐菜，绝不会让你多花冤枉钱，尽管这里的菜价本来就已经很地道。

才不到三分钟，白色大瓷碗的菜，便一个接一个地端上来了。碗也是那种便宜的粗瓷碗，有的缺牙缺脑，米饭也是大碗装的。菜太下饭，秀气的姑娘到了这里，都会胃口大开，都差点以为自己已经变成了刚干完农活的汉子。

我曾和许多吃货朋友探讨研究多次，得出小炒肉味美赛山珍的一些"秘笈"。应该是：油需多、肉需薄、火需大、酱油需浓。

最重要的一点：辣椒定需湖南本地品种的辣椒。

湖南的夏天炎热潮湿，高温炙烤下的土地，结出的辣椒分外清香，辣度也比初夏时要增加几分。青辣椒的香味，随着在铁锅里不断翻炒，辣味与香味一同渗进锅里，又再透到肉片里，透到汤汁里。

如果换成红辣椒，香味与口感都要寡淡许多。有的红辣椒还容易泛出酸的味道，有的则没有爽脆的感觉。

依稀记得少年时，我在姑父家里吃过的一顿饭。火辣辣的太阳下，自己先挎着姑姑亲手编的竹篾篮子，亲自到地里去摘辣椒；又跑到土灶前，装模作样地学着塞柴火、塞稻草把子进灶膛里。一会儿被烟熏得只抹眼泪，一会儿被辣椒呛得直打喷嚏，狼狈的样子让姑姑捧腹大笑。

一桌子菜我顾不上吃，完全让浓郁的米汤、喷香的柴火饭和锅巴粥征服。一大碗辣椒炒肉，辣得我"嗦啊嗦"个不停，香得我放不了筷子。饭菜、米汤我一共消灭了三大碗。一吃完饭，我就直接找姑父要"酵母片"吃！

秋天的后半场里，农家有一件重要的事情，那就是"扯辣椒树"，也就是把地里的辣椒树连根拔起，腾出土地来种下一季的蔬菜。

这样的辣椒，另外有个名字叫"扯树辣椒"。个头都像是缩水的夏季辣椒，皱巴巴、小小的，呈深绿色。扯树辣椒炒肉，又是辣椒炒肉中的经典之作。此时的辣椒其貌不扬，却香味独特，口感细软。

唇齿间缠绵的感觉足够让每一个品尝过的人恋它一辈子，念它一辈子，拿它和人说道一辈子！

剁辣椒

立秋后，家家户户都有几件要紧的大事要做，那就是做"剁辣椒"和"卜辣椒"（又称"白辣椒"）。

寻着连续两天三天的晴好天气，男女主人一大早就去菜市场里转悠，高效地把合意的新鲜红辣椒用大的麻布袋、纤维袋装回了家。

倒进水里洗干净，赶紧趁着大太阳，把家里的一堆大篮盘、几个大筛子、几铺干净的晒席，全都拿出来，晾晒一个个倩丽养眼的辣椒。

四个小时过去后，差不多已是下午两三点，辣椒的水分已除得差不多，便要移到屋里去放凉。这个时候，需要张罗着把自家的"得桶子"（家乡专门用来剁辣椒的工具，木质、圆形）、借来的"得桶子"，连同对应着的长把平口的专用小铁锹、秤砣、秤杆，食盐若干，几个空桶子空盆子，洗干净的坛子，无水的大饭瓢、勺子等，一应备好。

一声"开始咯"，父母喊着能帮上忙的子女，都出来干活了。

手工剁辣椒，这可是个比拼耐力的活。木质的桶子，其实有点像蒸饭的"木蒸子"，约五十公分宽，五六十公分深。桶里放上三五斤辣椒，你就抓着铁锹，用力地上下重复着移动。看桶里原本完整的辣椒断了、短了，再时不时地调换着铁锹的方向，左右左右地剁着。

你还得不时地从底部往上翻动辣椒，以免锹的落点在同一个地方。你得一直站着，坐下就不太好发力。

你得把米把长的铁锹当菜刀一样灵活运用到如此这般的功夫，才能达到快速均匀、人人夸赞的效果。

站着剁辣椒，可不是个轻松的活。通常一站就是两三个小时甚至更久，因此打发无聊的最好的办法就是约多几个人一起，一边拉家常，一边做事情。

慢慢地，大瓷脸盆里、铁桶子里、大脚盆里，都盛满了碎碎的剁辣椒，夹杂着刺鼻子的生生的辣味。这时，你得遵循着一斤辣椒一两盐的比例，用大饭勺把盐撒匀并翻拌均匀，再舀进坛子里装好。

第二天，再去揭开坛子舀一小勺，闻一下，生味少一点了。试一下盐味，不够咸的话还得倒出来重新加盐，并再次拌匀装坛子。

剁辣椒盐味不够，辣椒就会变酸，变成酸辣椒，影响做菜的口感，毕竟，糟辣椒、酸辣椒是云贵高原的特色。剁辣椒太咸，就不好吃了。辣椒剁得太碎，就不好看。剁得太大，不但难入味，还会换来一个做事不细致的名声。通常手工剁出的辣椒，每片约莫都是中指的指甲盖般大小。

一个月以后，再去揭开坛子盖，已经能闻到满溢在坛子口边缘扑鼻的香味了。

舀一勺进碗里，已经能看到清亮的辣椒汁液溢在剁椒周围了。当然，剁辣椒的最佳食用时间都是存放几个月以后，当辣椒变软和，汤汁也变浓郁了。

对于湖南人来说，剁辣椒确实太重要了。四季里随时都可以入菜肴搭配。早餐店、夜宵烧烤大排档到处都有以它为名的菜肴。山川大地、大街小巷，它承载了断季时人们全部情感的寄托，更饱含着对相应而来的美食的期待。

煮米饭的时候，母亲经常会用一个浅口的小碟子，里面放上一小勺剁辣椒，放上一小坨猪油，再多倒上几滴黑酱油，搁几粒味精，架在米饭上蒸。饭熟时蒸着的剁辣椒也熟了。这么一点点菜，轻易就可以把一大碗米饭送到肚子里。母亲自己摸索出的做法，朴实简单，却独一无二。这样的味道，在这个世界上，我是再也不可能尝到了！

人们总是能够把对生活的热爱，升华成高深的智慧，潜藏在更多独特的味道里，承载着传统，承载着成长的岁月，承载着不一样的乡愁。

红辣椒、青辣椒、广西的七彩辣椒、海南的"黄灯笼"椒，算得上是常见的辣椒的颜色吧。四川人喜欢用鲜艳夺目的泡辣椒，烹制各种食材，比如牛蛙、墨鱼仔和各种鱼类。泡椒系列，鲜酸滑嫩，配菜简单，非常适合炎热的夏天。贵州人民喜欢用酸辣椒煮鱼，再烫点青菜在里面。西北人民喜欢做油泼辣子，配上白芝麻，特别香。广东人民不喜食辣，但也会选用水果甜椒搭配在菜肴里面，怡心悦目。

白辣椒

你见过白辣椒吗？你听说过"曝辣椒"吗？你知道菜单上写着的"卜辣椒"是指什么吗？

自然的土地上无法生长出白色的辣椒，我们的家乡人民却可以用独创的手法，让世间从此多了另一种美味，那就是——白辣椒。

仍然是入秋后的大晴天，大清早便把挑好的大青辣椒或尖角辣椒洗好，用大而深的蒸锅在灶上烧上一锅开水。待水沸时，迅速把带把的辣椒倒入。等到辣椒褪去点翠绿，便把它们赶紧盛起，放在筛子里滤干水分。紧接着，用桶子装好，一桶接一桶的，提到楼顶的平台上，猫下身子，把辣椒一个接一个的摆开在宽大的晒席上接受曝晒。

晒白辣椒是个辛苦活。

刚焯过水的辣椒还没变成白色，许多还只是哑绿色。秋老虎的天气里，日头毒得很，几十斤辣椒提上楼，已经是大汗淋漓，还需要耐着性子去摆开。干活的人很容易就会腰酸背痛，甚至小腿肚子抽筋，站起身太快，定会来个剧烈的眩晕。

即便如此，你还是得在最烤人的大中午，顶着楼板往上冲的热浪，受着满世界四十度高温的熏蒸，照样得蹲着多时，只为把辣椒挨个翻一个面。

因为只有强烈日光的灼烤和曝晒，才能成就一个个出彩的白辣椒——一个个辣椒由青变白，煞是齐整好看！"曝辣椒"，简写做"卜辣椒"，大概得名由此而来。

忙至日落，你得记着去楼顶把白辣椒再次用桶子收好，提进屋子里，倒在很多个大的盆子里，摊开凉着。免得堆在一起，带着一股热腥味，影响味道和口感。

如果辣椒还没有转色，那第二天需要继续出晒，上面的步骤还得逐一重复着。

尽管辛苦，大家却都甘心情愿地受着，因为他们都深谙其道——没有好天气和好日头，所有的辛劳都白搭，深情的愿望也只会变成自责和埋怨。

当大家的言语中不无满足与快乐时，那家里的白辣椒肯定是名副其实，成功了一大半。

这时，再准备好锋利的剪刀，把盛满白辣椒的大篮盘稳稳地放在桌子上，然后将双手抹上菜油（抹油主要是防止手被辣到），干活的人稳稳地坐下来，右手边顺便准备一个空盆子。

先把所有的辣椒把拔去，再将辣椒沿中间从大的一头剪至靠近尖上的地方，但不要完全剪断。然后敲去多余的辣椒籽。一两个小时后，晒盘里的辣椒逐渐转移到了盆子里，腌制白辣椒就只差揉盐的步骤了。

加盐的步骤，虽然简单，却极其关键，决定着日后白辣椒的口感。盐少，辣椒会变得绵软甚至坏掉，好吃的白辣椒却是脆脆的。小时候，孩子们可以揪一截拿手上当零食吃。

当年新做的白辣椒透着淡淡的奶白色，陈年的却会泛着黄棕色，遇到雨天无法出晒的，就会带着没有精神的绿色和发黑的黄。

把加工好的白辣椒，装进坛子里，加上坛沿水，置于阴凉处。假以时日，哪一天揭开坛子盖，嗅一嗅它的辣味，抓一把白辣椒炒来试试。拿水稍微洗去表面的盐分，切些五花肉片备用。菜油入锅，将切好的白辣椒和五花肉搁锅里，加入大蒜叶，快速爆炒后出锅，即可大快朵颐了。

白辣椒炒鸡杂的搭配，送到嘴里，是辣得刺激，脆得过瘾。

腊月里，若是在炭火炉子上置个小锅，将一碗肥瘦正好的腊肉与白辣椒一起，配着浓郁的白酒和暖和的笑容，年的味道顿时也融进了画面。

此刻的祥和自在，释放了父辈们过往生活中所有的辛劳、困顿与磨难，只有欢喜，如花开在心头，颤在眉间，镌刻在满脸的皱纹里。

鲊辣椒

冬季时，家乡人民多数还会做一种叫做鲊辣椒的菜。那是把洞庭湖里捕捞的小河虾晒干，拌上磨细的米粉子，拌上多汁的剁辣椒，放入坛子里发酵存放。

哪天舀出一碗来，热锅中倒入少许菜油，烹两勺水，小火煎至水干，颗粒状的米粉子变得透明，就可以出锅了。一颗颗粉子，看起来红彤彤、圆溜溜的，像极了金枪鱼籽；吃起来沙勒勒的，香酥提神，这是干的吃法。

还有一种做法，是把锅中放油，再把鲊辣椒粉子调上许多的水，趁着小火，用筷子不停地在锅中搅拌成糊状，直到沸腾至完全熟透。

吃的时候需用勺子舀着才行，筷子是定然夹不住什么的。这算是湿的吃法，这样的做法使鲊辣椒特别糯软香辣，有的还夹杂着淡淡的酸味。小时候母亲经常做给我们吃。

记忆中间，母亲似乎用老甜酒（就是存放时间过长，米酒发酵过度导致酒味很浓，甜味渐失的甜酒）做过鲊辣椒。

有一年，去常德走亲戚，表哥做了一个牛肉炖扁豆的火锅。那是用一个很大的蒸钵装着，小火煨在木炭炉子上，钵里再配上一坨一坨的鲊辣椒，煮着煮着，汤汁渐渐通红，却不像川菜里的红油火锅那般油腻。

鲊辣椒微微的酸味入到牛肉里，使得牛肉不绵不硬，口感恰到好处。长扁豆里的老扁豆粒，咬开来尽是饱满粉绵的"沙"，这样的搭配很奇特很惊艳，虽然它也许名不见经传，我却再没在别处遇到过第二次！

同样的菜，同样的人负责加工，却很难有完全相同的味道，这算得上是坛子菜的一个特点。天气、火候、手法、经验，甚至心情等因素的影响，加上发酵时间、存放时间与存放地点的关系，都可以成为改变坛子菜味道的变数。

大概正因如此，人们对于坛子菜的眷念，对生活中美好的、遗憾的种种，都可以在坛子菜的身上找到温暖，找到重新出发的方向，找到对来年新的期望！

辣椒皮子

把尖角辣椒直接曝晒，连续多日，便晒成了冬季火锅和四季必备的佐料——干辣椒皮子。因为晒干后水分全失，仿佛干得成了一层皮而得名。

记忆中家里的水泥窗台上，总会有一些被有意无意搁在那里的物品，比如橙色的橘子皮、黄色的鸡内金、长短不一的红辣椒。

菜刀把干辣椒切成段，或放进火锅，或放进红烧牛腩里，再或者与青菜一起炝锅炒，可以增香入味不少。

辣椒皮子，可以用刀把它敲碎，更多时候则是用擂钵或石碾，把它碾成细碎的末末，变成辣椒粉，就是北方说的中号辣椒面。但是，像北方用来调红色辣椒油的极细的辣椒面，在我的家乡却基本不流行。也许是因为家乡的辣椒只有辣味却不太上色，不像青海循化的干辣椒面，热油一烫，就是一碗漂亮的红油，香得很，味道却十分柔和。

母亲最会做豆豉辣椒，那个时候我最羡慕读中学而且住校的姐姐。每周六回来，母亲都会给她准备两大玻璃瓶子的菜，既可以省下一些菜钱，又可以吃得可口一点。

瓶子里最常见的就是豆豉辣椒。母亲把浏阳豆豉提前泡发，配上几大勺细的干辣椒皮子，少许盐和味精，用很多的菜籽油炒。每次做这个菜时家里满屋都会香上几个小时，每次我都会馋得要命，可是母亲只许我稍微尝一下味道，偷吃时会被打手。

母亲说："等你读中学时我才专门给你做！你若偷吃了，你姐在学校就吃不下饭了！"

玻璃瓶子里，还经常会有一个炒盐菜，也就是干辣椒皮子炒干盐菜，极少有放肉的时候。后来条件好一些了，母亲做的盐菜蒸肉，即"梅菜扣肉"，也超出许多人的水准。

为简化工序，母亲会把五花肉切成一小块一小块的，然后把盐菜干辣椒都提前放油锅里炒炒，加入盐和味精调味。然后把五花肉倒一起，稍微炒到收紧一些，才放入蒸锅。蒸上两个小时，等到肥肉都已裂开，油都包裹着盐菜，再端上桌。那每一筷子，都是厚重的鲜香，口水都要多吞几下。

不知何时起，父亲倒是会在过年前，不嫌麻烦地做起和酒店照片一模一样的"虎皮扣肉"来。因为工序繁多，父亲一次都是做十来碗。份量太多，忙的时间也长，更显得仪式感十足！

称来的五花肉是一整块的，五六斤或十来斤。先用热锅把猪皮上面的毛烫掉，再分切成碗大的一块。焯水后捞出，滤水。锅中炒些焦糖，趁热涂抹在肉皮上。

第二天，在锅中倒入较多的菜油烧热，然后把滤干至无水的肉块，小心地放进锅中，待炸至表皮转色，立即放进冷水盆中浸着。很快，虎皮扣肉的关键——虎皮就形成了。一冷一热，有助于"虎皮"的形成。

此时，再将肉切成五毫米厚的大片。拿出事先调好味道的干盐菜，放在肉上一起入锅蒸制。蒸熟后取来大碟子，扣肉碗快速倒扣其上。移走碗后，这时碟中可见一份琥珀色的虎皮扣肉，颤波波的，卖相极佳。

虎皮细腻香滑，肥肉入口即化，瘦肉绵软，配上盐菜独特的香味和筋道，让人沉醉不已！干辣椒的辣味渗透其中，更是回味悠长！

前几年我还把老父亲的好手艺，不远千里带到了南京，那是配上家乡干辣椒皮子蒸的虎皮扣肉。先生经常出差到长沙，电话里听出我对他又吃上家乡味道的浓浓的妒嫉，上飞机前会特意去点一份"小炒肉"一份"白辣椒炒鸡杂"给我打包带上万米高空，这样的馈赠，算得上是乡愁的最佳治愈系吧！

2020.5.5 于金陵

桔子记忆

　　桔，桔子，是从我很小的时候就长进记忆里了的。现在想来，不失为证实父母浪漫的真实写照。

　　小时候，小孩的零食寥寥无几，而且都是"家做货"。如果轮到树上长的"限量版"，或是需要花钱去买的"尊贵版"，那就更是刻进骨子里的深刻记忆。

　　我对于桔的惦记和念想就和这相关，起头是怎样的，我一点都不记得了。只记得到了深秋，在草尾镇乐元村小学的一间空屋里，便是我的家，其实是间小房子。说它是小房子——只有大概十几个平方。

　　在一个狭长的房间里，有两张旧的木头床铺，一个旧煤炉子，一个大水缸，一块小菜板和一张没有刷漆的四方小桌子，这是供一家大小四口人栖身的蜗居之所。

　　乐元农村，家家都只种水稻，不产桔子。

　　自从晚上缠着妈妈要听故事开始，妈妈就经常跟我说着一个"小老鼠"的故事，是古老的"小老鼠上灯台"还是"红毛野人吃人"的故事，还是安徒生的"鼹鼠"的故事？我记不大清楚了。

但我记得妈妈总不忘在末尾加上一段这样的话："明天要听话哦！表现好的话，明天就会收到惊喜的！快睡吧，乖孩子！"

三四岁的我，白天经常跟在妈妈上课的教室里坐着，做了个似懂非懂，但一定很认真的"小小学生"。

下午回到家里，我惦记着妈妈说的惊喜，问妈妈是什么。妈妈似乎忘记了，顿了一下，微笑着说："就在黑色写字台里，可能有，你自己找去吧！"

我费力地爬上凳子，爬上桌面。在一顿搜索后，又小心翼翼地下到地面。再从写字台的右边，从上往下，耐烦地把每一个抽屉吃力地拉开……

从上往下数，第二个抽屉，左手边的角落里！我找到了！

是什么？

你绝对想不到！是一个巨大的金红色桔子！我两个小手并在一起还捧不住它。圆滚滚的，像个小皮球。虽然皮不是很细，也不是很薄，但很适合我抱着它玩，或滚着它玩。

最后，我还是没能抵挡住它本质的诱惑，请大人帮忙剥了皮，一瓣一瓣地送到小嘴，蜜一样甜的汁液四散，好一个停不下来！妈妈说这是刚从树上摘下来的，熟透了的中熟蜜桔。

我很少见大人吃桔子，仿佛他们都不爱吃。倒是我，那段时间只要表现好，几乎第二天都能收到第二个抽屉里神奇的礼物！

我问妈妈："妈妈，桔子哪里来的啊？"

"是老鼠子送过来的呢！"妈妈捂着嘴，笑着说。

"妈妈，为什么老鼠子要给我背桔子过来啊？"

"因为它很喜欢你啊！"妈妈乐呵呵地说。

"因为你也是老鼠子啊！"正从外边进来的爸爸连忙加上一句。

只是，他们为什么笑得那么开心啊？笑得前俯后仰的？我不懂。

我只是打心眼里感激那只对我格外友好的老鼠，虽然我梦里没遇上它，醒来不吱声时也没遇见它。虽然几年后我才明白，大人嘴里的"老鼠子嘴巴"，在家乡其实是形容一个人嘴巴吃东西老是停不下来，很爱好吃零食的意思。

原来我是个小好吃佬！

后来，课本里学冰心的《小桔灯》，虽然我也一度梦想有那么一盏温暖的小桔灯，但我却更为感恩"老鼠"送过来的那么多次的金红桔子，它们串起了我最早萌发的童心和好奇心。

甜蜜满足之余，是被爱的幸福，足够温暖一辈子！这应该也是我三十岁时仍然随身带着安徒生童话、格林童话，租来的宿舍里总是有一些几米的画册，蜡笔小新全套我也不离左右，四十多岁仍然会掉进童话世界沉迷，未来七八十岁的我也会童心澎湃的原因吧！

午餐记忆

这样一个乌云密布的天，在无法驱赶的闷热煎熬后，闪电雷鸣挟裹着肆无忌惮的暴雨，相继而至。即便是大中午，也可以变得黑天黑地的昏暗。那个重压压的感觉，远胜过日落后的黄昏，总让人有一种想攥紧了拳头吼叫一声的冲动。

教室外凹凸不平的泥坑里，集满了一塘一眼的雨水，浊浊的，边缘更是不断有黄色泥巴如浆状溶入。

第四节课的铃声响起，我却假装做作业，消耗着时间。同学们共着一把大黑伞，三三两两地离去。约莫十来分钟后，他们欢天喜地、你追我赶地跑进教室。前后两个发黄的电灯泡，从教室的横梁垂落下来，偶尔风吹过，就会明显地晃动起来。空中仿佛也晃动着几个有形无形的光圈。

除了近处几个回家吃饭的同学，剩下来的都是离校几里路的同学，除了家住学校的教师子女，班上都是来自农村的孩子，年龄也偏大一些，身高也都超过了我。

就在刚才进来的时候，他们的手上都多了自己的午餐。多是用一个又大又深的搪瓷缸子装的，也有的就是用两个家里吃饭用的大篓碗，一上一下地扣着。饭都是一早上从各自家里带过来的，早上送去学校的食堂，学校给免费蒸热了，中午下课自己去取了吃。筷子都在自己的军绿色布书包里随身带着。

我总是好奇他们盛饭的杯子，好奇他们的饭菜。他们的午餐都是厚厚的米饭、薄薄的菜蔬或是坛子菜、咸菜盖在上面。很少能有人吃上肉或荤的，除非春节后的那段时间，可以带点家里腌的腊肉吃。

我看到更多的是他们坐在上课的桌子前吃饭的背影，一个个安静地低头吃着。偶尔同桌的几个也会互相交换一点点菜食。

我馋他们的饭食，却无法到口。回家想自己玩起这个花样，却每次都被妈妈制止。

家里都是有规有矩地坐下来，夹一口菜吃几口饭。吃饭诸多规矩，不能站起来夹菜，夹菜时筷子不能伸过河，若想吃那个离得远的菜，必须递上自己的饭碗，请那附近的长辈帮自己夹。

举筷夹菜时，若与别人的筷子不小心相遇"打架"，一定要赶快把筷子退回来，嘴上还要说着："对不起，你先夹！你先夹！"喝汤必须把汤舀到自己碗里，慢慢地喝，可不能发出"呼呼"的声音，那是一定会挨骂的。吃饭不能说话，嚼菜不能张大嘴巴，发出"嘎嘎"的声音。

哪天父母忙不过来，或煤炉灭了，米饭熟得太迟了，这时我会得到特别的许可，可以端着碗去找邻居伯伯家，借一碗饭，然后开心地走回家。自己或淋点酱油，或放一勺白糖，或夹一小坨猪油于米饭上，拌拌后美美地吃个干干净净。

对于这样的自由午餐，我特别珍惜，也特别喜欢。我既有了可以端着饭碗自由来去、不用规矩坐下的机会，也有了可以自己创造米饭口味的特权。

可惜，我家的搪瓷缸子，一直就是只能装茶水，装油的。我即得不到父母的许可，自然也就只能在记忆的画面中，继续去向往那里面饭菜的味道了。

2018.8.3

莴笋记忆

　　故乡在江南，莴笋原本是到处可见，最稀松平常之物罢了。

　　可是客居异地久了，即便是在长江边的金陵古都，逛着春季的菜市场，记忆里却满满都是洞庭湖畔的景象，葱绿菜畦，村野农家。而想象之中，最让我痴想的莫过于莴笋，从写字起便被写作"莴苣"的一种蔬菜。

　　记忆中的那份盼望，是看着父亲在冬季的菜园子里下种，待春天，和着绵绵春雨，柔弱的莴笋苗们带着一身泥巴，逐渐长得粗大起来。白白的皮包裹着长长的茎，一日高过一日。叶子也是肥大厚实的，被许多褶皱撑着，一副精神抖擞的样子。

　　无需几日，等到长至一尺左右，第一批自家种植的莴笋便从地里到了炉前。母亲只需将其去皮，将水分饱满的茎切成细细的丝或薄薄的片，拍几瓣大蒜头，放入烧热的菜籽油中快速烹炒几下，翡翠碧玉的模样，飘着满屋的芳香，父母的辛劳换我儿时满足的欢颜。

　　不同于南京到处可见的绿皮莴笋，或四川的那种可以长两三尺高的莴笋，同样的烹炒，总让我失落不已。要么是毫无香味，要么是味同嚼蜡，硬硬的、木木的。

每个人都钟情于故乡的风物，怀念着故乡的味道。即便同样的青菜，也常常听人说到"还是家里的那种更可口，更好吃！"这种情怀，往往是旁人或初到此地的客人所不能理解的。也许，这和古人动辄吟诗作对的表现殊途同归吧。

故乡沅江，坐落于洞庭湖畔，风景优美，"八百里洞庭美如画"，说的就是这儿。自古富庶的鱼米之乡，说的也是这儿。因为地肥水美，本地因此有了很多的特色吃法流于民间。虽不会像旅游城市一样，被传至天南地北，但也有幸避免了在传播过程中被改成"六不像"的悲哀，传统与独特才得以完整保存下来。

家乡人民对莴笋的吃法，可谓开发利用到了极致。把嫩叶子掐成一寸约许长，洗净，锅里倒入金黄菜籽油或者喷香的猪油，再放入碎末的大蒜头，倒入莴笋叶快速翻炒，满屋子都是青青菜园子的香味。

喜辣的人，也会加一把干红辣椒粉或红红的剁辣椒，便是不同的口味了。也有被称为"鸳鸯莴笋"的，就是把莴笋茎和叶一块清炒，口感较单独炒食而言，更丰富了几许，香脆幽香。

爱吃煮米粉的老家，沿街的早餐店都是人头攒动。点一碗用筒子骨熬汤、飘着碧绿香葱、火红辣椒末和猪油星子的宽米粉，上面淋上各种浇头，比如木耳肉丝、青椒小炒肉、红烧肉、麻辣牛肉等。

店家还会配上各种免费的小菜小荤，例如酸菜、榨菜丝、手工辣椒萝卜、尖椒炒爆豆角、青椒炒晒干的小鱼虾、泡菜等。伴着热情的招呼，软滑的米粉已在不经意间送入腹内，那时的满足才是痛快淋漓。

这里就能经常遇到我最爱吃的，别处又无法吃到的宝贝。你见过一小捆一小把、扎在一起的莴笋的叶脉吗？透明微带浅绿的那种。

那是需要专门选取老叶子和肥大叶子，然后一手用两个手指头拎着叶尖靠近主脉络的地方，另一只手快速地把叶子掰下来。一会儿工夫，一大堆的老叶子被弃在了一旁，手掌宽一扎"莴笋茎"已经呈现眼前。

洗去泥沙后，不妨用淘米水泡个一天半天的，既去了苦味，又多了清香。然后切成1—2厘米长，配上大蒜头、青椒圈，简单炒炒，美味带着爽脆青绿的莴笋茎便已经产生。我更喜欢用红剁椒去炒，起锅配上几滴香醋，夏天吃来格外爽口。

我还记得，妈妈有时会把老叶子用开水焯一下，再切了炒着吃。这样的莴笋叶，不苦不涩，深绿的颜色，吃起来顺滑不已。

或者焯水之后，用大蒜子、生姜末、酱油、陈醋、干辣椒粉、味精少许，凉拌着吃，最后滴几滴香油，特别清爽。

而莴笋少有的贵族吃法，就是切成滚刀状，和刚刚剔去骨刺的新鲜鳝鱼段一起，大火焖烧，加入青椒段、葱花，开锅的一霎那，香气扑鼻。哪怕是只用一两勺汤汁拌饭，也是极其让人陶醉的事情！

莴笋切片晒干，变成了极脆的莴笋干。这是错过莴笋生长季再尝美味的最佳方法。

大学时候，因为经常生病，需要自己每天按时熬着中药，所以住在校外租来的小房子里。偶尔在闷热的天气，闺蜜带着爽朗的笑声不期而至，顺便送上一句："亲爱的，我实在是想吃你炒的莴笋经了！"大快人心的话，化解了她嘴馋的尴尬，还成全了两枚吃货的大快朵颐！

而每次从省城或外地回老家之前，父母总是不忘电话问前问后，少不了要问我想吃什么菜，好早点准备，我忙不迭地说："莴笋经、莴笋皮！"电话那头，老爸乐开了花："这个好，一块钱两把，两块钱一堆，回家我可以炒两大碟子，做个大人情！"

说到莴笋皮，我已多年未曾吃到过了。

在天气暖和的生长旺季里，老乡们会想着把老莴笋的皮整张剥离下来，再耐烦地把上面的带状丝丝去掉，三五张一捆，整齐地摆放在菜市场卖。

且不问价格如何，单是那齐整、厚度均匀的卖相，已经让我瞠目结舌。我可是只会笨拙地拿着菜刀，把个老莴笋削出厚厚的片，再去零星小点的一丁丁地撕着这些珍贵的宝贝们。几个莴笋除去肉，我往往还剥不了一小饭碗的莴笋皮，时间倒是耗去了大半个小时。要知道，嫩的莴笋是无法剥下这样的皮来的。

五年前回老家，在菜市场看到了梦想中的莴笋皮，问一下价格，居然也到了八块十块一斤，惊讶之余喃喃细语："怎么这么贵？"卖家笑着说："这个可不好剥皮，可费事的！"

朴素的菜吃法也都十分质朴。我爱的莴笋皮，无非也是或直接切成细丝细末，加上干辣椒粉爆炒，或用淘米水压着，直到泡出微微发酵的酸味，再去漂洗爆炒。

就是这么一些变废为宝的智慧吃法，成了我的最爱，也撑起了我离家在外不停想念的天空。

小时候，初夏时节，饮食难安。妈妈总会把莴笋头切成长而大的条状，拿去日光下曝晒半日，日落前收进来，待它们冷却后，或放入自己做的泡菜坛子里，或放入汤汁浓厚的鲜红剁辣椒里拌匀，腌上两日，就可以吃了。

泡莴笋是酸甜微咸，莴笋由青转黄。而剁椒莴笋则是火红中掩一份翠绿，飘着剁椒扑鼻的香，还未张口，唾液已经蠢蠢欲动。

南方天气湿热，亏得有妈妈做的这样开胃爽口的小菜，才能让我们吃米饭变得轻松，连心情都少了那份因天气而催生的郁闷与烦躁了。

我的遥远记忆里，谨存着一份清晰的画面。在儿时就读的红砖黑瓦泥巴地的乡村小学，一个下着大雨的清晨，水杉树上满是水珠子，屋檐下接雨水的铁桶里，时不时地打出一两个大大的水花。我家的房门外，有五个又翠绿又饱满的莴笋，已经被洗得干干净净，用稻草扎得紧紧的，安静地躺在地上。

不知道是谁送的？几天后，才听妈妈满是感谢的声音说，是她的学生家长送的。因为觉得老师很负责任，对孩子很有耐心，没什么好感谢的，就三天两头地把自家种的莴笋托孩子带来送给老师。

那个时候，我就记住了莴笋的味道，是感恩，是尊敬。

二十多年前，住在香港的舅舅带着长在海外的舅妈，第一次踏上阔别四十年的故土。一个偌大的天蓝色真皮行李箱里，装满了他们省吃俭用带回的衣服、手表、日用品、糖果、外国的香皂、进口的零食等。

村子里，舅舅一圈一圈地拜访着儿时的玩伴——今日的白发老人。一遍一遍地打听着外婆去世前的点点滴滴。一次一次地握着崔娌的双手——那手上或许还留有一星半点外婆的温度和味道——她曾经照顾过外婆多年。临别前，舅舅久久地拥抱着老人羸弱瘦小的身子。

那时候，我尚不懂得四十年的乡愁堆在一起到底是有多重多浓？！只记得，舅舅返回香港之前，妈妈问他："你想带些什么家乡特产？"舅舅脱口而出："莴笋！就是家乡这种莴笋，你想办法给我皮箱里带几个！"

只记得，当时舅妈一脸的不解："你也太奇怪了，香港的大小超市那么多，都有得卖，你干嘛非要从这么远的地方带过去？"

只记得，舅舅什么也没有说。

当时的我一脸懵懂，茫然不知大人们所指为何。

时至今日，一晃又是近十年不见的老舅，已是耋耄之年，他是否还会有着独特的相思，对于故乡，对于自己儿时的清楚记忆？他是否还惦记着万里之外，早已作古的母亲的模样，和家乡田园才有的莴笋的味道？

注：至此书付梓出版时，老舅已于四年前离开人世。

韭菜记忆

一、烤韭菜

　　一直以来，韭菜算不上是我最酷爱的菜，但也还算喜欢。大学那会儿，还挺痴迷于湖南师大桃子湖旁边的"堕落街"，街上那家"岳阳烧烤"的烤韭菜，宽叶子的韭菜，嫩嫩的、水灵灵的。一串三根，被竹签子串好，一摞十串，高高地堆起在台面的不锈钢盘中。

　　每当帅哥给烤串刷油时，或烤的肉串正在滴油时，木炭上便会烤出"嗤"的声音，空中随即飘起一片片新的油烟子。

　　油烟子的味道极其丰富——肉香味、菜香味、羊肉的膻味、鱼虾的腥味、辣椒末末撒上去时发出的呛死人的气味。还有从缝隙里落到火红木炭上，迅即又被烧糊的芝麻香味，香葱味、孜然粉的气味……

　　若是夏天，那南方特有的闷热，人人都是一身大汗的酷暑天，最是煎熬人的身心。那时候，全靠对美食的向往和专注，来抚慰焦躁不安的心，来挤走等候里的各种难捱。

第一次点烤韭菜时，我毫无信心。心想：这是不是长沙人说的"撮巴子"？——忽悠钱的吧？！

结果，第一根韭菜入嘴，我以为是干如柴火的韭菜叶，竟然在我唇齿间散发着炭火恰到好处的香，叶尖略带焦味的一点点脆，最后才刷的香油完美地包裹住了韭菜叶子的水分。

咀嚼之间，韭菜叶本身的香味，伴着宽韭菜特有的甜味，混合着孜然粉的香味，杂着辣椒粉的辛辣味，在打开的味蕾上火速展开，集体舞蹈。

从此，它登上了我的保留菜单。

春季的韭菜是最好吃的，鲜嫩、富有水分。烤韭菜也不例外。

二、韭白

有一阵子，我穿行在大大小小的快餐店，"苍蝇馆子"的配菜居然让我刮目相看。在平常熟悉的芹菜炒肉、四季豆丝炒青椒、辣椒炒肉这样的家常菜的盘子旁边，多了一盘白白的、一寸来长的东西。

我问老板："这个葱怎么吃？"

老板一边拎着炒勺点着盐、味精入锅，一边笑嘻嘻地说："妹坨，你这就搞错了咯！这是韭白，韭菜头上那一节白的，脆得很！几好恰的呢！配着卤猪耳爆炒，比配肉要好吃更多呢！虽然要贵上十块钱，也就是个季节菜，难道还不值得来一份？"

禁不起老板的一顿推销，我立马点了一份韭白炒卤猪耳。些许零碎的红辣椒在里面点缀，些许酱油上一下色，三两下颠匀过后，菜已出锅上桌。

真是应了某句台词：“一口唇齿留香，一口终身难忘！”

那段时间，我每天中午都去吃韭白。

市场上我没遇到过韭白，但是之后的第二年我在另外一家店的后厨，有幸看到了韭白的全貌。

若拿正常的韭菜作比较，韭白的白应该占了全身长度的一半吧。但它的叶子确实是不怎么好吃，硬邦邦的。

可能正因为如此，这个品种就是吃白。饭店的老板说韭菜一两块一斤，韭白至少都要卖到六块甚至八块一斤。

离开长沙后，我再也没吃到再也没看到过韭白了。

三、快活菜

初中时候，外地出差回来的老爸说在朋友家吃了个新鲜菜，一回家就忙不迭地去买韭菜，烧开水，切蒜末，切姜末。

老妈好心地问一句：“要不要我帮你切了？”

老爸急切地说：“你们千万别来多手，千万别帮倒忙哦！那手一多，我的作品就要被毁得干干净净了！”

于是大家各自散开，远远地看着一顿忙活的老爸。

只见老爸取来一个大的陶瓷碗，将刚焯过水的韭菜，放入大瓷缸里又迅速高高挑起，热气在空中飘浮，从一片到一丝。接着倒入香油，说是锁住水分。再放入姜末、蒜末、辣椒末、酱油、味精拌均匀，最后再加入少许盐，装入碟中。

老爸大喊一声："好咯！快活菜好咯，都过来吃吃看！"

"是啊，我可不要被卡死！"我毫不客气地说。

妈妈保持默不作声，只是微微抿着嘴笑。看老爸那样子，倒是乐在其中。

"哎呀，我说你们，咋都这么傻了，怕卡着噎着，就不能贪多。一次少夹点！比如只夹一根两根的，嘿嘿！还是看师傅先示范一下吧！"老爸边说边站了起来，热情高涨。

大姐紧随其后。

只见老爸一筷子夹住几根韭菜头，一边朝上扯起，一边又用力抖抖，下面缠绕的大尾巴便甩掉了。然后又在碗里把韭菜稍微摆好，理顺，再慢条斯理地夹着韭菜头送进了嘴里。

而碗外面长长的韭菜叶如同碧色的面条，"呲溜"一口被吸进嘴中。在有趣的咀嚼中，浓郁的韭菜清香合着调料的香味，顿时铺满了整个房间。

吃的人得意洋洋，看的人乐呵乐呵！

更有那屡试不爽的大姐，因为手的动作太过笨拙，怎么也学不会这种新吃法，急得只能用她粗短笨拙的左手，拿着筷子，夹着成团的韭菜，奈何不得！只有皱着眉头，塞一满嘴。

妈妈边嚼边开心地说："我终于知道为什么叫它快活菜了！确实越吃越快活，谁吃谁快活，哈哈哈！"

"这样吃法最方便牙齿不太好的人。韭菜切短了炒着虽然好吃，我却无福消受。"有一次，几个姑妈来到家里，爸爸又亮出了这个招牌菜。

席间，姑姑们也不得不用筷子高高地挑起，一边练习着手艺，一边调侃着彼此："看看，你吃得多，我吃得少，我算是吃亏吃大了！"

"看看，你一身肉，少吃点，对身体好！我可是特意关心着你的！"快活的长辈们你一言我一语，你添油我加醋，互相打趣。

一会儿又说起了小时候互相打架的陈芝麻烂谷子的事情，大家被逗笑个不停。这个笑得直抹眼泪，那个笑得直不起腰。

在师大上大学时，我也和友人乐乐、娟儿，展示过自己做的快活菜。欢愉的用餐时，总不忘说起过去的点滴，总会回忆起开朗豁达的父亲。

兔走乌飞，父亲已是米寿的高龄。我也似乎很多年不曾做过快活菜了。

五年前我回老家，特意去买了韭菜，准备做"快活菜"，父亲却一根未夹，只是看我们吃。

我问爸爸为何不吃？老爸笑着说："你不知道吧，现在牙齿大不如从前了，嚼不动啦！"是啊，我几乎忘了时间从未因为我的不愿意而停留！

我对韭菜也有了新的认知。它是有味道有刻度的沙漏。

炒韭菜，正逐渐从我爱吃的菜单里被清除。

偶尔炒一碟子，儿子也会笑眯眯地看我半天，然后问我："妈妈，你怎么不吃韭菜了啊？"

我笑着说："一吃韭菜就塞牙缝。太麻烦！它让我吃得不自在，还不舒服。还是不吃的好！"

看来，我也真是到了专吃快活菜的年纪了！

荔枝记忆

　　科技的更新，交通的便捷，物流的畅通，快递的飞速送达，使时空的跨越易如反掌。生活中，已是你中有我，我中有你。接通电话仅在昨日，快递物品已在眼前。

　　荔枝古名"离枝"，意为离枝即食。否则，一离本枝，一日而变色，二日而变香，三日而变味，四五日则色香味尽去矣。

　　"长安北望绣成堆，山顶千门次第开。一骑红尘妃子笑，无人知是荔枝来。"比起高力士的苦心经营，比起唐玄宗的宠溺，比起岭南、西蜀到长安几千里路途，比起那些疲累致死的成堆的马匹……我们的时代，真的是有着先人无法想象的幸福与实在。

　　苏轼在惠州第一次吃荔枝时，作有《四月十一日初食荔枝》一诗，其中，"垂黄缀紫烟雨里，特与荔枝为先驱。海山仙人绛罗襦，红纱中单白玉肤。不须更待妃子笑，风骨自是倾城姝……"初识即有了这么高的评价，"日啖荔枝三百颗，不辞长作岭南人"，自然就是情理之中的事了。

　　欧阳修有诗云："荔枝初丹。绛纱囊里水晶丸。"写的仿佛就是我手中握着的这一颗。

只是，友人继哥给我的馈赠会更贴心，为了保证荔枝的鲜度，泡沫的快递箱里加放了许多"冰袋"。荔枝鲜红略透黄色，个头又大又饱满，壳上的刺没那么尖，很好剥壳。

我试着剥开些许外壳，不料丰富的蜜汁流淌，轻轻地抬起下颌，轻轻地托着不规则的半片荔枝壳吮吸，仿佛饮着世上最甘甜的酒。那浓郁的甜，黏着嘴唇，黏着舌尖，黏着手指，黏着我眯成缝的双眼，黏着我甜到震颤的内心。再送"水晶丸"入嘴，糯软香甜，夹着特有的清香，细细地嚼着，几乎不易觉察到有细小的核。这应该是她说的"糯米糍"吧。

忘记了广东人常说的"热气"（粤地对易引发人体内火气与湿热食物的说法），忘记了"一颗荔枝三把火"，忘记了我上次吃五颗荔枝喉咙痛的经历，忘记了细心的儿子看我边接电话边往嘴里塞荔枝时，他着急地在一旁又是摆手比划，又是小声嘀咕，后来问他什么事，他提醒我说："妈妈，你别吃荔枝了，你吃了会喉咙痛好多天的！"

"没事的，儿子，我今天准备了去火的药，今天我不会上火的，这荔枝太好吃了，我都停不下来了。"我调皮地说，"一不小心，我都吃了十多颗了，哈哈！"我宛如一个幸运的中奖者，大肆挥霍着我有限的余额。

隔日，另一友人莲给我寄的荔枝到家，满箱竟无一颗坏的，细长的枝、鲜绿的叶、鲜红的果，我仿佛置身于岭南的果园。这无名的荔枝，也许只是荔枝人家的普普通通的一株，却也是晶莹的白，纯正的甜，果肉略带清脆。

我把它们剥壳，又逐一用筷子尖把里面的核顶出，完整的荔枝肉呈现眼前。空空的盆子渐渐地被堆成小山，而它们一个个，都是一番小可爱的模样。

于是我准备好一盆盐水，将荔枝肉倒进去稍加浸泡，同时，燃气灶上烧起一锅水。等到水开，将荔枝肉捞起再次冲洗，倒入锅中，煮个三五分钟，撇净浮沫，按个人口味加入白糖。

待冷却，再装入提前消毒好的密封玻璃瓶中，盖紧，倒立摆放一会，以排出瓶中空气。之后置之于冰箱冷藏，第二天，取出自制的"荔枝罐头"，舀入小碗中。那份怡然自得，那份清爽可口，令周遭的暑气与你毫不相干，只有静好的时光，不老的情怀！

小时候，罐头可是稀缺的"奢侈品"，被大人询问"你最爱什么啊？"我飞快地答："我最爱爸爸住院！""为什么啊？！""因为爸爸住院，我就有罐头吃了！"我如实回答。

病房里的人都哈哈大笑，父母也都没有责备没良心的我，我记得病床上的父亲当时竟然还是笑着的，只有母亲苦笑着小声骂了我一句："蠢东西！"

在困难年代的贫瘠之地，如果大家能够提着尼龙丝线的网子，里面装上一瓶荔枝罐头加一瓶梨子罐头，或者一瓶龙眼罐头加一瓶荔枝罐头，那已经是很客气的人情了。罐头耐保存，又都是远方来的稀奇物品，自然适合在这样的关键时刻出现。

高中以前，我都没机会吃到新鲜的荔枝。但这丝毫不影响我们对荔枝的熟悉。

老家的习惯，是在走人家（串门或走亲戚）时，去百货店选购一袋一袋包装好的干荔枝干龙眼。它们都是带壳的，棕褐色，荔枝壳的突起尤其醒目。

干荔枝一定要选购歪头扁脑的，妈妈说那种肉厚还甜。干龙眼我们叫"干桂圆"，却要选大的，圆溜的。高中时还只要六元钱一斤，干荔枝略贵，十元一斤。一般人家，都是干桂圆与干荔枝二比一的买，因为荔枝容易让人上火，桂圆平和一些。另外荔枝更甜，桂圆淡一些，二者都是补气血的佳品。逢年过节时家家户户都会准备许多，既可以送人拜节探望病人送月婆子（产妇），也可以一家老小做成菜肴或甜品经常吃。

姐姐们围坐在一起时，觉得干坐太浪费时间，大姐或二姐就总会去厨房抱几个大脸盆，从柜子里找出几袋子干货，坐下来你一言我一语，有一句没一句地闲聊起来。

一个空盆装肉，一个盆装壳，噼噼啪啪捏碎壳的声音，互相显摆选货技巧却遭对方互嘲互怼的快乐。一不小心被壳夹到手指头的笨拙的我，还是更擅长用舌头去验证姐姐们的经验是否正确，一会剥得少吃得多的我就被大家驱离，我也乐意，脸颊子已是鼓鼓囊囊的。"好恰佬！"（此处好字念第四声，好吃的人，吃货的意思。）

剥好的肉，被装入铁罐子，还用塑料袋扎得紧紧的。一到有贵客登门，或是谁过生日的时候，妈妈就会早早地去厨房，准备着一整只新鲜的土鸡，加入一大碗剥好的干桂圆，一小碗干荔枝，一小碗干红枣，几块被拍扁的生姜，用深的锅子慢火炖煮着，也可以隔水蒸着。一两个小时后，这道有名的"三圆鸡"就做好了。

浓香扑鼻，营养美味，鲜中微咸，咸中带甜。先吃鸡肉，再吃"三圆"，最后再喝上两碗美美的汤，一家人，互相谦让，互相给予，其乐融融！

虽然我了解这道菜的做法，却从没动手做过，总觉得吃的人太少了，做不起来，那一扫而光的画面，可是对厨师最大的褒奖。

冬季的早上，玻璃上挂着霜花，大家嘴里都呵着热气，搓着双手，清冷极了！母亲会经常用干荔枝干桂圆红枣煮鸡蛋，或煮着甜酒做成早餐给一家子吃。这个甜汤真的很营养，父亲有几年身体很差，一年到头没断过这些，也幸亏了父亲的毅力，幸亏了母亲的细心照料，坚持药物之外的食疗，父亲的状况才得以改观。

记得幼时父母带我去村里的世伯、婶婶家拜年，家家户户都是忙活着去昏暗砖屋子的木柜子里找红糖，又去鸡窝里找最新鲜的鸡蛋，抓起个草把子点燃再急急忙忙地塞入灶膛，再急急地用竹制的"吹火筒"吹着，唯恐那一碗装满喜悦的盛着三四个鸡蛋的"红糖鸡蛋糖水"上得迟了，唯恐我们要急急地抬腿去了下一家。

可是，这样的时刻，我却最为害怕。躲闪着，避让着，堆着一脸的笑，小手摆个不停，却又怕拂了主人的好意，伤了主人的好客之心。只是，我从小就不喜吃水煮蛋，不喜吃荔枝桂圆这样的好物，嫌甜腻不好消化。

前不久，无意中在手机的淘宝直播里，看到了"白糖罂"荔枝的画面，镜头里有硕果累累的荔枝树，有农民们低头选拣一筐筐一篓篓荔枝的样子，有新时代的农民自己在镜头前专业地介绍着相关信息的画面，我想起了远方的老父亲，八十四岁高龄，牙已不太好使唤，这个他应该能吃吧？至少能吸到蜜般的甜味吧？

于是，我就下了订单，不知这个我没吃过的品种味道如何？不会像"妃子笑"，有的还带着酸味吧？

　　三年前，我试着用自己的方式来记录时光。我试着做紫苏青梅，试着做荔枝泡酒、樱桃酒、杨梅酒、柠檬酒。

　　中间我曾多次揭开瓶盖，依然只闻到谷酒的气味。而今已经是香气浓厚，酒色如红茶的汤。每每我想尝一口时，不是喉咙痛着需要放弃，就是无人共品而只好作罢。二姐电话调侃我："喝不动找我喝嘛，这一轮水果酒我可是惦记好久了！"

　　前阵子，二姐他们不远千里自驾出行，途经我家，我忙不迭地把分装好的一瓶瓶水果酒塞进她的行李中，"你的心愿终于可以实现了！"我笑着说，我甚是欣喜，仿佛一个被我冷落已久的朋友，终于能够得到新的朋友，得到新的赏识。

　　今日突然想着小酌一杯，想想远方的亲人也能有这么一刻做着同样的动作，那也是一种温暖的连结和记忆的镌刻吧！

2020.6.20

葡萄记忆

说到葡萄，都不陌生。说到种葡萄，滋味一定是别样吧。

想一想，每天清晨绕过葡萄藤，看着它迎风摇摆的柔嫩的藤蔓，盼着它早日爬上高高的屋墙。父亲不知从哪里搞来的种子，又顺手靠墙插了两个细长的竹枝，当是给它们向上攀爬的倚靠。

过了一阵子，葡萄藤从膝盖高长成了比我高，比父亲高，一不留神，它们窜到了二楼的楼梯口的高度。我仔细地搜寻着它们挂起的果实，果子不太多，小小的串上面有些小小的果，果子的皮厚厚的，泛着浅绿的哑光。

到得炎热的七月，葡萄的个头终于大了一圈，我每隔三两天，就会痴缠着大人问："葡萄多久会熟啊？大人搭着梯子摘得到吗？好吃吗？"父亲见我如此上心，于是许诺我："摘葡萄的时候，第一串的第一颗一定奖励给你！"

等到八月的一个黄昏，父亲搬来长梯喊我扶好，一边拿着篮子和剪刀上去了。挑着皮薄带层白色粉状的剪了一串，父亲说："没修枝，光长藤子不长果子，下次我就有经验了！"

我屁颠屁颠地跟在父亲身后，等他蹲下身来，喊我过去选出一颗大大的青葡萄，说："快去洗了，试试味道，你的奖励哦！"

我风一样地跑着，拿着这个宝贝左看看右看看，开心地把它放进了嘴里。一口咬下去，汁液四溅，我被酸得没鼻子没眼的！任我呲牙咧嘴，紧皱眉头，这宝贝葡萄的酸已经完全超乎我的承受范围。"爸爸，你这都是种的什么葡萄啊？酸死人了！"

长久以来，我似乎就没有听说过谁家种的葡萄好吃这样的话。

那时候，农民的处境迫使他们很现实，没产量，没技术，没好价格的东西，请人种都没人会去种。

月底，去北京出差的大姐夫回来看望父母了。他笑容满面地递上一些牛皮纸包着的北京特产，一边和我们聊着天。一会儿他又从行李袋里小心地取出一个小纸箱子，小心地打开它，只看到里面是白纸包着的两大串葡萄。每一颗葡萄都是圆溜溜，亮晶晶，巨大的。那一颗葡萄顶得上父亲种的五六颗大小。

姐夫说："这是一个朋友的弟弟托我带回来给他老兄的，说是出口到国外的品种。"

说着，姐夫从里面掏出十来颗来，"爸爸，妈妈，你们来试一下嘛。我刚刚检查了一下，这几颗掉下来了，不吃也会坏掉的。"

姐夫教我小心地把皮撕掉，牙齿轻轻一咬，甜滋滋、水汪汪，一颗够分成好几口吃的。

父亲母亲也在姐夫的好言相劝下，各吃了一颗，都不停地夸赞道："真甜啊！怎么还会有这么好吃的品种，而且，还就是只青不红的品种！没想到大地方来的东西会这么好！"

母亲又不忘对姐夫说："志强，'受人之托忠人之事'，你还是不应该把它打开的，你心意是好的，下次可不能这样哦！"

　　姐夫笑嘻嘻地说到："您就别担心了，这个朋友是我玩得特别好的，我也算是这个弟弟的哥哥之一，没事的！主要是这东西，太稀奇太难得吃到了，我带这么远，坏掉几颗太正常了，妈妈您就别放心里了！我这就去送了！"

　　"哎哟，你几时还变得这么油腔滑调了啊？！"父亲笑着对着姐夫的背影骂了这么一句。

蚕豆记忆

还记得小时候最爱吃的零食吗？说不出的简单，一旦走进我们生命，说不上喜欢，谈不上讨厌，这样的无选之选，倒成为了我们年轮里重要的印记。

如同《芋老人传》里描述的一样，我曾经那么熟悉的它们，却被自己慢慢地远离和淡漠。今日的味蕾如同被打磨了的齿轮，想要和它有恰到好处的咬合，除了百般挑剔和浅尝辄止，过往那令我满足的种种，都变成了毫无感觉。

它的残边缺角，在记忆的橱窗中如同一块蒙尘的旧花布，边缘老旧，经纬清晰。

携带方便，加工方法简单，容易储存，通常是女当家最欢迎的。而不花一分本钱，只需付出体力，种植采收都不太麻烦，又进一步赢得了男人们的青睐。再加上既能作零食又能当菜，还算得上是半种干粮，简直就是如今说的圈粉无数的"红人"。

春天里，田埂上的蚕豆苗长得挺快，开出了浅紫色的花，花朵本还有模有样的，可就是那一颗黑色的点，仿佛东村朱家大姑娘脸上的那颗大痣，让人扫兴。

上学的路上，我脚上的黑布鞋无数次地穿行在蚕豆苗中。无人做伴，我便留心地记着哪株苗的蚕豆荚有点胀胀鼓鼓的了，哪株的豆荚结得最厚。

下午放学的时候，一群斜挎着绿色帆布书包的小伙伴，连蹦带跳地走着。看一下附近没有劳作的大人，便如觅食的麻雀般，快速散开到田地各处。

大伙儿猫着腰，熟练地揪着无人看管的蚕豆，为了避免挨骂，我们通常是一人只摘个三五个，也不集中在一个地方摘。通常是边走边摘，边摘边吃。从青味满嘴到嚼起来比较清脆到蚕豆有些发黄时嚼起来粉粉的，我们都是最清楚不过了。

懂吃的人都是互相转告：老的蚕豆做菜才好吃。

老蚕豆的豆荚十分饱满，还挺沉手。剥开老的外壳，蚕豆颗粒不再是以前干瘪瘪的样子，包裹着蚕豆肉的软壳有些变硬，剥多了指甲盖都会疼。剥好的蚕豆一分两瓣，黄黄的、厚厚的，肉看起来也是紧致的。于是饭桌上多了许多的时令菜：蚕豆马铃薯汤、蚕豆菜心子汤、蚕豆子肉沫汤、红烧蚕豆、油焖蚕豆。

妈妈更爱做蚕豆煨米饭，拣老蚕豆肉，入油锅爆炒几下，搁点盐，然后盛起。锅中倒入洗好的米，放入适量的水，盖上锅盖煮饭，待水快干时，倒入备好的蚕豆，再盖上木锅盖，小火焖烧。饭熟后并不急于揭盖，而是从灶膛里取走没燃完的柴火，只留一些红色的火籽（没明火的红色小块），再焖个五六分钟。

顿时，米饭香、蚕豆香、菜油香，夹杂着锅巴香，从锅盖的缝隙中透出，一下子把大家的食欲激发了起来。移走锅盖，把饭菜稍微拌匀，不需要别的东西，就这样的蚕豆焖饭，小孩都可以很快就吃光两大碗。

下午吃腰餐的时候，我悄悄从铁罐子里抓一把炒蚕豆放在兜里，坐在竹椅子上自顾自地吃起来。妈妈听到"嘎嘣嘎嘣"的声音，温柔地跟我说："你干脆去拿个碟子，多抓几把豆子来吧，大家都可以吃啊！"

就这样，就着一杯白开水，一家人开始了快活的下午茶。

炒蚕豆简单得很，不放任何佐料，就铁锅子耐心把干蚕豆炒熟就好，原汁原味。印象中，炒蚕豆个儿都不大，应该是做菜后挑落的吧。

有时，我贪吃得停不下来，妈妈就笑话我说："少吃点！咬得这么费劲，你还吃这么多，炒蚕豆可是费牙，你小心一会儿牙齿都掉光光的！"

过了几年，开始流行去镇上百货公司买炒蚕豆，那是砂子炒的，蚕豆尖上都开着口子，比自家的好吃，没那么硬，也容易吐壳。

再后来，小伙伴给我掏出一把兰花豆，说是从他爸的下酒菜碟子里讨出来的。

四川的贺伯伯回老家，给我家带来了他们的特产——怪味豆，又香又脆，微微的麻中带着一点辣，丰富的味道令人印象深刻。

再后来，似乎很少见到炒蚕豆的身影了。早两年回老家去，把街上的老街逛了一圈，在柜台上那个圆圆的玻璃瓶里，我发现了炒蚕豆的身影。

"买点湾豆子吗？"我欣然点头，可是没五分钟，我就放弃了幻想，一颗炒蚕豆，放在口里，换了很多个点，试着嚼动它，结果除了牙疼牙酸，一无所获。那一瞬间，我才明白，自己恐怕是要和这个熟悉的朋友说永别了！

常常会想起很多开怀大笑的时候！大家正在聊天说话，不知谁的拳头已经在你的身后或你的侧面准备好，冷不丁地飞快偷袭着你的下巴！在你张嘴正说话时，拳头用力地自下往上发力，敲击着你的下巴。就这样，你本来张大的嘴变成了不自知的"下牙砸上牙"，突然而且猛烈，嘴里发出的是奇怪好笑的声音，你却愣愣地傻在那儿，旁边的人已经笑得东倒西歪，"湾豆子好恰吧？哈哈哈！……"

吃过亏的人定是要伺机敲回来的。他们总会暗暗地找准时机和目标，痛块地下手报仇或挑起新一轮的战斗。因为比较安全，经常会成为一家人的节目。

除了"敲湾豆子"，还有"敲丁根子"的游戏。掌心朝上，把食指或中指尽量弯曲，这时从背面看就如同一个小榔头，把它对准人的脑门顶（接近百会穴）的位置，没轻没重地敲那么一下。小伙伴们之间玩得很多，当时这也是父辈惩罚孩子的方式之一。一旦我做错事，父亲就会对我或轻或重地敲几下"丁根子"。

湾豆子，是家乡方言，即普通话说的"蚕豆"。读音和"豌豆"一模一样，却不是"豌豆"所指的荷兰豆。是家乡的寻常农作物，我对它的认知，远不止它本身那么简单，远比它本身要深厚得多！

2020 年 3 月 30 日于金陵

西瓜记忆

　　小时候的我，是在乡村小学的校园里长大的。这样的氛围，使我从小被母亲用个围椅，放在教室最后面。三岁开始就能像个插班生一样地跟着大孩子们上课，又能像个男孩子一样到处撒野。从小在农村的泥巴地里摸爬摔打，庄稼地、桃树林、苎麻丛中、池塘边，和小伙伴们一起快乐打闹，无拘无束地亲近着大自然。

　　我说的围椅，家乡话里称呼为"枷笼子"。就如同手工木制的宝宝椅，四四方方，二尺来高，桌面以下的四周都是木柱子，上面仿佛是个桌面，中间锯空的部分是个圆形，被木匠用刨子刨得十分光滑。中间的座位却是可以360度旋转，大人忙碌的时候，就是把娃娃顺着中间的空处往下放。直到宝宝的小屁股坐在了凳子上，小脚一蹬底下的"木地板"，身体便有些微的旋转，一双小手顿时也会在胸前的木板上时而兴奋时而无聊地拍打着。这种椅子通常是给还不太会走路的宝宝用的。一节白萝卜，一块小帕子，一把小扇子，都可以成为孩童的玩物。

我有幸能去地里亲自采摘西瓜，真的只有屈指可数的两三次。

　　第一次的记忆，是在七月的下午。土路被晒成烫的了，知了拼命地叫着，树叶一动不动，走路时汗珠子成串地掉落。

　　父亲领着四岁多的我去到村东头的高地。在那片高地上，有一片林子，林子旁边的空地上，是张哆的西瓜地。

　　父亲和张哆是相识多年的老友，虽然一个是下放的知青，一个是地地道道的农民，却丝毫不妨碍他们在简陋到有些破烂的瓜棚旁聊天。一杯凉白开、一条满是泥巴的歪腿长凳子，都能说上个半天，气氛总是轻松而欢愉。正所谓："非丝非竹而自恬愉，不烟不茗而自清芳。"

　　因为父亲总是会把自己书上学的一些知识，热心地告诉身边的老乡，教他们施肥、驱虫，教他们让稻子增产，让瓜果变甜。所以，很多的老乡心中都是充满感谢的。大概也是这样的原因，架不住张哆三天两头地去家里热情邀约父亲带我去西瓜地里玩，加上我的闹腾，才有了这样的记忆存在。

　　西瓜的藤蔓满地爬着，从中走路，可得小心，时不时叶下会有几个小西瓜东躲西藏着，一时间，我仿佛入了地雷阵，小西瓜们正测试着我的眼力。西瓜叶子挺好看的，有点像母亲剪纸的某种花纹，靠近根部的藤虽没有南瓜藤粗壮，却也不是羸弱瘦小的样子。

　　小朵的黄花快乐地开在尖上，下午的阳光也不曾把它晒焉，它是十分期待自己快快长成圆滚滚的模样吧？虽然下午的藤蔓已经被炙烤得没有了精神，叶子也不太舒展，可是张哆说，等到凉快的黄昏与清晨，它们都会精神饱满，像会走路的孩子一样可爱！

而我，兴奋地在西瓜地中间细细的陇上跑来跑去，一会在东头喊着"这儿有个好大的西瓜！"一会在西头稻草人旁边喊着，"这儿有个更大的！"一会学着父亲的样子，低头仔细寻找着藤蔓上有弯卷的黑色须须的地方，再歪着个脑袋，弯起右手的食指和中指，轻轻地在大西瓜上敲两三下，听是"嘭嘭"声还是脆亮的"当当"声，或是又闷又哑的"噗噗"声。前者是成熟度刚好的瓜，第二种是尚未成熟的瓜，第三种是熟过头了，坏掉的瓜。用我家乡的话说，是"这个西瓜汤掉了"。肉瓢都变成了水，结果可想而知，只能扔掉！就这么一句简单的话，在张嗲和父亲来说，都是极为简单的事情，但在我看来，却是觉得挺困难和神奇的事情。

　　那时的我，可是只有等到切开西瓜，吃到嘴里，才能给出"西瓜好吃吗"这样问题的答案。

　　时光的历练，让我童年时的神秘答案逐渐消退，到成年时我已是挑瓜能手。

　　那时的西瓜品种稀少，大多如同张嗲所种的品种，西瓜都是深绿色的皮，上面再有些细细的纹路，西瓜个个都是十斤八斤的，圆滚滚的。靠近泥巴的地方，多是一片亮眼的黄色。东汉刘裕有诗云："杨晖发藻，九彩杂糅，蓝皮蜜里，素肥丹瓢。"西瓜的种种可人，大抵如此。

　　父亲带着我在西瓜地里玩了一圈，时不时把地里几个烂掉的小瓜扔到远处，最后摘了一个十二斤重的大西瓜，和一个勉强算熟的一斤左右的小西瓜给我玩。

　　可是张嗲一味地嫌弃我们摘得太少，又赶忙去地里挑了个瓜，抱到水缸旁，洗干净了。转身又去棚里把菜刀拿来洗干净，快速地把西瓜一切两开，再切成几大块，递到父亲和我的手中。

西瓜的瓤红红的，淌着甜甜的汁，瓜籽黑中带黄，小小的一粒粒。记忆中西瓜地里摘的西瓜，吃起来都是暖烘烘的，还带着菜刀上青菜辣椒葱的味道。

父母似乎更懂得吃西瓜，回家后，他们会把西瓜浸在一个大水桶里，三至四小时后再切开来吃，那滋味比在西瓜地里吃的要更凉沁，更香甜过瘾！

后来，全家搬迁到了父亲的单位，也是农村，只不过单位的房子有了高大的围墙和铁门，有了几个鱼塘，我也有了新熟识的邻居。

那时单位给每户家里都分了一些小块的菜地，烈日下，风霜里，父母会种上四季时令菜蔬瓜果，我的农业知识启蒙就是在那里完成的。

在厨房后边的空地，常有两三根日渐长大，越爬越远的西瓜苗。父亲有时会把烧完并凉透的藕煤球灰、碎鸡蛋壳，覆一些在它根部。

不知哪日，小西瓜变着魔法般长大，浅绿的花皮，清晰好看的纹路，上面还敷着一层薄薄的粉。等得个把月，长到五六斤时，我便日日探望着那个瓜把附近，等着那曲卷的须须由碧绿变成黑色，那便是我获得战果的开心的日子！

事实上，在我幼小的心里，父亲就是个会变魔法的魔法师！

他老是和我说，其实西瓜苗根本就不是他种的。那是不知啥时候，吃西瓜时吐掉的西瓜籽长出来的。就像每次吃桃子时他都一本正经地和我说，隔壁叔叔因为有一次吃桃子太急，不小心把桃子核给咽下去了，结果喉咙那里就有了个像桃子核一样的东西卡在那里。

我急于求证的眼神，每次都会在隔壁叔叔那里得到和父亲如出一辙的说辞。

于是我对此确信无疑，经年累月！爸爸吃桃子剩下的核扔地里，但是没能长出苗来。隔壁叔叔因为吃桃子太急，把核卡在了自己的喉咙。

随着时光的流逝，家庭成员越来越多。

一到暑假，父母就格外忙碌。喊外婆的，叫奶奶的，呼妈妈的，此起彼伏，好不热闹！

在这亲情厚重、气温超高的时节，我不忘竖起耳朵，听围墙外"卖西瓜啦——包红包甜的大西瓜啊——西瓜便宜卖啦"的叫卖声。然后我会带着一群小外甥，像情报员一样，喊一声"等一下，看瓜呢"，一下子飞似的跑到了父母跟前。

父亲走上前去，随手拍拍好几个瓜，看看瓜把是否新鲜。这时，卖家多会随手拿起一个瓜，用拳头在皮上狠狠敲几下，再一掰开，瓜的成色显露无疑，试得味道，不酸，还挺甜的。看起来又没什么白瓜籽，价格合适，基本上隔三岔五都会买些西瓜。

因为家里人多，也寻不出第二种更好的零食。加上西瓜基本上只要一两毛钱一斤，也都是本地农民自己家种的。瓜农把西瓜装在箩筐里，再放在板车上拖着，一路叫卖的。卖瓜的搭档，一般都是夫妻，或是父子。

我家每次都是五十、一百斤地买下许多西瓜。

称西瓜的时候，由卖瓜的和父亲一起，用绳子穿过扁担，再把一个重重的蛇皮袋子扛在肩上，一人再去调整着秤砣，直到把秤砣翘得老高，再用手紧紧抓着秤砣的刻度处，同时把西瓜袋子小心地放在地上，最后才来细细算账。卖家多数都很大方，遇到买得多的，给钱后还总是会额外送上一个西瓜，算是感谢。卖家还会把西瓜送到家里，一个个摆好。

从此，抓着西瓜滚来滚去地玩，帮着把西瓜运到指定地点，都是我们小孩子乐此不疲的事情。

一屋子的西瓜，绿绿的，聚在窗下，看过去，顿觉一片清凉！再加上一屋子嘻嘻哈哈的笑声和小孩子们的打闹声，我家的温度瞬间远离了酷暑，一派和谐！

午睡起来，母亲会习惯性地说："吃西瓜咯！谁去搬几个西瓜来哦？切成两段后，拿勺子舀着吃。一人半个西瓜的指标！"

桌上金属叶片的天仙牌台扇（台式风扇），开着个 2 档的风，正不紧不慢地转动着蓝色叶片。"红梅"牌收音机也打开了，这个点收听到的，准是母亲爱听的歌曲或者是广播剧。

父亲总会打着赤脚，提上一铁桶水，用手把水撂到水泥地板的各个位置来降温。

那个年代，还没出现空调冰箱之类的高科技产品，也没有各种风格的风扇。三十七度的高温天，能像我家一样，能拥有一台台扇，盛夏不用在外奔波劳作，而是可以捧着半个西瓜，吹着悠然隐约的风，还不停电的日子，就是最大的幸福和满足！

待大家都吃完西瓜，便是母亲登场忙碌的时候。

母亲端个大盆子，收拾起所有的西瓜皮。一手拿着菜刀，去案板边把西瓜皮里面的红瓤削干净，再把外面的绿色皮也削干净，西瓜皮很滑，不太好削。最后多是大小不一的三角形块块、正方形块块和狭长的长方形块块。

只记得有一年夏天，雨水特别多，气温也比往年低，那年的西瓜皮比往年厚，削出来的西瓜皮也比往年更多一些。

母亲把削出来的小块小块的白色的西瓜皮，洗干净，再晒上一个日头，待冷却后，或放在泡菜坛子里，老家称之为"浸水""浸水坛子"，因为是把晒得半干的各种瓜菜或根茎类菜，浸泡在酸水坛子中而得名。过三日夹出来吃，又脆又酸，可是开胃的好菜。或是把西瓜皮切成薄片，再晒个一天半天，至瓜皮已经变得又软又皱，冷后配点青椒，再配点肉片炒着吃。一筷子入口，嚼着的西瓜皮"嘎吱嘎吱"地发出脆响，还透着一股淡淡的清香，十分可口！

日落前，屋内热浪袭人。西晒的房间尤其热气腾腾，难以靠近。直到八九点后，屋内温度才能稍微回落一星半点。夜里满世界的蚊虫到处飞舞，睡在屋里还必须挂着那种密不透风的棉纱蚊帐，除了摇蒲扇，没有一丝风，特别难受。手酸不说，那种厚实的闷与不透气，比炎热更让人难以入眠。

入夜前，父亲把屋前大片的空坪打扫干净，再倒上几桶井水，然后在远一些的地方熏一把干草赶跑周围的蚊虫。

母亲给我洗澡收拾妥当后，一边唤我搬两条长凳子，拿几把大蒲扇，备一大缸子冷茶，一边和父亲两人抬出大大的竹凉板搁在了长凳子上。

母亲转身去拿起湿布，把凉板里外擦了个遍。又细心地用小碟子点上几根蚊香放在凉板的下方，还会在口袋里备上小盒子的万金油，以防被蚊子叮咬。

入夜了，父亲把吊在井中半日有余的西瓜从网袋里取出，切开给家人们吃，那格外凉凉的甜味，让燥热的心里平静了很多。

一家人，或搬着椅子坐在空旷处，或躺在竹凉板上打着扇子，多么惬意快慰！我最喜欢和母亲并肩躺在已经被睡得发红的竹凉板上，我在想着崔家奶奶家里那张一人宽，有四条腿的竹铺子，是不是比我家的凉快？看着天空的星星渐渐地多了起来，夜深的时候，天空变得拥挤不堪。

一颗颗星星，在我头顶上方明明灭灭闪烁不停。母亲常说："天上一颗星，地上一个人。"我却不懂她的意思。

一丝丝的云儿自在地飘摇游走着，月亮也大起来，一会儿又不在我眼睑了。

近处母亲摇扇的声音，时不时谁的手掌打到蚊子的声音，隔壁叔叔划火柴点烟，又急不可待地吧唧吧唧大口抽烟的声音，父亲母亲愉快的说话声，远处村子里远远近近的狗叫声，抽水机轰轰工作的声音，和着远远飘过来烧稻草的烟味，一起编织成了我的梦境。

奇怪的是，众多个不下雨的夜晚，我都是在天空下睡着的。可早上醒来的时候，我总是在屋里的床铺上。

我也多次吵着要在外面一夜睡到天亮，可父母总是不允，说深夜打露水，湿气太重，会生病。

没想到，这样的遗憾，竟会是终生的！

在那个地方，在母亲的身旁，无论在哪个时间，都没可能再入一次那样的梦境！我和母亲的邂逅已过，物是人非，昨日重现只可能是歌手卡朋特的肺腑之音，只能是一首歌。与逝者的相逢，也只能是电影《人鬼情未了》里缓解观众和剧中人思念之苦的离奇浪漫的想法。

　　在我生长的时空，海水与海岸依然亲密无间。只是长大后的天空早已不是当初那片晚霞绚丽灿烂，夜空繁星满天的镜像。土地变得遥远且难以亲近，就连待在露天的泥地里自由生长的西瓜也被移进了大棚，也变得稀少刻意起来。

　　一切都在回忆中变得越发独特，越发让人怀念！失去的才是最珍贵的，原本是描述人类感情的话语，此刻它却能帮我表达心底的种种念想……

甜酒记忆

　　漫过岁月的河堤，唯有甜酒在各个寒冷的冬季都一直陪伴着我。湖南人对于甜酒的喜好，应该是不同寻常。我能喝酒，大概也是缘于从小对甜酒的痴迷。

　　仿佛还是在乡下小学的红砖教室里，凹凸不平的泥巴地面，房梁上悬着几个发黄的电灯泡。我家人多，我是家里的老五，即便大姐已经出嫁，哥哥已经考上大学，我和两个姐姐、还有爸爸妈妈，平时都是挤在一间二十平米的狭长房间里。

　　实在是太挤，烧饭的小煤炭炉子都是支在了走廊上。一到放假，父母只好跟学校领导申请了借用旁边的空教室，借用几张破旧的课桌，切菜做饭、吃饭才算有了个像样的地方。

　　"小孩盼过年"说的应该就是我吧。过年多好啊，终于可以穿一件属于自己的新衣服。那可是妈妈先去找裁缝师傅问好尺寸，然后去镇上买好布，又在早先约定的时间里带我去到师傅家，需要量尺寸、送扣子和松紧带等配件。若是棉衣，还要把相应的棉花也送去。然后就是眼巴巴地掰着手指头数，"还有几天，还有几天，就可以穿到新衣服了"。内心却是说不出的高兴劲。

要知道，平时我都是穿的姐姐们的旧衣裳，裤子也是拿去裁缝店改的，有时是在去年短了的裤子上，妈妈再去配个好看的颜色做成一道一寸多宽的宽裤脚边，就像现在电视上少数民族的款式一样。可那时我们并没有电视可以看啊，因此每次裁缝看着我身上的衣服，总是夸妈妈太聪明，旧衣服都可以变得这么特别！

过年，好吃的也多了。亲戚们都会把自家攒的各种干菜、自家的鸡蛋、养的鸡鸭，提一些送到家里来。所有的年货当中，我只默默注意一样东西，它就是甜酒！

我对甜酒的痴迷，早已变成了一桩"乐事"，在亲戚们嘴里一说就是几十年。

四岁那年的正月，姑姑带着很多特产和甜酒从大老远的益阳牛角仑来到我家，一阵寒暄之后，话匣子一开，兄妹几人聊到了天黑，这时突然想起许久不见我的身影，大人一顿慌乱，连忙分头去找。

忽然听到姑姑高声疾呼："哥——快来！"吓得老爸调转身子就往我家厨房跑去。只见小脸通红的我趴在桌子上已睡得直流口水，一摸我额头丁点都不烫，我的旁边摆着个空碗和一片调羹，再看被姑姑顺手架在桌上的一桶自制的甜酒，已经多了个又大又深的窟窿。

大人们笑得前仰后合的，姑姑直说："这家伙吃甜酒吃醉了！偷吃了怕有两碗之多！怎么就这么好吃，能让你这么爱啊！"

从此以后，我爱吃甜酒的说法便成为众所周知的事实了。而我，也因此得到诸多福利。走亲戚时，主人都会早早给我准备好一碗沁甜喷香的好甜酒，有时还会早早装好一大瓶，待回家时让我抱回家来。

正月里，家里只要来客，端上热茶以后，妈妈就会去打开炉门盖，拿个无油的小铝锅子，接些冷水烧着。又差我去帮忙舀几勺子生甜酒放到锅子里煮，然后又拿个鸡蛋敲在碗里，让我给打匀。等水开滚得厉害时，妈妈端起鸡蛋，沿着锅沿倒，锅里顿时画好了一个漂亮的金黄的圆，盖在雪白的甜酒上。

待冲鸡蛋成型，妈妈才把火关小，才用手上的勺子去轻轻地搅动着锅里的食物。又吩咐我拿干净的碗和调羹盛着，端给大家喝。

客人们喝着热气腾腾的甜酒，聊着甜酒的出处，说着年前年后的家里家外热闹的事，至临走时，从嘴里到心里更是装满了对主人家的连声感谢与赞美。

上好的甜酒煮熟了吃，根本不需要放糖，有酒香，有足够的甜度黏嘴巴。

哥哥爱喝那种煮过的冷甜酒，爸爸最爱吃甜酒煮糯米糍粑，这样更饱肚，我最爱吃生甜酒，味道浓郁、醇厚。如果是煮着吃，我也不喜欢吃加鸡蛋或其他的，我就喜欢喝光甜酒，兑水烧开，浓到筷子可以夹起来的程度，或者是煮那种自己用纯糯米浆搓的光汤圆（糯米坨子，不包馅的）。

高中时候，经常有个中年男用一辆自行车和一个小喇叭，把"甜酒——糯米浆"（名为浆，实际是那种湿的糯米粉）有节奏的叫卖声，带到了小县城的大街小巷。想吃的，自己端个碗或盆子的，就可以去称到以前只有过年才能够吃到的甜酒了。

后来到省城读书期间，正是著名的相声演员奇志、大兵的欢乐小品风靡潇湘之时，"甜酒——小钵子甜酒——"，那句滴着酒香、含着欢愉的吆喝，成为了年轻人常挂嘴边的口头禅，成为经典的记录。这句吆喝只有用长沙话，拉长声音说出来，才能尽显其中城市的味道——长沙的味道。

有天我跑到菜市场一看，果然卖甜酒的不再是以前尴尬的用塑料袋提溜着，用称杆勾着提手处，看称坨翘着老高的那种。而是用那种古朴的小瓦钵子一碗一碗地摆开在卖，连小钵都可以给你带回家去。

一排排钵子整齐地排列着，放在一块薄薄的板子上，就这样，层层叠叠的，每一钵甜酒的中间有个手指尖大的洞，让人想起微笑的脸，有的上面还装饰着几颗红色的枸杞，煞是好看。

长大后离家在外，落下个胃病，能放开吃的机会渐渐变少，回忆与思念的次数更加多一些。

生命的有趣在于，我的宝贝大概也是从五岁开始，也特别喜欢吃甜酒，连浓度都是只有我俩才喜欢的那种。

从老家走出来的我，才知道原来甜酒在南方省份广受追捧。有的地方叫"米酒""水酒""醪糟"，四川叫"酒酿"。无论农村或城市，无论过去或现在，能够做得一窝好甜酒的（我们那叫"拍甜酒"），必定是闻名遐迩的名人，是十里八乡被羡慕与首肯的人物。尤其是谁家做出一窝红甜酒，那更是一年吉利祥和的好征兆。

婆婆家在湖南常德的农村，有几次过年回家，和她聊到我爱喝甜酒，问家里有没有时，婆婆大笑起来，说："太好笑了！

甜酒哪里是冬天喝的，我们只有在夏天做工回来才喝的！" "十里不同天，百里不同俗"的应验，让我惊奇不已！

曾经在客家朋友家喝过一种黄到发红，很甜很浓，带着酒香的类似米酒的东西。名字我记不得了，味道特别黏稠厚重，只知道他们用来煲鸡肉，听说好处多多，是连产后的产妇都要喝的好东西。我勉强从他们一半夹生的普通话里，猜出大概也是类似米酒的做法，工序更为繁杂一些，只是细节有所不同而已。

大学快毕业的那一次，和死党童一起去了他们室友的老家——湘西道县，车子翻越盘山公路，一路有惊无险。

下车后，车子越坐越小，换了无数趟车，最后改成走路。只因为一句"我家离桂林近得很，骑自行车二十分钟就到了"，我俩被忽悠至此。到了他们村，我们更是傻眼了！全村无一例外，都是那种破旧的木房子，看着都漏风漏雨的。满村子全是老人和小孩，我们几个年轻人倒成了他们眼里的稀奇。

校友的妈妈应该五十出头，很能干。到她家时已是中午时分，一会儿工夫，就为我们张罗了一大桌子的饭菜，菜里都放辣椒的那种。迄今为止，那些菜的味道我都没印象。

上桌时，每个人面前都摆着个大大的空碗，然后校友妈妈客气地拿着个很大的塑料杯，一次次地从旁边坛子里舀出飘着香的米酒，给我们挨个倒到碗里。

同学说是自家酿的米酒，连年迈的爷爷都端着一碗坐在门口喝了起来。校友妈妈自己也大口地喝着，似乎大快朵颐。我们试着这甜味的米酒，于是也放开着干了起来。只要碗底一干，校友妈妈就以最快的速度给碗里满上了，而且依然是客气地、温暖地笑着。

三碗下肚，我睡得不省人事。醒来时，死党不停埋怨道："唤醒一个正在熟睡的醉侠的工作实在太辛苦！几个小时都没法去周围玩一会儿！"我毫不遮掩地说我喝多了，没想到米酒还醉人的。

再去厨房吃晚饭的时候，死党悄悄告诉我一个秘密："你只要把碗里装上米饭，主人就不会给你倒酒的。"

果真，接下来的两顿饭里，我都说菜好吃而迅速把饭盛上，热情的同学妈果然没有二话，校友也只是礼貌地问了一句："不喝点吗？"并没有再来劝酒。

这大概就是传说中，穷乡僻壤对于客人的礼貌和敬重，把家里最好的酒菜拿出来款待客人，完全是诚实心意的表达。比起很多地方无休止地劝酒，不分对象地逼喝，我内心更接受他们这种朴素与直白。只是这样后劲足的米酒，也从此记了我的心头。

说到甜酒的做法，版本众多。温度很重要，酒药引子很重要，时间很重要，各种说不清楚的神秘兮兮叠加在一块，果然提升了挑战者的勇气与智慧。

去年正月初几的一天早上，老爸欣喜地告诉我："我在一个批发市场里，找到了一家卖生甜酒的，是用的传统方法发酵、酿制的，味道很好，你回南京前，我们去预订个十斤，到时候正好带上刚刚出窝的新鲜甜酒是最好不过的事了。"

第二天一早，我们来到摊位前试吃甜酒并预订，小伙子三十出头，言谈之间感觉他是很个踏实的人，他说："我看不得如今太多的卖家都是用的化学制剂来做产品，我从我外婆那里学来了这个手艺，我都是用最地道的土方法拍的甜酒，少赚一点没关系，最重要的是吃得放心，也开心，吃的都是小时候的味道。"他顿一下，接着说："而且，我们自己也卖发酵用的酒药子，完全的土法制作，你买我的药丸，我会教会你详细的制作方法。"小伙子的一席话，让我心生佩服与感慨！

在这快节奏的时日里，但凡有个愿意慢下来认真做事的都是用心的人。

我果真试着从小伙子那里买了些甜酒药子回来，宝贝得很。

我一次次地打电话，请教有经验的老爸，以记下步骤。期间也数次接到二姐的电话，声音里充满着成功的喜悦与分享的热切。

"我前阵子收在被窝里拍的一窝子甜酒，三天前出窝了，味道超级好！可惜拍少了，只做了两斤糯米的。"说到这儿，二姐似乎有一点点遗憾，"你记得几点哦，老妹！糯米饭蒸熟，不要太烂，等它凉到不烫手时，把酒药子按比例磨碎，配着温开水溶解，然后将其拌入糯米饭中。""还有，装甜酒的容器一定要用开水消毒、干燥、冷却。瓶底一层糯米饭，上面撒一层酒药子，就这样一层一层地铺着，盖紧盖子。保持在大概 26—27 度温暖的地方，冬天将被窝放在火桶上烤得暖暖的，然后把甜酒瓶子用被窝严严实实地捂着，夏天可以用电饭锅的温水去保持着。"

"哦！难怪看到有人感冒发冷，用几床被子包着都冷的那种，总有人会说这是'拍甜酒'。"我打岔道。

若甜酒放置时间长，或气温太高而逐渐酒味过重，甜度降低，这便是人们说的"老甜酒"。老甜酒已不适合之前的种种吃法，人们也会将其善加利用，不会造成丝毫浪费。比如做"鲊（zhǎ）辣椒"。

我就爱吃这种叫"鲊辣椒"的坛子菜，妈妈也经常为家人制作。把三五斤老甜酒，加入适量磨碎的糯米与粘米混合的粉，加入一碗鲜红的剁辣椒，再加入适量的食盐，搅拌均匀。如果有肥肠，有洞庭湖的小小干河虾也可以加入其中，放入坛中封存半月，坛沿加上干净的水，置于阴凉通风处。

待哪日，闲来无事，揭开坛盖，满屋的香味。那是有着微微的酸味、微微的酒味，和着米香与虾子香，还有一闻就留口水的剁辣椒香味的混合，颜色也是红红的带着点金黄色，个中片片鲜红的剁椒点缀着，舌尖上的味蕾都已经被刺激得足够兴奋。

迅速取不沾锅烧热，加入适量菜籽油，然后把一碗鲊辣椒倒入锅中，中火翻炒，有喜欢吃香的，可以煎到起黄锅巴；有喜糯软的可以加些水，不停地焖炒；更有喜欢吃香滑的，可以一开始就加多些水在鲊辣椒碗里调成糊状，等油热后再倒糊下去，在锅中一直保持带汁的状态。试吃米粉子没有硬心时，就可以起锅了。

鲊辣椒鲜香浓郁，爽口开胃，是上好的下饭菜。

记得小时候每次有醡辣椒上桌，我都会乖乖地吃下两碗饭。

喜欢开胃菜的男人中，也会有很多人欢喜坐在八仙桌前，就着一碟鲊辣椒，斟着二两高粱酒，淌着一身大汗，听着收音机，痛快地喝出个夏日的爽快，不时还不忘哼几句小曲，摇几下蒲扇，自得其乐！

过去喝的甜酒，无不暖身。今日这诸多甜酒的画面，却是暖心至极。春夏秋冬，年年岁岁，你以不同的方式出现在我的生活里，带着乡土的印记，带着家的温情……

豆豉记忆

傍晚时分，出差在外的先生竟然"早早"地到家。当听我说起在他出门的两天里，因为连日搬家，我已经被折腾得精疲力竭，每天居然就煮一顿面条对付着的时候，他不由得立马对我说："宝贝，那我晚上放弃减肥餐，改为陪你吃饭好不好？""也是很神哦，怎么你一出现，我的食欲也跟着回来了呢？嘻嘻，行啊，我马上去简单弄几个菜哦！"

华灯初上，家常版的三菜一汤闪亮登场——黄瓜片炒鸡蛋、剁椒大白菜、青椒豆豉炒肉、虾仁裙带菜汤。扑鼻的香，加上许久不曾有共进晚餐的好时光，两人大快朵颐。

先生不停地夸赞："太香了！嗯，好吃！怎么办啊？老婆你知道吗？此刻最为难的事，就是吃起来太香，撑起来又太难受！不吃又做不到……哈哈！"

我说："感觉我好几年都没吃过这个菜了，本打算放红油的，一想还是地地道道的家乡口味更过瘾。唉，离家太久，好多熟悉常见的事物都几乎被遗忘掉了，真是不应该！"

对于湖南人而言，豆豉是家喻户晓的食材，既可当香料，又可当配菜，最重要的还是下饭菜的首选担当。对于豆豉，爱之者深切，赞其香，夸其香味浓郁而独特；厌之者咬牙，怨其臭，恨其臭到熏人，气味如同裹脚布。

记忆中，以前家乡对于豆豉的吃法都极为平常，大多以凉拌和爆炒为主。比如青椒拌豆豉、青椒炒豆豉、豆豉干辣椒皮子、豆豉腌蒜末、豆豉烧豆腐、豆豉炒空心菜、干豆豉辣椒炒油渣。

后来，有了贵州老干妈风行，父亲不知从哪学来一道"老干妈烧猪肘"，用高压锅压制，简单却极入味，厚厚的一层红油豆豉覆盖着紧致的猪肘，配以姜片、桂皮、少许水、少许酱油和盐即可。吃时丝毫不觉油腻，辣度适中，香味彻底透进了厚实的瘦肉里。

儿子从小生活在江苏，完全不吃辣，但对于粤菜里的"豉汁蒸排骨"是百吃不厌。在他十岁那年的春节，我教会了他做这道菜，第二天他就有板有眼，毫无保留地将方法传授给了他爸爸。

"爸爸，你认真点看着哦。第一步你要将洗干净的排骨用料酒、姜片腌制；第二步也是让排骨细嫩的灵魂步骤，一定要用一勺生粉把排骨抓匀；第三步，你再放上鸡精，倒入两勺生抽，拌匀了就可以上锅蒸了，三十分钟后就熟了。爸爸，你能不能做得像我昨天做的一样好吃啊？加油哦，哈哈！"

川菜回锅肉里也多是会在热乎乎的红油中落入些许豆豉，再配上洋葱片、胡萝卜片、红椒片和切得极薄的回锅肉片爆炒而成。

去年秋季，我有一段时间都会沉迷于牛肉酱的自我研制中。每天长时间待在厨房里，精心尝试用各种调料搭配试验，一周下来最后终于成功摸索出了独特的秘制牛肉酱。

我还专门从网上买来造型新颖的玻璃瓶，带着"手作"字样的标贴，配上泡沫，专门用来寄给远在山西、广东、海南、湖南的亲友同学，或者赠给身边的家人朋友。无论远近，他们都或发朋友圈，或电话留言，主题除了告诉我因为吃到了表示感谢、震惊、期待，无一不是满足而骄傲地跟我表达着：这人间极品美味辣酱，正悄悄唤醒了他们本已沉睡的乡愁！

精致的用料、饱满的情感、讲究创新、注重细节的配方，一向是我认为真正做出美食所必须的法宝。这道限量版非卖品的牛肉辣酱，其中的豆豉就颇为讲究。

我原本用的一直是湖南浏阳的特产"天马山豆豉"，因其偏干，不太适合在热油中长时间烹饪。我又先后在网上找到了四川老牌永川豆豉和广东阳江豆豉。试吃之后，我发现永川豆豉虽是颗粒饱满的湿豆豉，但口感偏咸，倒是阳江豆豉虽说是干豆豉，却颗粒饱满、鲜美可口、咸淡适中，被我选中。

其实，"人生五味，适口者珍"。粤菜中的豆豉鲮鱼油麦菜，做法简单却让人印象深刻。我曾一度怀疑是否是这道菜成就了"甘竹牌"豆豉鲮鱼罐头的经久不衰？还有豉汁蒸鲈鱼，也可谓是简单易做的完美快菜，打破了新手做饭却怕荤菜的壁垒，解除了他们因掌握不了盐的多少和火候而引起的忐忑不安。

北方人的味蕾，相比于南方人的挑剔，似乎更眷恋于对酱味的追求：酱油闷烧、酱油卤制、酱油爆炒，但是北方人常用的黄豆酱，确实是能为菜肴增添浓郁的酱香。

我十六岁时去北京参加全国笔会，返程时独自穿行在北京西站的人潮中。出发前一刻我咬牙为自己点了一份十五元钱的酱骨头盒饭，米饭冷硬磕牙，酱骨头无油无佐料，三块秃秃的深棕色骨头，仅在缝隙里藏了些许细碎的肉，放嘴里一嚼，咸得要命，难以下咽。二十三个小时的慢车，我在胃疼中终于抵达了饭菜可口的长沙站。

穿越时光的长廊，总会有一些简单平常的画面镌刻于心，在透着幽光的甬道，出场的人物犹如剪影，轮廓清晰，毫不闪烁。

在我八岁的时候，读高中住校的三姐，每逢星期六都会回到家中。

第二天早上，妈妈总是会找出一个又深又大的装过"麦乳精"的空玻璃瓶子，然后在小小的煤炉子旁忙碌起来。她将晒得干脆的辣椒皮子切得碎碎的，又把一大碗豆豉用冷水稍微浸泡一会儿，铁锅里倒入许多的菜籽油，烧热后再倒入浏阳豆豉和粗辣椒粉煸炒，起锅时放点味精，盛入洋瓷缸，等它冷却，再用调羹一勺一勺地舀进瓶中。

为了尽量多装点，还时不时地拿筷子伸进去一点一点地压紧，直到剩不下几粒，妈妈才安心地停了下来。每当看我眼巴巴地盯着瓶子，妈妈都会轻声地说："喂，别看了，没得希望了，这可是你姐姐一周的中饭菜！"

"妈妈，我想吃……"我小声嘀咕着。

"想吃你就认真学习，快点上高中，那时候我也给你做。"

"真的吗？妈妈！"

"真的。"

这一瓶瓶唯独只给姐姐吃的豆豉辣椒成了我小时候最惦记

的美食，也让我对妈妈的大方充满了质疑。大人的世界，小孩不懂。只是等我上高中时，自己早已不愿去提这个朴素的要求了。生活条件日益改善，住校伙食也绝对比每餐只能吃豆豉要好太多。

倒是大学的时候为了省下钱来买书，每次回家我都缠着父母："妈妈，帮我做个青辣椒蒜末炒豆豉，还有萝卜干炒腊肉，我要带去学校吃。老爸你就给我做腊鱼，多放点辣椒，你做的腊鱼超级好吃！"一次下来，一堆的瓶瓶罐罐塞满了巨大的牛仔背包。出门的时候爸妈总是会打趣地说道："回来一次和土匪下山差不多，这功夫，不能再长进了哦！"

有句歌词叫"离你越远越想你"，一程又一程的山水之外，我也到了风雨不惊的中年。在思乡的撩拨中，自己动手去制作美食，分享给众人，是最能治愈心灵的解药。而从南到北的颠簸路途中，也经历了许多开心的点点滴滴。

我曾不下百次地听到用各种方言、各种语调说出的如下话语。比如进饭馆吃饭，总能听到店里有顾客拿着菜单点菜时，会认真地说："服务员，来一个'鼓油'蒸排骨！""给我点一个那个什么'豆鼓'炒肉！要快哦！"点的人认认真真，有时连服务员也是认认真真地回应："好的，一个'豆鼓'炒肉。还需要什么吗？"听的人忍俊不禁，这种痛苦得以释放，还需等到我们出了店门，一群人才能肆无忌惮地疯狂大笑好一阵子。

而说起豆豉，湖南人都知道这和产地浏阳息息相关，可是哪一年，大姐夫强哥竟然出一锦句，笑傻了一大家子。强哥煞有其事地正襟危坐，然后不慌不忙地说："我问一下大家，浏阳特产是什么？"

"浏阳豆豉啊！"爸妈、大姐、二姐和我都不约而同地答道。

"错！是浏阳梦撑！"

"哈哈……笑死我了！'浏阳梦撑'，确实是人人都用过的浏阳特产……"

注："浏阳梦撑"是湖南长沙、益阳一带的方言。是家乡话对发白日梦和天马行空乱想一通的精辟形容。谁晚上做了梦，或做了古怪的梦，也都可以说"发浏阳梦撑了"！

吃酒席

一

在我对吃酒席的充满期待中，全然不知妈妈内心的焦虑——收入原地不动，人情账却一年高过一年。眼看着跨到六月，下半年的开支就会成数倍地增长。借钱，省钱，咬牙还得过日子。

任凭何等的为难与煎熬，人情季还是会在妈妈一连串的叹息后准时来临。

而我记忆最深刻的，当属我高中时期发生的事情。那天，爸爸妈妈因为有更重要的事情，需要去趟远门，而当日恰逢他们有个同学家里办喜事，是娶儿媳妇的喜酒。

父母都是老牌的师范毕业生，后来从事教育的很多。虽然年过花甲，儿时的同学却走动得非常多，感情也格外深厚。

由于父母分身乏术，又正好是星期天，因此喝喜酒的美差就落在了我的头上。不同于往日的是，我有更重要的工作，妈妈郑重地交给我二百元钱，再三嘱咐我，一定要记得上人情，最好写上爸爸或者妈妈的名字。

在那个资源匮乏的年代，县城里能摆下一二十桌的酒家，也就一两家，基本上是全城妇孺皆知，知名度可不是一般的高。

而我要去的琼湖宾馆，是沅江县城知名度最大的一家酒店。一幢5层高的建筑，坐落在琼湖路上，虽然离秀美的琼湖有一大段距离。

穿过长长的亭廊，一路上倒是不少的人来来往往，脸上堆着笑。只是他们的穿着都十分朴素，男性多是一身深蓝色或黑色，女性也是十分不起眼的衣裳，豆色、白色、灰色衣裳底子上起个一星半点的小朵的红花，旁边再描绘个黑色的大叶子。他们的皮肤都比较黝黑，个子也都多矮小清瘦。

顺着人潮，我来到了摆着大桌宴席的餐厅。大概四桌，没看见新郎新娘，没看见进门就该有的写礼簿的地方。有大叔热情地带我入席，我环顾四周，竟然没一个熟人。

我心里暗暗纳闷："爸妈的同学平时去我家走动得挺多的，叔叔伯伯的我多半都很熟悉。怎么他们都不在？肯定是吃流水席，和我不是同一批。"

于是，我认真而着急地问着旁边的人，在哪里上人情？他回的话我听不太懂，只是他仿佛明白了我的困惑，立马跟我说："没事！你直接给新郎新娘手上好了。给新娘的妈妈也行。"我急急地问："没看到新人，那新娘妈妈在哪里？"

我两眼一抹黑。旁人用手悄悄指着我对面的人，六十来岁，穿着深色的衣服，挺显老的。

对面老人看着我，客气地问："小刘啊，你来啦！你妈妈还好吧?""挺好的,阿姨,谢谢你!"我嘴上回着话,心里却糊涂了。

我可是百家姓第四的"李"姓家的"小李"啊,怎么就变成小刘了?又转念一想,这么多客人来来去去,又隔了一辈,主人家出现个口误也是挺正常的,何况这个阿姨年纪也一把了。

于是,我快速地走去阿姨的身边,说着诸如"恭喜恭喜!好热闹啊"之类的客套话,又一再说明我爸妈因为出门去了,没办法亲自前来,不好意思。这可是在家时妈妈嘱咐了多次必须说的词。

然后我快速地从兜里掏出二百大洋,大方地塞到了阿姨手上。

在一连串谢谢声中,我光荣地完成了老妈交给我的外交任务,一身轻松地吃着大餐。

离开风卷残云的餐桌,走到通往大厅的长廊,外面人声鼎沸,笑声不断。

笔挺的西装,飘逸的连衣裙,互相埋汰的说话声迎面而来,是我最熟悉不过的刘阿姨、官叔叔、李伯伯等。

他们惊讶地看着我:"满妹子,你一个人来的啊?"

我说:"你们怎么才来啊?我都吃过了!""孩子,开什么玩笑,我们可都是高宾,吃头批的。""啊!那是怎么一回事?"我不由得呆了一下。

我把事情一说,邓伯伯急得连拍自己大腿,一边说:"你肯定是吃错酒席了!今天还有一堂喜宴是印刷厂的结婚酒。我们不认识的人!"伯伯又关心地问我:"人情你还给了啊?"看我尴尬地点头,他安慰我说:"没事,满姑娘,今天这里我们先给你妈妈垫一份人情,回头你妈妈再给我们就是了。没事的,你快回家吧!"

我不知道是如何到的家,只记得直到天黑爸妈开门进来,我都是昏昏沉沉地在睡。妈妈问我事情办好了没有，我的嗓子特别干，感觉要发出声音是个多么辛苦的事！那会儿，我真希望有个地缝可以钻进去。

在我坚持说完整个事情的来龙去脉后，妈妈叹着气不说话了。却不料老爸突然爆发出很大的笑声："哈哈，这真的是我们的年度大新闻，最逗乐的新闻！喝错喜酒吃错饭！哈哈，这也可以，太好笑了！"

第二天早上，妈妈收到伯伯的电话，伯伯特意打电话来告知情况的，并且要她不要骂我。

性急的老妈，果然没再责备我，只是在挂完电话后，雷急火急地抓起背包，带着一沓新旧不一的票子出门了。应该是去还那二百元的人情去了。

这大概是能干的我做的最奇葩的一件事情。

释怀以后，我还总结出一个秘诀，你看到喜筵所在之处，不妨去喊个"张三李四"的子虚乌有，厚着脸皮，壮着胆子，装模作样地胡吃海喝。头晕晕飘飘然时再拱手道贺着离开就好了。只是，钱袋子得好好锁上，免得情意所致，顺手去了趟陌生的人情……

二

我的记忆里，对于吃酒席，我能亲自参加的很少。但听闻的例数却是很多。

邻里乡亲，出工间隙，或路边偶遇，三五成群。抽烟的抽烟，喝水的喝水，对于酒席的讨论，似乎都有着连绵不断的热情去参与，去表达、传递自己的那一份关心，就好像写礼簿时尤其不能漏了自己名字一般。

酒席的人数、酒席的桌数、席面上的菜，从分量到味道、到数量；席面上的酒，档次、度数、口感；席面上烟的牌子，是软装还是硬盒；糖果的选择，从糖纸的喜庆与艳丽程度，到软硬的搭配，到装袋与装碟的数量；再到鞭炮有多少响数，炸得响不响，再到东家人情收得多不多，都能够娓娓道来，如同亲手操办，有板有眼、像模像样。

而前去东家帮忙的一众乡亲，也有了丰富的谈资。比如说东家收人情，本是与自己无啥关系的事。可那爱理论的劲头一上来，最大的一笔人情数是谁看到的，张三说是他看到的，李四说自己还看到有好几个一起写的都是八元十元的大人情的。了不得也！

于是，大家都格外默契地，把所有信息汇合到一起，零零整整地又罗列一番，探讨着这笔财富大概会是多少钱？说不定自己家里来年又会因为老人过寿、小孩考学、过几年搬新房子、嫁女儿等事情需要办酒席时，自己心里也能有个模糊的概数。

东家，有时会因为需要办事，手头又正好没有几两银子时，便勉强挂个名号来大办筵席，为的是大收人情。

要知道，这可是热乎乎的大堆的银子，几十、上百份人情汇集在一块，可比零存整取来得快！当深谙此道的人操持一场大事，周围那么多的观众，难免不被人把套路窃学会的。

于是，后来的一二十年里，也就是从我少年时代起，常常会出现这样的景象——坐在家里足不出户，有时也会收到几堂甚至一二十堂酒席的邀请，客气的说法是"收到诸多东家的请帖"。

正因如此，爱客气的妈妈每年一到七八月份，就会掰着指头数着开学前、国庆节、正月间，左邻右里家的酒席邀请有多少家。还不忘去找来几本老旧的人情簿子逐一翻开。还要和爸爸细细算一算：已经还了哪些人情，还了多少金额，这次要拿多少礼金合适？

"礼尚往来"，在我看来，完全就是一门高深的学科。礼金去多了，自己没实力，还难免被人说是显摆。礼金去少了，别人会骂你抠门，说你不会做人、不懂礼节。不去，那更是天大的事情了，除非是表明要和别人"结亲家"——结梁子、变仇人、永世不相往来，否则是万万不可的失礼行为。

如果别人摆酒，没来请你，或是自家实在是不知情而错过了，下次遇见这家的人，一定是不忘要多道歉几次，并说明了下次有什么事情一定要提前通知。同时也会和自己家人说明，下次一定要把上次漏掉的人情一齐补拿，才是万全与心安之策。

而普通交情或走动不多的亲戚、熟人之间，人情都是平起平坐——即"来多少，去多少"。但若好友之间，则一定会比上次收到的人情多添上一些些的。多多少少没有定论，没有标准，一切都因人因时因境而异。

一直生活在家乡的哥哥姐姐们，经常会在人情密集的月份忙碌不已。有时，两口子会在同一天赶往四五个场子赴宴、上人情。哪怕一个人在午饭的时间，需要赶三四场宴席的情况也不在少数。

熟人好友茶余饭后聚在一起，说的最多的就是："不得了呢！

这个月人情都五六千块了，下个月还有六堂酒喝。""我家也是的呢，这个月八堂酒，下个月六堂酒，还有一堂酒要赶去省城喝的。""唉，还没到月底，就已经布挨布了，人情下不得地，再这样下去，只能喝西北风了！"

你一言我一语的，虽是牢骚满腹，却也是无可奈何。说一说，聊一聊，钱并不会无端多出来丝毫，日子还是得精精神神地过下去。

人情来来去去。大概只有活到足够老的年纪，像老话说的那样——"老来无人情"。那时，大概社会才可以接纳你对很多事，不闻不问、不去操心的态度吧。

只是，看我的老父亲，已经八十二岁，经常也会要舟车劳顿，要走亲访友，要说着祝福或安慰的话，也还要礼貌客气地写上人情或送上红包。

而今在这网络无所不在的年代，隔着山水城池的我们，倒也是经常会在手机上互送红包。我最开心的是：收到千里之外的父亲发来的红包！金额不重要，重要的是这一份与时俱进的年轻快乐的心态，富有感染力，让我们的脸上、眼睛里和心里，都乐开了花！

老冰棒

　　小时候，热得要死的日子，是我的最爱。满世界都是埋怨，满世界都是无精打采，满世界都是火气。万事万物都被骄阳灼烧，村里的黄泥巴大马路上，人走过都会漾起厚厚一层灰尘在身后。可我最喜欢那样的午后。

　　约摸在每天午饭后没多久，准有一辆罕见的黑色自行车，带着一串清脆的铃声，由远及近，越来越清晰，最后在村口靠近学校门口的地方停留下来。

　　村里人管那种稀奇的车叫"单车""线车子"。踩车人的面容我早已忘却，但仍记得他总是穿件敞开的发黄的长袖衬衣，袖子高高卷起，脖子上还挂着根长长的竖条纹毛巾，戴着个和老爸一样的草帽。

　　我清楚地记得他的单车后座上，结实地绑着个大大的泡沫箱子，里面竟然还盖着个像冬天谁的棉衣似的物件，箱子外面还用一床棉被盖得严严实实的。

　　而他每次揭开盖子的一瞬间，总会吸引一群孩子的围观，我们把它叫作"看稀奇"。

我和小伙伴们一个个都瞪大着眼睛，看他把手伸进棉衣的下面，仿佛很舒服的样子。接着他又小心翼翼地拿出一根冒着气的玩意，告诉我们这叫"冰棒"，透凉透凉的，吃到嘴里，才叫舒服呢，多热的天有它都不会嫌热了。

知了疯狂地嘶喊着，树叶都打蔫了，我们却在用心地记着这一切。这个东西好吃，白糖冰棒一分钱一支，绿豆冰棒两分钱一支。我们急跑回各自家中，拿出各自不同的软磨硬泡的功夫，去求着大人开恩一次。

而有幸得到恩赐的我，在妈妈的陪伴下来到卖冰棒的地方，天知道我有多么害怕他会因为太热而走掉！远远地，我看到他居然还在那儿，只是把单车挪到了树荫下并支了起来，多么好的大人！

第一次买冰棒，他耐心地对我妈说："天气太热，最好能从家里拿个搪瓷杯子，这样一路上融化的冰棒水就不会掉到地上浪费糟蹋了！"

妈妈为此真的又多跑了一趟，回家的路上，我被妈妈半拖着走回的家。我一手捧着个大茶杯，一手照顾着我的宝贝冰棒。多么珍贵的礼物！多么奇特又甜美的味道！我都舍不得吃，每一次都是伸出舌头小心地舔着吃，或者快乐地吮吸着滴滴甜蜜的冰水。

可是，快乐的时光总是那么短暂，任我怎么小心，任我怎么不舍，没几分钟，剥去纸的冰棒就化得不成形了。只有杯底部那少少的冰凉的甜水，可以够我喝几口，也算是给我紧张的心以一丝安慰。

从那以后，我每天最盼望又最害怕的时刻，就是这个单车铃声响起的刹那。

那个清贫的年代，连电灯都未普及，苦夏的一根冰棒，简直就是我童年记忆里大大的奢侈。不知道和我一道围观的那群小伙伴，当时尝到冰棒滋味的又有几人？

几年后，家境稍微要略好于之前，我吃过的白糖冰棒变成了三分钱一支。再过几年，去了镇上上中学，在镇上五金厂工作的姐夫请我吃起了八分钱一支的雪糕（即牛奶冰棒），竟是好吃得让我差点把舌头都一把吞掉！

尤其记得当时是坐在冰棒厂的营业部吃的，围着一个高高的四方桌子，冷库里强烈的冷气从四围的缝隙和开关门时向我们聚拢，直叫人舒服到骨头里，久久不想离开。

有一天，我和姐姐在老家逛街，天太热，我问她要不要吃冰淇淋？她说："别！试试一个叫'老冰棒'的，你也一定要吃这个！"我惊奇不已，转身已是一地的笑声和过去温馨的画面。

听说这款包装简单、价格也便宜的老冰棒卖得很好。在这个美味井喷、雪糕刺客林立的年代，还有人能够用最简单的材料，用最本真的手法，做出来最初的味道，给浮躁的心灵平添了若干单纯的记忆和久违的色彩，竟胜过时下流行的许多所谓的"心灵鸡汤"，确实是件令人难忘，并值得赞许的好事情！

故乡的春天

　　争春的各色花朵已悄悄变成了深浅不一的新绿，世界仿佛一下子安静起来，虽然风中的摇曳会隐隐透出几丝的不安分。

　　而我心里，有个声音频频发问，问了多时，因为我茫然中并未找到答案——春天在哪里？

　　孩子稚嫩的声音，流畅地背诵着幼儿园老师教的诗歌："春天来了！春天在哪儿呢？……"朗朗上口，渗着希望，透着阳光。

　　匆匆那日，车水马龙之间，我请先生驱车来到离家不远的秦淮河边。

　　远吗？近在咫尺。

　　近吗？已别一年。

　　望着满河堤的各种不知名的野草与小花，我有一种不可名状的喜悦。这里的一切都那么悠然自得，这里的一切都自由生长，无拘无束。

　　这才是我要找的春天！饱满、灵动、富有诗意，这里的春天和远方联系在一起。树木没有被定期修剪得生硬与重复，花草没有刻意的逢迎与讨好的绽放，就连小路也是温和地蜿蜒去向远方。

水边的点点芦苇矜持地站立着，成片的鸡毛菜塌地而长，热闹得很。偶尔能见三两朵小黄花夺目、明艳，走近一看，原来是可爱的蒲公英！对岸的柳树低垂着轻柔的发丝，对河水倾诉着初春的心事。

想起六年前的我，挺着大肚子游玩扬州瘦西湖时，居然有幸在一个小池塘的一隅，采到了一小把故乡才有的野芹菜，那一抹香，竟袭满了整个的四月。

不断地追逐，成长的脚步与故乡已相去甚远。而总是在一些不确定的时刻，故乡的春天会变得格外深刻与生动。

说起故乡的春天，要数童年的春天最为特别与美好。

晨起后的时光，常常会有浓浓的、湿湿的、凉凉的白雾肆意地弥漫着，村庄隐去了踪影，路不见了前方。有趣的是，它还会紧紧地包裹着你的身体，你若逃得急了，它便会将你本来挺挺的发型，变成软塌的一堆。一根根秀美的发丝会变成又粗又湿的一束马尾。它甚至会变成晶莹的小水珠子，沁在你的眉梢，贴在你的脸颊，然后顺着你的脖子，偷偷地滑进衣领，沁凉沁凉。

它的令人怀念，是因为它是湿润的、健康的、调皮的，是和人们亲近的。如同我们今日特意去到空气特别好的大山，在山脚或山腰所见到所感受的一样。

故乡的春天，沿着沟渠一路撒着欢前行，呈现的是一棵棵水杉树的青翠欲滴。每一条小河或溪流都欢腾着，与岸边洗衣的大人、和打闹的孩子嬉戏着，就连水中的水草，也是缱绻一生。

有年长一点的孩子，会从家里拿个洗菜用的竹筲箕，里面撒上一把剩饭，放上几粒小石子，再寻一根长绳子，把它剪成一长一短的两截。

只记得他们麻利地用短绳在筲箕上穿成个三角形，然后把长绳一端系上，另一端在手上轻松地抓着。他们会教我如何缓缓地将筲箕沉入水中；隔个几分钟，再教我如何四平八稳地把宝贝收上来，教我如何慢慢地收线，并将其拢到脚边。

那一刻，我对他们充满了感激与崇拜！因为他们是那么的熟练轻松，事情进行得井井有条。而每一次的"收网"，总能捞上一些活蹦乱跳的小鱼儿、小虾儿，几乎不会有落空的时候。顷刻工夫，家里带来的盛菜的那种大海碗已经装满了悠游着的战利品。

先生的催促，唤回我游离的思绪。目光所到之处，芳草萋萋。

突然，就在我站的稍微往右一点的斜坡上，我看到了梦里的野藜蒿。矮矮绿绿的，有些清瘦。手指抚过叶面，背面那略带点嫩嫩茸茸的白色会露出来。

我半信半疑地抓起一根，掐断了，还未靠近鼻子，一股熟悉的幽香已透入心房。身旁跟随而至的儿子脱口而出："妈妈，好香！这是蒿子唉，太好啰，我们可以做藜蒿粑粑吃了！"

去年春天，我和五岁的孩子在湖南，曾一起去郊外掐过蒿子，不料他这么快就认了出来。

南京的郊外，多年来一直不曾发现野藜蒿的踪影，除草剂的泛滥使用和人工草皮的铺种，让这里多了异乡的味道。

可是，就是这不起眼的的野藜蒿，在我的家乡，是家喻户晓的明星，是家乡人民的至爱。

正值寒冷时节，就会有人为了卖个好价钱，不辞辛劳地去野外，去水畔，去洞庭湖心的洲子上，努力地挖出它藏在地下的粗黑又似泛点紫红色的根。那价格，堪比肉价，而购买者的热情，总是不会亏待为此辛劳付出的劳动者。

至天气渐暖，人们便改为吃它长长细细的茎，人们叫它"藜蒿杆"。用手将其折成一寸来长一节，放点干辣椒粉，配着那熏得皮黑肉香的腊肉，大火炒上一碗，那特别的清香夹着爽口的脆，成为了众人迷恋的味道。

"正月藜，二月蒿，三月四月当柴烧。"三月以后，藜蒿的根茎皆老，泛着微微的苦味，叶子却长得嫩绿嫩绿时，家家户户便都会不约而同地做着同一件事。那就是一家大小有说有笑，踏着春光，拎着袋兜，隔三岔五地专门去野外探着满满的快乐和希望回来。

从鲜叶到手工做成香喷喷的"藜蒿粑粑"，工序并不简单，甚至相当繁琐，可家乡人民不论城市或农村，都热爱着这个繁琐，都是乐呵呵地忙碌着，乐呵呵地品尝着。

把鲜叶经过挑选、清洗后，在炉上烧一大锅开水，趁着厚厚的蒸汽往上冒时，赶紧倒入蒿叶，煮几分钟，等水变成浅绿色，叶中的苦味已去除大半。这时迅速捞起离锅，立刻放入旁边早已备好的一大盆冷水中，一遍又一遍地漂洗着。然后，挤干水，剁得碎碎的，和上一定比例的糯米粉与面粉。揉好面后，用手将面搓成小小的圆团，然后再压成四五毫米厚的漂亮圆饼即可。

至此，藜蒿粑粑的重要工作已基本完成，余下的事情，便是将其放入炒锅中，或煎或蒸，等待出锅。

哪家来了客人，好客的主人一定会端出自家亲手做的藜蒿粑粑来招待。绿绿的、温温的，透着好闻的香味，拿一个在手上，无须配任何东西，经常就已经几个下肚了。

野藜蒿粑粑的味道，正是我记忆中春天的味道，有故乡山水的轮廓浓缩其中，有妈妈的身影和父母爱的味道融入其里，更有一代又一代用心传承的洞庭湖区水乡文化独特的味道。

昨日，我毅然决然去采蒿，不顾腰椎的疼痛。

今日，我打着长途电话，仔细问询着故乡的亲人，记下蒿子粑粑的做法，并一一对照，于晚餐后和孩子愉快地煎着。

我的脑海里、鼻腔里，不时地飘荡着煮蒿时流淌的浓郁芳香。

苦涩褪尽，却不失本色。

野藜蒿，从历史走来，却仍跟随时代，融入生活。

虽不处繁华盛境，却自得芬芳。

周作人在其散文《故乡的野菜》中曾写道："我的故乡不止一个，凡我住过的地方都是故乡。"

曾经的我，如浮萍般漂泊经年。而今日，夫君在左，孩子在右，筑成了这个温暖小巢。

我想，从此以后，南京大概也可以被我唤作故乡了吧。

2016.3.28 于金陵

油菜花开

穿薄毛衣或小罩衣（指薄外套）的日子渐渐多了起来。公路边、水杉树的叶子如羽毛般轻轻拂过红砖围墙，铁门围起的院子里大片大片的银木树翻涌（绿叶樟树的一种）。池塘边的柳树不时梳理着一头茂密的长发，随处可见的美人蕉、七里香、米兰、丁香花、牵牛花、指甲花，不时地轮换着新衣裳。

蝴蝶偶尔会在水面上照个镜子，又抿着嘴自顾自地去到别处了。

主干道旁的空地里、村子的农田里、屋后的墙角边、多余的菜地里、树林边上、池塘边的小径上、菜地中间的走道上、坡上坡下，房前屋后，一朵朵、一瓣瓣、一丛丛、一片片，到处都是亮澄澄的明黄色，阳光下明晃晃地只差没亮瞎你的眼睛。

没有准确的通知，没有统一的口令，大气磅礴的新乐章就这么奏响着！从荒土里偶尔冒尖的一个花苞，到千万朵同时无声地汇合在一起。

春天，正大踏步地前进着，前进着！明灿灿的河流正从左邻右里出发，从东村西寨出发，从大城小城出发，从山丘平原出发，汇聚成春天的音符!

每天早上,我都会兴冲冲地跑到三楼的平顶上去极目四望,俯瞰周围都是平房的村庄和土地!红砖房子远远一字散开,绿色树木星罗棋布。而这汪洋的油菜花海,犹如被老裁缝施了魔法般,被熨烫成了一匹平平整整的绸缎,一把铺开在整个世界里!

每当这个时节,妈妈都会提前几天关注着收音机里的天气预报,提前约好照相师傅,提前准备好要穿的衣服,虽然就那么两三件外套,也要确保它们穿出来是干净的、笔挺的。

待到丽日晴天、煦风和畅,我们小心地拨开早已选好的一撮撮油菜花,走入到花海中央。任花粉黏在手背上、毛衣上,任柔嫩的花瓣贴在头发上,沾在毛衣袖子上。

"看这儿!照相咯!"随着照相师傅温和的一声,爸爸妈妈带着我拍照了,姐姐姐夫抱着六个月大的外甥拍照了。若正好是星期天,大姐一家回家了,他们一家三口也拍照了;打扮时髦的哥哥嫂嫂拍照了,长辫子的小姐姐也拍照了。我家的土狗"喔喔",倏地寻到了它的小主人——我的膝盖边,也拍照了。

老式相机的快门不紧不慢的"咔嚓"声,惹得小外甥突然瞪圆了眼睛,呆萌地看着镜头。大外甥调皮地蹦跳着,任拍照的师傅怎么说好话也停不下来,倒是被师傅成功地抢拍了一张踮着脚尖的照片。

我很是乖巧地靠在妈妈的身旁站着,小心地不把我的"括号嘴巴"(妈妈一个好朋友老师给我的外号,意思是说我笑得合不拢嘴时,脸上会有一个括号的样子)显露出来。大人们却毫不介意,都是开心的表情。

等到大约一个星期后，照片从暗房冲洗出来，从镇上被取了回来。大家就又都聚集在一起，有说有笑地看着照片上彼此的样子，亮丽的油菜花总是让素颜的我们看起来既精神又好看，妈妈最满足这样的时刻，一家人坐在一起欣赏着"全家福"！

我们的全家福基本上都是在家里、在院落、在自然的光线和心情中拍的。几十年来，好像我们都没有去照相馆拍照的习惯，我们似乎都不习惯在那种固定做作的画板前，任人摆布地摆着规定动作，全然脱离了真实的生活场景和自然的情感。

气温逐渐稳步升高，油菜花开得依旧忘情。蜜蜂部队开始四处招摇，它们那透明的不停扇动的翅膀，黄棕色相间的横纹仿佛是我出生时曾穿过的那件毛线背心，没想到居然被它们弄去套在了自己的身上。它们开心得意的"嗡嗡"声，诚心滋扰着犯着春困的人们。

于是，孩子们在大人的教唆下，全都开始了"捉蜜蜂"的游戏。他们一手握着小玻璃瓶，一手拿着削得细长的竹签子或树枝，挨着墙面仔细寻找着缝隙或小洞，快速地把瓶口靠上去，同时用树枝对准里面拼命地掏着。

砖与砖之间抹的水泥沙子，总是会有好多地方可以成为蜜蜂的藏身之所。这些洞一般都比较浅，几个回合下来，每个人的瓶子里都会有好些个蜜蜂了。

这样的战斗每天都会存在，但是并非每次孩子们都会顺利得手。有时，孩子们一激动了，把脸贴近了墙，得到的是蜜蜂的一顿猛蛰和一次痛苦的"哀嚎"。

这样的号哭多半会在家人奇特的话语下消停。"这下好了，蜜蜂找你报仇了，它自己也没得活了！"在这样的话语后，吃亏的孩子瞬间内心平静了许多，很多时候竟然"不药而愈"，真是神奇！

几个月以后，油菜籽结得满满当当，每个小袋子里都是圆鼓鼓的果实。大人们算着时间，赶在大风过境之前的大晴天里，赶快把它们收割下来，然后摊开晒在地坪里、公路上、屋顶上。

等到油菜杆子晒得干枯，地上铺起大晒垫或者塑料布，把油菜杆子放在上面翻来覆去地踩。踩下去能听到清亮嘣脆的声音时，那就是菜籽出来的声音。

灰尘扬起到半空，小小的黑色圆粒粒的油菜籽从壳中露出。它们急不可待地在地上滚个不停，渐渐地，地板变成了动弹着的黑色，变成了让人眼花缭乱的数不清的菜籽粒。

父亲就是这样子收的油菜籽。村子里种得多的乡亲，则是用一种叫做"扮桶"的木质大桶，把油菜杆子成捆地握着，先高高扬起，再重重地敲打在扮桶的内壁，刷刷地，油菜籽就被抖在了扮桶里。

等忙完这一茬，父亲还需用个一天半天的工夫，把成堆的油菜籽，再用竹簸箕、竹筛子耐心耐烦地筛选一遍又一遍，轻的菜籽壳和灰尘会扬起，小石块会抖落，大石块会滤在筛盘上面，留下的都是有用之物。高产的农家，就必须使用木质的"风车"来去壳和灰尘了。

精选得干干净净的油菜籽，装在大箩筐里，被挑到了村里的榨油坊。经过高温蒸炒，在光线不太明亮的榨油房里，经过厚重的铁饼和石块的压榨，金黄色、浓稠、晶亮的菜籽油就这样一条条缓缓地往下滴淌，油坊里终日飘绕起浓郁的生菜油的香气。

每家每户，一日三餐，都是用的菜油来炒菜。生菜油倒在锅里，小火烧上片刻，然后把坛子里的干菜子，比如卜豆角、干扁豆丝，又或者是洞庭湖里的小虾米，加上些许青辣椒，往大铁锅里一倒，再快速地配上些许盐，翻炒几下，那一口爽口和香脆，就直接可以灭掉两大碗米饭。

那样的年代，没有办法做更多的选择，一切都是自己动手，但一切都源于自然之法，本真是所有生命的第一要素。

离开儿时的故土，我的活动半径越来越大。

江西婺源的油菜花——白墙灰瓦为背景，再衬上起伏不定的地形，清新秀美的山间，美得婉约玲珑！九月的青海湖——把天空倒挂在人间，再让油菜花田入到画间，白色的牦牛、壮硕的骏马悠然信步，美得让人心潮起伏！

可它们终归都只是我的远方，它们都不是我心中的故乡。那些油菜花开时被定格的画面，那些被父母怀抱至今不会散去的温度，才是我行囊中行进着的故乡！

2020 年 3 月 28 日于倒春寒中的金陵

雾

春日里，早起薄薄的雾气飘浮着，如带着白色乔其纱的调皮少女，一会儿把马尾辫梢甩向田野，一会儿又把衣袖的一角向路边葱绿的树木送去摩挲。时远时近，若即若离。有时捉弄着孩子长长的眼睫毛，有时又把水汽落在了疾行路人的头发丝上、罩衣上。让你急不得，恼不得！

一字散开的村落，一望无际的稻田，蜿蜒曲折的灌渠，纵横交错的道路，简陋的拱形小石桥，明镜般安静的湖水，高高展露在枝头的玉兰花。

花坛尽头的地坪里，雪松树的旁边，那一树矜持站立、散着幽香的含笑花。墙角前，那一簇簇朝开夕谢的紫色牵牛花，都变得不可见了。

开始还有些清浅的轮廓，到后来，雾气浓重，便什么都隐得干干净净，了无痕迹。

虽然就在附近不远，可就是转瞬间便消失了踪影的感觉。

待到大半个上午快耗尽时，白色的迷离境界已经抽离，稻穗上、花瓣边的细小水珠子悄悄滴入土里，眼前亮堂了，心境豁然开朗。

太阳上来了！

白雾逃遁得好快！所有我熟悉的景致，都用统一的步调回归我的视野。虽然它们从未离开，却因为这样的一出，又陡然增加了几许新鲜感。

冬季的雾会稍微显得让人嫌弃，心生厌恶。大概是冷得刺骨的原因。也有那长寂无边的日子，直至下午，浓雾依然故我，不肯散去。你只会觉得头发越来越重了，有时会有水滴到脖子。时间长了，甚至会以为周围的雾气是否就是自己一路呵出的团团白气。

这样的雾天，打伞难免有矫情之状，让人尴尬。但娃娃一定是不给他待在外面疯的，湿气太重，容易生病。窗户也都是关得严严实实的。否则，家里的铺盖换洗，都会湿湿润润，潮潮的，很是黏手。

雾气徐徐包围，面积极广，无孔不入，无缝不钻。对空间，对身体的侵袭，虽不像暴雨雷电那样来得直接与明显，却是不动声色，一丝一毫的浸润，由外至里。

雾，它一度成为人们生活的一部分，成为人们习以为常的话题。

在天津求学的时候，大冷的冬天，灰蒙蒙的下午，加上一场突如其来的大雾，世界便只剩下各种层次的灰，凝重的，苍白的，苦闷的，冷傲的，枯萎的。

随着夜色的加入，深深浅浅的灰白，变成了更加浑浊的灰黑，一切的纠缠最后都止步于黑色的呆滞里。

北方人，开口就是一句："下——雾——咯！"

听得我呆住了脚步！

来自南国的我，一向不知这世界，除了下雨下雪，居然还有"下雾了"一说？

这样的时候，我的家乡，我的父母家人，不都是在说"起雾了！""起雾啦？""好大的雾哦！""渡口的船今天恐怕要停了，三伢子出行的日期要改咯！"……的话吗？

记忆里家乡的渡口，渡船多是简易的机帆船，刷着光亮的桐油，木纹的图案清晰可见。一条船，多时可以搭二十来人。

马达"哒哒"作响，船上满是欢乐的逗笑声和聊天声。船后是一羽被快速剪开的锦缎，V形的图案是它的前一半，粼粼的波光是它的后一半。黄昏时，更有被倾倒的满湖金黄，如满湖跌坠的元宝，闪烁其间。

不知翠翠守候一生的渡口，此刻是何等的光景？她还会在雾起停船泊岸时，唱歌给大黄狗听吗？她还会在仿佛的梦里，听见那一晚让她倍觉幸福与欢乐的年轻人的歌声吗？

夏　夜

蝉声不知不觉地低了下去，墙缝罅隙里，蛐蛐和不知名的虫子好听的叫声，正一声一声地接连传过来。

苦夏给我的赏赐，便是此刻绚烂多彩的天空。比崔大爷家灶眼里燃着冒火星的火红色、金黄色还要好看。

无规则散开的各种动物形状、怪物形状，各种丝丝絮絮，或如羽毛，或如沙滩上躺下的白浪头的白云，都已经是我眼里见怪不怪、习以为常的景象。

被大肆漂染成橙黄、金黄，到火红的西边的天空，已经把地面的景物逼到尽头，逼到了黑暗的边缘。

那蛊惑的紫，一反平日所见的紫色特有的内敛，总是那么梦幻，让我迷失在它的柔媚与张狂里。

加上作为背景墙的蓝色天幕，已经在蔚蓝一天的闲逛后，换上了如丝绒般质感的海青，有夹着薄薄浅蓝条纹，又间着蓝黑、藏青和深蓝。

我才不过定定地看一会儿前方杳远的云，那巨大的大红浑圆的落日，已经在无法克制的下沉中散尽最后的黄金元宝，如同一个即将被一口吞入腹中的黄得流油的红心咸鸭蛋，在接受着最后的检阅。

蜻蜓已从池塘的水面飞进了暮色里。轻巧地飞行、旋停，最后飞进了我的梦里，再也不愿飞出来。

而另一侧的天空，新月已经升上来，带着启明星，如勺子的七颗一起的北斗星，早早地出门游玩。而后面的星星点点，如同我们饭后的散步一样，各自找到自己的位置，一明一昧地打着熟悉的手势，说着它们自己的"暗语"。

"一闪一闪亮晶晶，满天都是小星星。""弯弯的月儿小小的船，我在小小的船里坐……""小娃娃睡觉觉哦，哦——哦——哦"……

简单的音调，简单的字眼，却是我们来到这个世界听到的最好听的歌，收到的最温暖贴心的礼物！那里面有妈妈的抚摸，有爸爸的轻拍和抱抱，有妈妈胸口熟悉的心跳声，有妈妈柔声亲亲的声音。

"时光不停留，春去已无踪，潮来又潮往，几度夕阳红……"

黑暗席卷而来，所有的事物都变成了冷黑的一团，带着冰冷的角，让人只想远离。

满天的繁星，就是我视线的最好去处。一颗、两颗……数着这个忘了那个，谁能把它数清楚？可是在我看来，它们像地上的人一样，性情不一，有开朗有内向，个子也是有大有小。

我就安安静静地躺在竹凉板上，和它们逐个地交谈，说着心里话，直到一星半点的萤火虫偶尔飞到我的枕旁。

冰清如水的月光洒在人间，收音机里传来"每周一歌"的歌曲，父母的蒲扇似乎是为我而生，难道蚊子就不咬他们的？就这么一直给我扇着。

我高兴了，便一首一首地唱着自学的歌。父母高兴了，一人一首地跟着唱起来。星星高兴了，对我眨了好几下眼睛。

也有流星从天际一扫而过，我特别兴奋地喊着："哇，长尾巴星，多好看！"冷不丁地，我被母亲用扇面在我手臂上重重地拍了一下："这是扫把星，有什么好看的啊！"幸亏父亲走过来，笑笑说："这个是慧星，蠢家伙！"

屋内的蜡烛已经吹灭，只留了一盏煤油灯，火苗调到了最小。满月的夜晚，夜的世界会添了许多浪漫的感觉。满世界白白透透，没有那些让人恐怖的暗影摇晃，格外清爽舒适。

"月光如水照淄衣"，月下的一切都带着些许闪亮感，如同自带光芒的点点萤火四处徜徉，让人内心深处倍觉柔和。

吴刚，月桂树，可爱的白色兔子，你们是否都安好？

盛夏印象

漫长的盛夏下午，枯燥无味。

午睡。摇着的蒲扇或席草扇，左手换右手，从腰间扇到胸前，甚至颈部，都不甚如意。不是嫌费力，就是嫌风小。好不容易睡着了，翻个身，背似乎被粘在了席子上，有股暗力在身体与床板之间撕扯着牵拉着，不认真地侧翻，动作恐怕还到不了位。

看书。一本《小说月报》看了好几遍了，新的一期还没到发行时间。亲戚家借的《聊斋志异》已经翻来覆去看了四遍了。

吃吃喝喝。充其量就是吃些买来的西瓜，或是上午去地里找出的裹着一层粉的梨瓜。（说是梨瓜，应该是香瓜系列吧，长得一点也不像梨，白皮白瓤，瓜籽像菜瓜。）或是啃一节黄瓜，要不就是刚摘下的红艳艳的番茄。都是地里种的，每天去院子里转上几圈，哪个瓜几时可以吃，是最清楚的了。

重口味的零食是吃坛子里夹出的浸水，如泡黄瓜、泡长豆角、泡辣椒。还有各种剁椒腌制的美食，比如辣藠头、辣椒刀豆、辣椒莴笋。酸酸辣辣，甜甜咸咸，爽到身体的每个细胞。

早起烧好的开水，在包壶里待到午后，倒出时已经是清冽的冷茶子，茶汤红亮，是用一种大树叶子泡的，还夹着点烟子味。

家里的大四方桌上，有母亲自己熬煮的凉茶，用金属的大脸盆装着。那是用甘草、薄荷、金银花、菊花、白冰糖一起炖煮的，好喝过药店买的"六一散"。

我如吐舌的小狗，守着巷子口的风、过道的风，望着一动不动的杉树叶子，听着知了噪聒的叫声。可我却宁愿是窗台下某个砖缝里窜出的"咛咛"的蛐蛐声，至少，那个声音都是伴着夜色而起的。既有夜色上来，暑气自然要消减，那时就舒服多了。

我只盼着快点吃晚饭。家里的一日三餐一向都很准时。在火气四冲的禾塘里，或门口的地坪里，得空的家人都会早早把地打扫干净，父亲再去井里打上几桶水，泼洒在干出裂缝的地面上。

日光西移，西头的厨房还烧着一炉子煤火，热得像蒸笼。母亲却每天都要在这里为一家老小，准备着爽口开胃的晚饭。

大餐是肯定没有的，在这么平常普通的日子。家常菜有自己晒的干黄花，配上少许肉末打汤，或者番茄汤，一碗用白糖、剁椒、加少许醋凉拌的菜瓜片，一碗尖角青辣椒圈圈配卜豆角炒些许肉，再不就是一碗水煮南瓜或冬瓜之类的，再用冷水凉上一锅绿豆大米粥，或是一锅白米饭，吃起来胃口就上来了，丝毫不会受暑气的影响。

而这个时候，母亲总会扯着嗓子喊着："满伢儿，抹垫子！擦煤油灯罩子！点蚊香！"这是我的工作，谁都夺不走的，虽然我很盼着有人真来打架似的夺去我手上的活。

这几个活，我都不喜欢。

母亲要求，擦拭竹子打的簟子，一定要用热水，多擦几遍，这样才能擦得干净清爽，免得汗巴巴的。她房间的水竹篾编的簟子，更要小心地对待。

可是，这大热的天，抓着个滚热的湿毛巾，啥事不做都会一身汗，还要猫着个腰，在席子上跪着来来回回地擦，汗水早已是成串地滴落在竹簟子上。

竹簟子都是由熟人介绍的老篾匠师傅，用满是皱口与裂纹的手指，不分天光黑夜的一寸寸地编起来的。家乡称为"打簟子"。工钱都是以几尺长几尺宽来论，叫做"多少钱一铺。"

竹簟子一用好多年，都已经被睡得"活"了，发着一种带着油光的无法形容的红，有点像烤过头的砖红色。有些断了的竹篾，已经在春天里，让上门的篾匠师傅或打簟子的师傅，用几片新的竹篾条补好了。于是，这些地方便变成了深浅错杂的不规则的图案。

竹簟子不擦，会发出一股难闻的人的油腻的气味，让人难受。簟子如果我不擦，那猫着腰，跪着来来回回的就是母亲了。因为那时，哥哥姐姐都在外地求学。

经常没电的时代，煤油灯和马灯是不错的选择。蜡烛太贵，不经用，还不安全，也不防风。马灯多用于户外，但是我家没有。

煤油灯可以调节火的大小，三两天的需要添加煤油，需要剪灯芯。玻璃的灯罩子，顶部和底部直径都是大约三厘米宽，中间鼓出，可以让火苗不会轻易地随风摇曳。

只要不是猛然地把灯光的亮度调到最大，灯罩的上半部分就不会极速地被熏得又黄又黑。偷懒的人，灯罩可以三天擦一回。否则，都是要天天擦的。

用厚而粗糙的黄色草纸，叠好塞进灯罩里，再用手指按压在内壁擦拭。技术好的，都能把黄黄的罩子擦得洁净透明。但是大人的手指多不好塞进去，就只有借助长长的筷子，夹着草纸费力地擦拭。你还得用巧劲，不然，薄薄的灯罩就破裂成几片了。

点蚊香，相对比较轻松。拿个碟子或金属盖子，再把二合一的蚊香一点一点地慢慢分开些许，如阴阳相对的两条轨道，又有点像阴阳太极图。直到一根蚊香高出些许，再用手指尖抵着最中心的点，往上一抵，两条蚊香就自然一高一低地分开了。

划上几根火柴，把蜡烛点燃后，再用蚊香撑子对着中间的一个小小的眼，撑准了，就好了。点好的蚊香一般都放在床脚下，或人多的桌子旁，或某个容易藏蚊子的角落。

晚饭后，母亲麻利地收拾完厨房、餐桌，又忙着找个竹篮子，把吃剩的干菜放里面，再用绳子把它高高吊起在晒衣服的绳子上。米饭或粥容易馊掉，母亲就把它放在装有冷水的盆子或桶子里凉着，那可是第二天的早餐。在那个冰箱尚未问世的年月里，智慧可以解决很多生活中的难题。

我家的晚饭是最早的。家里人忙碌的节奏也慢了下来。可此刻屋后的富东村，却正是烟火气升腾最热烈的时候。

村口的袅袅炊烟正从烟囱里升起，挤挤攘攘地升腾、交织，最后混杂进一片薄透的蓝色的雾霭。

大婶逗鸡鸭入笼的声音，孩子调皮的喊叫声，哪家夫妻仿佛吵架相骂的声音，狗子追逐撕咬的声音，谁家长鞭子抽在晚归牛背上的声音，还有哪家大嗓门子在扯着喉咙喊"福来，福来——吃饭啦！"

起起伏伏、远远近近、高高低低，互相交织、缠绕，犹如一段丰富的交响乐，有声有色，有滋有味！

远远的，哪家烧的柴火是樟树枝条，特有的香味弥漫过来。还有一股烧草木灰的烟味在空气中飘荡过来，忽浓忽淡。

应该是崔家的大水牛，正拴在水港旁的水杉树边吃草，牛尾巴在烟堆前甩来甩去，可是大牛今天没去水坑里打滚，没有那一身湿泥巴裹着，比饭蚊子大多了的牛蚊子自然是清不了场。

村里各家的晚饭，多数是在屋外的坪里进行。晚饭的内容，无非就是筲箕里凉着的中午的冷饭，和碗底吃剩不多的地里种的蔬菜。

免去了搬弄桌子的麻烦，一家人各自端个深口大饭碗盛着，你搬一张凳子，我拖一把椅子，边吃饭菜边聊着天。女人们则忙着追喊正在地上打滚的小娃娃，一边拍打着满身的黄土，嘴里骂着"砍脑壳的！磨死人的家伙"，一边手上还是主动地去寻着小嘴巴喂着食。

没有多余的菜食，也没有多余的精力，更没有外人在场，在这个火烧云的天幕下，晚饭就是这样三下两下地打发了。

饭后的时光，是一天中最松弛的时候。抽烟的男人们拿出烟丝，卷好烟纸，又划着火柴互相点燃，你家我家地开始闲聊起来。

天黑了，这到处走动着的一小点一小点的红色，和草丛边忽闪忽闪的发着绿色荧光的萤火虫，互相映衬着，别有一番趣味。

女人们提着笨重的木水桶的声音，孩子们拿个葫芦瓢舀水洗"流水澡"的声音，男人们围着椅子打牌出牌，埋怨得意嫉妒咒骂的各种声音，都在夜色中一一出场了……

五月随笔

入夜，风儿凉爽而体贴，朗月在云间肆意穿行。我喜欢这样的夜晚，没有闷热夏日的焦躁，没有蚊虫吵扰的烦恼。

收到淘宝上发现的收音机，迫不及待地拧开开关。一瞬间，我仿佛又回到了学生时代的学生宿舍，回到老家的老房子，和父母一起晚饭后围坐在一块，摇着蒲扇，一起听着收音机里的新闻、广播剧和歌曲，想象着外面的世界。或听母亲说着这个月有哪些人家摆喜酒要去人情的，哪个老学生捎口信来下周要来咱家，到时候弄些什么菜，打发一些什么东西给别人，一定不能亏了别人。

……也不知自己怎么会突然厌倦了到处是遥控器的生活，突然怀念起一键开关的简单而原始的生活。曾经的悠缓而实在的时光，如今已经遥不可及。

我的记忆里童年家乡清丽润泽如画！也是这样的红砖房，一字排开，屋后多是成片的水稻，夜晚浸着响亮的蛙鸣。到处有纵横交错的水渠，水里也有些许水草，水面都很清澈。青翠挺拔的水杉树沿着水渠纵向排开，窝在水边低矮的各种野草，混杂着清香的野芹菜、野黎蒿、地米菜、蒲公英和刺苔。

小青蛙忘记要去哪儿了，只是傻傻地鼓着腮帮子，瞪着浑圆的眼睛，与我静对。

初一时，同学教我用一根树枝、一条白线，挂上一小团蛋黄般大小的白棉花，往浅沟的水草边一放，没个三五分钟，竟会钓上一大只红壳的大龙虾，正是如今最盛行吃的"口味小龙虾"的品种。同学又教我，把第一只虾子剥出一整块肉来，缠在棉线上，代替棉花去当诱饵，经常会一次钓上两只虾来。一只虾的大钳子紧紧地夹住前面那只虾子的身体。

那时的我们都不知道如何去处理这些红虾，大人们都视它为麻烦，因为夹到手是会痛得出血的，肿得也快。我曾经试过一个周日的下午，用两个小时就钓起了快两桶子虾！偶尔母亲也会切一些鲜青辣椒，放些香葱花，取了虾尾部分红烧着给我吃，可我总嫌没有平时的小河虾细嫩美味，也不太喜欢吃它。唯有钓虾的愉悦与成就感，足以让我回味终生！

我们哪里能料到，当年我们扔都来不及扔的小龙虾，多年后竟会成为大江南北的"大红人"，被食客们热捧，自己也是常常要几十块钱一斤从菜市场买回来。

时代的变迁大抵如此，你最熟悉不过的事物却让你觉得陌生。曾经的你却未必懂它，懂它的美味，懂它的价值，懂它的骄傲！

五月的午夜，在记忆中徜徉，有人煮一壶月光下酒，有人起舞弄清影，有人失恋悲伤，有人梦境迷惘。

诗书音乐与我相伴，窗帘不时微微飘动，在纸质的文字里，我遇见过去的自己，如同看见水中自己的倒影。

在思考的长廊里，我期待遇见未来的自己，不虚空，不飘摇……日子是音符，岁月是篇章，经历是节奏，畅享自己生命的旋律！

2017.6.4 凌晨于羚羊屋

闲话牡丹

才是春分时节，桃李刚刚褪去粉的外衣，新绿的薄衫刚刚披上，远在千里外的父亲猛地在家人微信群里晒出了他的成果——他亲手种的牡丹，竟然开花了！

说是花园，其实是父亲蹭来的老小区公用绿化带上靠近自家的一丁点地方，因为长年无人打理，许多旮旯角落杂草丛生。

那么一小块天地，却延续着父亲昨日的时光，承载着新的希望。买来的小苗，告别了精致的花盆，移进了陌生的"小花园"。

相比过往的生活，如今的时光，已然是阳光雨露滋润，春风桃李和谐，还有这个八十五岁老头的殷切目光和殷勤打点……

两株牡丹苗矮矮的，其貌不扬，却各自盛开着一朵碗口般大小的花朵儿。一左一右，比肩绽放的两朵牡丹，如同两个双胞胎姐妹，身高模样都如此的相似。

大大的白色花瓣，层层叠叠。一株虽然只缀着一朵花，世界却无声地改变起来。连风吹过，都会留下许多痕迹——那细密的鹅黄色花蕊时不时激动得颤颤巍巍，三两个蜜蜂轮番来打闹玩耍着。

我隔空欣赏着这一切，忘记了打赏和点赞，还是在异地的姐姐问了一句："唉?！老爸，牡丹不都是五月才开的吗？你的怎么现在就开花了？"让我也有了同样的疑惑。

父亲说他陆续养了七八年的牡丹，却都是失败告终，万般没想到三月才开头，就收到了最大的惊喜！

我想，说这话的时候，父亲的样子，大概是如沐春风般的美好！他的心情，大概是"万般美好莫过于此"，幸福到可以笑醒的那种满足吧！

在我的记忆里，牡丹是花中之王。记忆中，直到大学毕业，从家乡的小县城到省城长沙，我在潇湘之国似乎就没有见过它的踪迹。我想，它的一切，应该都是北方的所属吧。

后来，临近而立之年，有几年我长居于甘肃兰州，无意中才在黄河边上的诸多公园里、在回族同胞晒太阳的连廊下、在汉族人民唱歌跳舞的公园围墙外，我得以日日夜夜地欣赏着它们——那是被枝叶簇拥着，一丛丛、一簇簇，开得天昏地暗，开得密密匝匝的各色牡丹！

它们再也不是二姐家那幅裱在框里的泼墨丹青，也不是我在街头遇见的锦缎丝线绣出的精致模样。

纵使有着一样的颜色，一样的身姿，却完全是两个截然不同的梦境！粉的嫩，白的洁，紫红的艳丽，红白相间的雅致。

人们给它们的名字，多是独特的。比如"赵粉""二乔""白玉""牡丹红""锦缎红""墨葵"；又或是更梦幻的，比如"赤龙焕彩""菱花湛露""雪映朝霞"等。

"唯有牡丹真国色，花开时节动京城。""云想衣裳花想容，春风拂槛露华浓。"牡丹的雍容华贵、仪态万千，自古以来，自在人心。

去年五一，从河南的云台山归来，途中偶遇一款牡丹花茶。完整的干的花朵，带着花萼、花蕊、花瓣，装在透明的盒子里，虽已半干，仍似鲜活，甚是吸引我的眼球！我还特意配上一套要价不菲的透明扁圆壶，一同带回了南京。

从此后，我总会寻一些平常的午后，静静地品着那一份非我莫属的恬淡时光，浅浅的香、淡淡的甜，在呼吸之间，在心门之内。

画面里，有《聊斋》里可以隐形、可以幻变、可以婀娜身影的奇女子。有我儿时对女侠最早的定义——来自于黑白电视机里的电视剧《红牡丹》，那身穿及地深色丝绒披肩，长相秀美端庄，策马扬鞭、肝胆侠义的女侠……

多少年来，在梦里，我追寻着她的芳踪，无数次、无数次……

2020年3月25日

于春雨迷蒙的金陵

冬　夜

　　只有今年，我是如此热切地巴望着冬的到来，尽管日历已经翻到了十二月。一直以来十六七度的天气，任我是随意地穿着裙子，不紧不慢地徜徉在舒适的阳光下，或是居家的时候，随意地打开房间的门窗。

　　我几乎就要从心底里以为，这样的冬季无非就是秋季的延伸，定是这样熟悉无疑的了！

　　直到三天前，手机里铺天盖地地飞来一堆又一堆的新闻和图片，预报着不日即会飞雪连天，我的内心充斥着质疑。

　　雨水来了，滴滴答答，声音倒不是特别响亮。湿冷的空气逼迫着人们加快了步伐，穿棉衣、系围巾的行人替代了前几日爱俏美女们露着脚踝的装扮。

　　入夜后，孩子上课归来，定睛地看着前方湿漉漉的马路上行驶过来的车辆入神，一时不忘大喊一声："好长的灯啊！哈哈！妈妈快看！"

　　顺着他的小手指的方向，原来是路面上映出的各色灯影，长长地似乎正朝地底下长着，还不肯罢休，似乎要深深扎进更深的地方。孩子已然忘记了走路，歪斜地打着雨伞，享受着此刻无尽的快乐！

临睡前，孩子一如既往地钻进被窝里，却少见而夸张地缩成了小小的一团，嚷嚷着"怎么这么冰啊？给我再盖床被子在上面吧！"我没有理他的要求，只是打趣地说了句："现在只有5度，明显就是冬天的温度嘛！看你还说不冷？！"我一边给他掖紧了被子，一边叮嘱他："明天会下雪哦！记得早起穿上羽绒服，戴上围脖去学校！"

一直以来，但凡突然的气温骤降，不期而至的寒流，都是我极为恼火的事情。备好的衣物用不上，急匆匆去翻箱倒柜，却又总是缺东少西。隔年的东西一经收纳，哪有那么容易能一步到位精准取出？记忆里定好的走亲访友的日期，也会因了这些莫名的原因而被更改耽误。

唯独这一次！这个三天，我无数次掏出手机，滑到一周天气预报的地方，数着日子，看着那屏幕上两朵雪花的日子，内心万般地期望它的准时到来！

我记挂着花园里还有好几树满得喷火的枫叶。我记着不知名的树上挂满着仿佛鹅黄的树叶，三两日之内定不会落去。我记挂着窗台下方，一棵接满了大红珠子，如同红豆大小的细圆粒粒的植物。一簇簇饱满且富有光泽的红色豆子，衬着近似于椭圆形边的深绿色叶子，很能迷乱你的心境，牵出你的相思。

今夜深沉的梦境里，必定少不了你。

一觉醒来的明日的晨光里，我可否会在惺忪睡眼里见着你无暇的容颜？还是在送孩子上学的路上，兴奋地跳跃着旋转着和你握手相见？还是待我磨墨写字时，你飘然而至书房的窗外，让我凝神掷笔？抑或是在我怅惘失落地行走时，你再悄无声息与我温柔相见？还是精灵般地忘情抚摸着我的面颊我的长发？还是调皮地饰在我的睫毛上，犹如用心装饰我的梦一般？

2018 年 12 月 6 日

那一份浓浓的爱

每逢暑假，比我还高出一截的表外甥，便会来到外婆家，在吃饱朝思暮想的外婆做的泡菜后，溜到我这个阿姨的房里，说："累了！"又从旅行包里抱出那个很大很乖的洋娃娃，认真地亲一亲它的眼，或说过一两句悄悄话后终于睡了。我于是常笑她："都这么高大了，还时时要个洋娃娃陪着，羞也！"可她竟只是很满足地笑笑。

在这笑容前，我竟脸红了。

小外甥们一个个落地，毫不费劲地便都可掀出几抽屉玩具。什么电动火车，小熊跳绳，天上地下的都买来了。可到手的第二天，便只能从屋角寻得它们的断臂残肢。小外甥及其朋友们，常拿着或父母从香港美国带回的洋"碰车"，或叔辈平日送的遥控火箭相互炫耀。没有的回去后便在父母前磨牙不停，胜利者则开始在玩腻了之后，研究着如何肢解俘虏们。

有一天去二舅家吃饭，餐桌上舅妈不断地给四岁的小聪夹菜，不时摸摸他的头，说："咱们小聪真聪明，以后定是个发明家。

瞧，昨天才买的一百八的机器人，今天竟让他给把零件都拆下了，那可是先进的玩具，来，小聪，妈就喜欢这样，以后，妈经常会给你买各种玩具的，只要你能拆开它们。"

望着撒满地的残骸，想起自己有过的玩具，仅仅是一两个敲起来"当当"响的铁罐子，若遇着顺手的时候，做出个泥床或捏了个泥娃之类的，便成了小伙伴们最大的快慰。

我的悲哀一日多过一日。

胃病把我折磨进病床，想想因此耽误了的考试，我的心便成了窗外这飘雨的天。这时，一个声音从身后响起："小珏，我最喜欢的这个白雪公主送给你。做它时，我也正十七岁，因小儿麻痹症，手有点不灵活。因此，十指都被扎出过血，当娃娃终于笑在我眼前的时候，我失去生活的勇气也随之一道回来了。"十七岁的心何曾经历过这么一场爱的劫持？我不由抱紧这两颗真诚的心，紧紧，紧紧。

眼前温馨盛开，在这粉红的忆念中，童年的梦又重新燃起。这一份浓浓的爱，给我以永远的蓝天，和永远阳光明媚的心。

"我终于也有自己的布娃娃了！"我对着白云大喊。妈妈笑了，那眼里晶亮晶亮有东西在闪动，妈说："我像你这么大时，已在外地工作。想家的日子，便放一个一捏就叫的小塑料娃娃在衣袋里……"

我看见了妈妈眼睛里的小娃娃，熟悉如我捏的泥娃娃，如这个写满博爱的布娃娃。我的眼睛湿润了。

那一份浓浓的爱哟……

【后记】

　　独生子家庭，亲人的宠爱，造就了下一代的优越感和对劳动者的不理解。没有分寸的爱在侵蚀着无数的童心。警惕啊，年轻的父母！

　　长期的都市生活，我却日渐怀念童年的自然纯真，怀念那被伙伴们遗忘了的小小泥娃娃！

1992 年 7 月

冬　祭

一

冬雨连绵，今日也不停，是我思念的泪水么？

母亲，你现在可好？你在的世界是什么样子的？真的到处是欢乐、平等，到处都没有病痛吗？可是，天国！纵使你有万般好，我也还是多么希望过母亲和我们在一起的生活啊！

那段温暖相爱的岁月，静好、深刻、柔软、温润。那触手可及的面容，那清扬靓丽的歌声，那冒着香气的饭菜，那开饭前每每熟悉的呼唤——"摆桌子！吃饭啦！……"

闲暇之余，一起打个五毛钱的麻将，或是不出钱的红字——"纸叶子"牌（类似"跑胡子"）之类的游戏。老房子的那张黑色八仙桌盛满了我们的欢乐时光！

在我的心里，从来没想象过你八十岁时的样子。我天真地以为：你一直会陪着我，陪到任何时候！在我心里，你一直都是个精致的女人。

你少年时的黑白照片上，编着两条粗粗的辫子，从耳际一直垂到胸前，衬着你花一样的脸庞。我却不知道你小时候是在颇为富裕的大家族里生活的。家里前有大花园，后有大果园；红木椅子、象牙雕件也是司空见惯的物件，外婆管理的每顿饭，光各房的自家人都有七八十口。出门都是轿子抬着的，生活都有佣人照顾的，小时候上的是私塾。

年青时适逢各种政治运动，头发剪成了齐耳的短发。我翻阅昏黄老照片时，惊觉那个年代的各个地方，凡已婚女子，不论城乡，发式几乎都是统一的"包菜头"。无所谓手法，能齐整便是最好的交代！

我骨子里认为包菜头是给众多女性减分的事情，犹如古时候女子缠小脚一样。大概你也知道，只是时代推着你不得不为之。

直到退休以后的晚年时光，你悄悄喜欢上了烫头发。小小的发卷，组成波浪形，有规律地散开在你的头上。你挺喜欢这样的发型，我们也喜欢！

卷发使得你特别精神、时髦，还好搭配各种衣服。而且这个齐肩或齐耳的烫发，只需二三十元，还能很好地藏起你的一些白头发。后来，白发多了，你有时也会去染一下，更多的时候，你只会微笑着说一句："唉，染它做啥？岁月不饶人，人都是要老的，没事没事！"

二

你一米六五的高挑个子，特别喜欢穿长长的连衣裙，喜欢艳丽的红毛衣，喜欢清爽的深色长外套。

以前，你会经常跑去附近的裁缝铺里，带着亲戚送的布料、自己扯的布料，选上自己喜欢的款式，请裁缝给量好尺寸，又细心地叮嘱着"注意事项"，再经过数日漫长的等待，最后满怀期待地赶到店里去取衣服。试穿得合适，高兴得眼睛都变小了，哼着小曲快活地走回家。

第二天，换上新衣服，里里外外都搭配好，再配上合适的平底皮鞋，搭上几块钱的小布包，开开心心地出门买菜去了。一路上，遇见不少熟人，打打招呼、闲聊一下，在那个资源匮乏的年代，新衣服通常都是旁人一目了然的事情。于是，聊到衣服上，便会更加收不住话题。哪里的布料、哪里看的式样、哪里的店子做的，都毫无保留地分享出去了。

这自然是十分令人快慰的事情！那年头，好看的式样很少有现成的，多半是需要自己看电视看报纸，记下图片，自己想好了，什么领、什么袖，哪里肥哪里瘦，多半都是靠自己想出来的。

母亲的快乐十分简单。新衣服都是便宜的。直到后来儿女们长大了，深知母亲节省，都为她添置购买像样的衣裳，那时候，母亲柜子里才开始有了几件贵一些的衣裳。

可是母亲是舍不得把好衣服在家里穿的。她说："做家务活，一会蹲着一会坐着，衣服会起褶皱。厨房里油烟子重，衣服脏了会洗不干净，穿了可惜！"

后来，随着母亲糖尿病的加重，她的腿脚疼痛得厉害，视力也越来越模糊，再到后面的双目失明，母亲的出门自然是越来越少。下个楼也是一周一两次，出个门上个街也是稀奇事了，出个门走个亲戚，自然是一年一次的，珍贵至极。

现在想想，以母亲生前的境况，她是多么的痛苦，多么的不容易，又是承受着多少别人不知的煎熬，经历着别人无法代替的考验的吧！

到那时，母亲的衣服已经完全成为了摆设，母亲一年到头都是穿那些最便宜最旧的几套衣服。偶尔有姑姑来了，或是以前的同事朋友来了，她就毫不吝惜地把自己最喜欢的，挂在柜子里的好衣服送给了她们。

是啊！日复一日地受困于家中，年复一年地被许多无法治愈的疾病折磨着，消耗着，这已经是需要太多的坚强去承受的了，母亲哪里还有闲工夫去关注这些身外物！

我曾经多次在她心情好时，打开她的衣柜，拎着柜子里的一件件新衣服，开玩笑地说："妈耶！你这么好的衣服不穿，整天穿得跟个'叫花子'一样！你不知道，你要是死了，这些衣服你都没穿过，就要被烧掉，多可惜啊！你还以为你女儿会穿你这么老气的衣服啊？"

母亲笑着对着我，那个时候她已经看不到我了，她说："唉呀，天天待在家里，穿来浪费了！""你每天都只能待在家里，就把家里当外面好了嘛！"我说，我还想把你打扮得漂亮一点，看能不能嫁个台湾富商呢！也好改善一下我们和老爸的生活条件。"

"是啊，要记得，你可是'谢家的女，琼湖的水'哦，你可是出了名的乖得狠哦！"老爸也在一旁说笑道。"哈哈，我本来就是'谢家女，琼湖水'！什么时候都是，你们要能把我嫁出去也挺好的！不是吗？哈哈哈……"母亲说得自己都笑了好一阵子！

你会嫌我们太无分寸、太无礼数了吗？这就是我们的家，这些快乐和宽容，毫无隔阂的理解也是别的家庭不可能有的。

我们都十分尊敬和深爱着父母。多年来，父亲母亲教会我们一个道理，一个情理——爱和尊敬不在于形式，而在于行动和内心！

"死板的长辈和晚辈关系，会让我不舒服，也会让我老得更快！"这是父亲经常挂在嘴边的一句话。父母亲都不喜欢把家里变得死气沉沉，不喜欢只有父母对子女的威严，没有平起平坐的平等和玩笑，不喜欢缺乏笑声的家。

我家兄弟姊妹多，侄辈外甥多，但一向都能其乐融融，互相照顾与体谅。在父母亲的位置，现在已经四代同堂，二三十口，却能威严与慈爱并存，和睦与欢乐同在。

说教不多，却句句在理，能被铭记并被践行；长幼有序，却能各自乐在其中，各自发光发热照亮彼此，温暖一家人。

三

母亲是 20 世纪 30 年代生人，出生于书香门第的大户人家。母亲的兄弟姊妹众多，有八个。可是，她这一生，最亏欠的就是享受一份兄弟情、姐妹情。

因为血淋淋的战争和政治斗争，使得母亲的四个哥哥都在解放前去了台湾，还有一个姐姐在那个苦难的"五四年"，被饥荒和疾病掠走在异乡。一个哥哥远在山西地质队，唯一留在本地的仅一个弟弟，却又无法有深入的沟通。

与众多亲人分开的前四十年，迫于政治原因，连书信往来都不可能。

　　他们的第一次见面，是在1980年。从香港大学回来探亲的三舅到了长沙，父母火急火燎地赶过去，把三舅带回老家。三舅回来后的第一件事，就是去给去世的外公外婆上坟。第二件事，就是寻访当年在外婆临终前，曾伺候照顾了外婆的崔嫉驰，请她到家中，奉她为上宾。

　　见面时，身材魁梧的将近一米八的三舅，眼眶湿润地拥抱起这个身高不足一米五，穿着素净蓝布衣裳的七十多岁的老人。三舅用一口夹着普通话的不熟练的乡音，握着老人的手，问着老人的生活点滴。临走时，又送了很多礼物给老人家，又一再嘱咐母亲要常去看望老人家。

　　其实母亲多年来一直都有关照到老人家。虽然自家条件不好，但也会经常找人把一些食物、衣裳给老人送过去。听说老人儿女不孝，母亲还经常叹气不已！

　　即使后来见上面的，也是"见一面是一面"，分离时是孩童，再见时已是老者。这种沧桑和苦楚，我们又怎么能体会得到？

　　母亲写信给海外的兄长们，永远都是报喜不报忧。主要的事情都是她口述，父亲执笔，因为母亲患着眼疾，视力很差。她说："隔这么远，不想让他们操心，他们有他们的艰难！再说，我说了，隔这么远，很多事他们也是帮不上忙的。"

　　可我心中很疑惑，总是这样子，一家人不会见外了吗？时间一长，舅舅不会越来越不了解我们了吗？

　　可是，母亲仍旧坚决地按着自己的想法做着这一切。多少年来，都不允许我们告知真相。比如父亲心脏病常年都很严重啊，比如单位分配新房子错过了啊之类的大事，都是不允许在信中写的。但是，哪个女儿出嫁了，哪个孩子工作调动了，这些事情，母亲都会事后告知一下。

四

母亲一生，佛性贯穿。

母亲生前并非终日拜佛诵经，但她一颗善心，不会因为自己生活清贫而不去帮助别人，接济别人。

小时候，我们住在乐元乡小学。每年都有很多讨米的人。

我记得，有一年的夏天，来了一群叫花子，有男有女，有老有小。有说是安徽发洪水了，田地被淹了，一家人没了收成，只能出来乞讨。

母亲看他们挺可怜，衣不遮体的，鞋子也是破得厉害。问清楚了他们从哪里来，母亲便去悄悄找了学校领导，得到同意后，母亲高高兴兴地把自家用来煮饭的那个空教室给收拾出来，让他们在这里住些日子，安排他们梳洗，安排他们住下。又在夜里，点着油灯，摸黑寻了几套大小衣裳出来，第二天一大早给他们送过去。小孩生病了，母亲也会悄悄送些药过去。

白天，他们依然去周围村子里讨米要饭，晚上洗过澡，孩子脸上干净多了，大人也有了一丝丝笑容。十多天后，这一群人千恩万谢，含着眼泪，磕头道谢："好人啦，我们是遇到菩萨了！谢谢恩人啊！"

第二年，又一拨乞丐被母亲收留，安置下来。可是，没过几天，他们就趁天未亮，一声招呼不打就离开了。天气炎热，很多人家都是开着窗户睡的，早上起床，我家外面晒的衣服不见了，邻居家房里搭在柜子上的衣服不见了，窗台下，有一根长长的被丢弃的竹竿。

这样一来，好事变坏事，为了不再牵连到邻居和无辜人士，母亲才不得不中断了她的这一善举。

有时候，我会听见有人问母亲："你怎么就那么相信人？这可都是不了解的陌生人！"母亲平和地说："不是真的遭了难，谁愿意拖家带口地远离家乡，到这么远的地方来讨米啊？！"

以后的很多年，都还会有单独一个个的讨米的，上了年纪的男男女女敲开家门，伸进一个个满是泥巴灰尘、磕得满是缺口的瓷碗，母亲总会嘱咐我们："舀米的升子别太坎了，印满一点！多可怜啊！阿弥陀佛！"

母亲双目失明多年，去世前两年她在家里设了个佛龛，每日上香供佛。

五

母亲待人周到、能干善良，豁达开朗、谦虚细致。母亲能吃亏、肯吃苦、不矫情，乐于从生活中学习。母亲爱干净，擅于安排，无论大小家务还是干农活，抑或教育子女。母亲为人和气谦让，从未与旁人生过是非或置气顶嘴过。

母亲十三岁时，考上了当地的最高学府"常德师范"，随后就离开家开始了住校生活。

母亲经常这样描述她的学生时代："学校的伙食特别好，会专门为回族的学生设立清真食堂。冬天我们同学一桌吃饭，桌子上都有燃着木炭的炉子，炖着火锅给大家吃。"

"我们毕业演出的是《白毛女》，我演喜儿，同学演黄世仁，私下里演黄世仁的同学就经常被我们骂得要死，骂他坏！呵呵，几十年了，想起来都觉得好笑！"

"又一次我们跳新疆舞，实在没有合适的道具，也没有钱，我灵机一动，扯了床上的床单，整齐地叠着，再用绳子扎在腰上，哈哈，还有模有样，蛮好的！那时候，道具都是自己画、自己做的。"

后来，母亲所在学校排演样板戏《白毛女》，母亲再演喜儿。到我上小学时，还经常听很多村里的社员说起这么一句："谢老师演的白毛女，演得极好！"

母亲是教师，一辈子教书育人，勤勤恳恳。母亲一点也不教条，脾气性格又好，是十里八乡远近闻名的好老师。

母亲的学生，有很多是从小萝卜头到变成小老头子老太婆的年纪了，都还会饱含尊敬地经常来看望谢老师。

学生们在家里吃一顿饭，喝一口小酒，絮絮叨叨从前的往事，有儿时的调皮、懒惰，有对老师的崇拜和尊敬，有老师的一脸温暖的笑容。他们的师生情，都已经是变得如同家人一般的存在了。

母亲总是教导子女们要善良处世，吃点小亏不要紧。要紧的是不要有害人之心。钱财去了还有来的，人只要勤劳，力气又用不完，总还能再赚钱的。

自己能做的事情，绝不麻烦别人。母亲是个极怕麻烦他人的人。

大女儿出嫁，儿子去四川上大学，儿子娶媳妇，父亲接连不是出差在外，就是生病不停。还有刚参加工作的老三身体不好，老四正上中学，身为老五的我，还尚年幼，需要照顾。那么多的事情，都堆积在母亲一人身上。

　　母亲本是一大家闺秀，地道的城里姑娘。当年嫁给农村出来的父亲，只因为都是师范同学，情投意合。听说他们的结婚家当，就是各自抱一床棉花被，一人带一个箱子，里面是各自的日常衣服。加上拍了一张珍贵的黑白结婚照片，简单得不能再简单了。

　　母亲从未抱怨过，倒是经常哼着爱唱的歌曲，收拾着家里的里里外外。

　　记忆中，当年为了迎娶儿媳妇，为了不让城里来的儿媳妇觉得太委屈，母亲竭尽全力，默默扛下所有。

　　她先是请了当地手艺最好的棕匠师傅上门打棕垫，接着又请弹棉被的师傅来家弹好多床蓬松的棉花被。又打听到镇上有一家，新做的家具不是刷油漆的，却又有花、又好看、又耐用，连忙赶路过去，了解情况。得知那是叫"玻璃钢"的家具，很贵，比起用杉木打出家具底子来，新材料装饰的钱又够多打一套家私了。可是母亲只管着要好看，要客气，要不能委屈了城里来的孩子，一咬牙，同意了。

　　所以后来，把木匠队伍也接到家中，一连忙碌了好几个月。母亲每天要准备这么多人的一日三餐，准备茶点烟酒和打发工钱，操心着下个工序是几时，自己要去细细看着，不能出了岔子。

　　那一两年，母亲简直变成了神，后院有很多菜地，她还需要去播种、施肥、挑水、浇水。

那一年，为了摆酒席时手头能宽裕点，母亲喂了一百只鸡，还养了五头猪。每天要打猪草、剁猪草，要煮熟，要端去猪圈喂一大盆一大盆重重的猪食，要不停地清洗猪圈，要拌鸡食，要给鸡喂米、水、青菜，要去拾捡鸡蛋，要不停查看鸡舍是否有黄鼠狼能溜进的缝隙。

每天至少两大脚盆要浆洗的衣服，每天要弯腰蹲在池塘边搓洗。冬天要在刺骨的寒风中，用桶子敲开结冰的塘面，才能取水洗衣。手指冻僵了，腿麻了，还要艰难地挑着一担又一担的水，倒进大水缸。大水缸装满至少需要五担水。

母亲，一直默默地独自做着做不完的大小家务事，操办着儿女们一个一个的终身大事。

六

你头发白了许多，腰病来了，眼病来了，肩周炎疼得穿不上衣服拿不了锅铲。最可恨的，糖尿病来了，糖尿病并发症来了，不可控的腹泻来了。神经功能失调严重，寒冷的冬日，我们在烤火，你却只能拿个取暖器，在厕所坐一整天。

诸多的痛苦加身，饮食早就在控制了。一天不超过二两米饭，太多的不能吃，基本上只能吃忆苦餐。美食远离了，严重的失眠症更是疯狂般来袭。

那么多的病痛，那么多的磨难，却不能美美地睡一觉！睡不着的时候，就把前尘往事翻来覆去地想，儿女们的事情翻来覆去地想！你不能起身，你生怕起床的响动会吵醒了身边的丈夫和隔壁的孩子！

老天爷非让你醒着。可是睁开眼睛和闭上眼睛，你的世界都是一样，你告诉我，看不见的世界，不是黑色，只是灰色，灰蒙蒙的，像在雾中。

老天爷残忍地折磨着你，变着法子考验着你！

你讲得最多的话是："人死了，后辈去用多少钱，把丧事办得热热闹闹，甚至借好多钱，去搞这些面子的事情，都是极蠢的。活的时候，好好相待比死后怎么闹腾都强，至少活人是知道这一切的！死了有什么要紧的？死也死了，什么都不知道了，也什么都不重要了。我要是死了，随你们一铺席子扔街边也行，烧成灰扔江河里也行，我一点都不会生气的。"

真的！每次说这个话的时候，你都是微笑着说的。

人间的欢乐到底有多少？

年华远去了，光明丧失了，健康不复了。

又一次在医院，把你费力扶起时，你几乎把我压垮，像块巨石般沉重，那种感觉吓了我一跳。那时，我以为你不行了。

肾衰，每周都要做透析。看着冰冷的机器把你全身的血液泵出送进，我不知道你是什么感觉？你孤零零地躺在那里，冷吗？疼吗？我害怕再看到那个机器。

可是，母亲，你多么坚强！

那年，你糖尿病加上胆结石手术，因为担心伤口感染不愈合，特意转到了省城湘雅附二医院。明明说好第二天的手术，是第二堂，大概是九点钟。可是，等我和姐姐、父亲三人八点钟到病房时，床铺上空空的。邻床的病友说，"医生给提前安排到第一堂了。

她好早就起床，进手术室了。"

所有人的内心都充斥着愧疚和歉意，夹杂着不安。这么大的手术，居然没有一个亲人在母亲身边，她心里得多难受啊！她一定害怕的！万一，哎呀！真是气人得很，医院晚上不准留陪人。

我们傻傻地盯着手术室的门看，一个小时以后，母亲被推出来了。戴着蓝色的手术帽，脸色白如纸片，眼睛紧闭着。父亲走上前，握住了她的手，我和姐姐不停地低声呼唤着她，我看到母亲的眼角有眼泪流下来。但是母亲没有哭，她不是个爱哭的人。醒来后，她也绝无半点责怪我们的意思。

后面的几年光景里，每日遭罪的母亲，内心应该是每天都在自我抗争着。有想甩下包袱逃离的声音，也有舍不得丈夫与儿孙的声音。

本该到了享福的年纪，却又是一身遭罪造孽的病，这样的日子，换了谁也不可能坚定快乐，换了谁也不可能若无其事吧？

七

母亲终于还是坚持到了最后的阶段。气若游丝，身体里剧烈地疼痛着，却也决不在外人面前哼出声来。弥留之际，老一辈说"出洗身汗"时，大汗如洗。一生美丽的歌喉最后几日却发不出半点声音，直到我忍无可忍，估摸着替你大声说出你的心事，而后的我嚎啕大哭。

到了夜晚，母亲几乎只有出气，而渐无进气，仅靠着家里我给买的制氧机，艰难地维持着。

三日前，我们一家人商量着："医生说了，要吊也能吊着，只是病人痛苦点。不吊，就这一两日的事情。"

　　我们征求父亲的意见，说希望母亲不要太被折磨，她的心愿也是体面地离去。

　　父亲潸然泪下，哭着说了一句："可是，我舍不得啊！"

　　最后，我们全家人还是达成了一致——亲爱的妈妈！愿你从此再无病痛折磨，你就安心去了吧！我们都围在母亲床边，平静地把氧气拔掉，平静地握着妈妈的手，梳着她柔软稀疏的头发。我用我的化妆盒给妈妈画着眉毛，打着粉底，涂着淡淡的口红。

　　母亲真美！母亲真安静！

　　母亲香香地睡去了！

　　父亲亲吻了母亲的额。

　　长辈们之前有告诫："亲人逝去的那一刻，不能哭，不能流泪，眼泪如果落在她身上，她会走得不安心的！"

　　那一刻，姐妹们各自分工。姐姐、嫂子帮忙更衣，哥哥在外安排。

　　最后的一刻，时光停滞。我们都在一起安安静静地看着母亲，感受着母亲在这个房间留下的温度和味道。

　　直到鞭炮响起，被撕裂的痛楚才爆发成哀号哭泣，那一刻，我才清楚明白，母亲真的不在这个世界了！

　　可是，这么多的日月里，我却又深刻地意识到母亲和我一直在一起，一直无话不说。

　　我最期待的梦见她，已是稀罕事。上一次，梦见母亲，居然是在泰国，去寺庙的前一天，这个梦让我高兴不已，我在世界的佛都梦见了你！真好！

母亲，你一切都好了，没有痛苦，没有忧愁，我们的一切你都知道，且我们一直都受着你的护佑。

母亲，你原本就是儿女们生命中的神！

谢谢你愿意成为我们生命的来处，成为我们生命中最重要的组成，成为我们生命中最恒久的那道光！谢谢你，母亲！

谨以此长文为祭，吾娘耋耄之年，天国快乐！

按：一切都发生在疫情的前几个月。

惊　蛰

2021年3月5日，周五，阴阴冷冷的天。

辛丑年，惊蛰。

紫叶李已经长了半树的新绿，半树的淡粉仍然热闹着，喜鹊总是会在清新的早晨，熟练地在枝丫间跳着舞步，快速地啄食着一朵朵花心。

辛夷花顶着素净的白色花朵，飘然出众。高高的白，无需灯火，在夜晚的星空下都是剔透晶莹的。它的高洁，收获了诸多人的仰望和内心的歌颂！

下午两点，我躬着腰，双手小心地抓取着泥土，小心地把造型桃梅放进条形的浅口白瓷盆里，再小心地用指尖把土稍微压紧。深褐色的土做了它的床，虬劲粗过大拇指的枝干隐藏了六年的光阴，四向分出的枝丫相互对应着，一左一右、一前一后地对应着，如同一对始终心系着对方的恋人，默默凝视彼此便是最大的满足。

不长的细枝上四围盘旋着粉红或浅到粉白的花朵，层叠的花瓣如凝脂，矗立的一根根几乎透明的花蕊上缀着恰到好处的零星明黄。

从春节来时光秃秃的丑陋树杈，到后来慢慢鼓出的三两个圆圆的粉色"小疙瘩"，到三五日后的大疙瘩，再到某个早晨突然悄无声息地绽放唯一的一朵。不摇曳，不飘香，有的仅仅是如同时光流走一般的悄无声息。

正月初三那天，还没来得及准备花盆，我只是把收到的快递打开，去除外面的包装，拎着根部仅仅带着一团土球的它，随便找了个铁皮小桶子，拎着它随便往里面一垛，然后往电视机前随手放着了。

十天里我都不曾浇水，可它却用自己的方式，点缀着我的生活，装扮着我眼前枯寂的世界。二十天时，我才懒洋洋地买了个简单的花盆，顺便给它浇了约二百毫升水。

衬着它那苍劲古朴的枝干，上面的枝杈已经被花儿填满，整棵看起来是那般精神饱满，配上三两片新翠，再加上横条形的白色陶瓷花盆，清幽雅致如山水的一角，变着戏法，来到我眼前。

电台里正传出"惊蛰一声雷"的词，我不禁微微一笑，自言自语道："真是'惊蛰未听惊雷起，眼底由来一片馨'！"

这可是我人生的第一个盆栽，辛丑年的惊蛰，窗外春雨应景而来，我在一个不曾提前设想和安排的时空里，在一瞬间突然发现：就在刚才我手握泥土的那一刻，我继承了父辈的衣钵，如同血液的承袭。这盆花让我和父亲之间又多了一个深刻的连接点，从这一点开始的轨迹，会有更多由此及彼的"相似"。

我做回了父辈最初的生活体验，哪怕只是一瞬间。我忽然明白了为什么高楼大厦里，有那么多的老人在失落和不快乐着；而在乡野的田间，又有那么多白发髭须、满手皲裂、满额皱纹，却还能对着果树，对着柴火杆，快活地吐着烟圈的老人。

父亲最大的快乐，在于退休后每天都能拾掇拾掇他手种的花，满满一阳台的盆栽，从枝插、扦插到分盆移栽，再到嫁接。从水仙花、栀子花、茉莉花到三角梅、仙客来、朱顶红、月季花、石竹、兰草、风信子、紫罗兰、君子兰……这些画面充斥着我的少年记忆。

母亲最大的快乐，在于每一天都有花可赏有花事可谈，每个季节都有不同的美好为她呈现。父亲的满足，在于他会每逢花开时，都把母亲邀至阳台，为她移来新开的花，为她拿起照相机，喊着："看这儿！好！"咔嚓地一次次按下了快门。

母亲的满足，在于她可以花着时间，搭配出好看的衣裳，穿上好看的裙子和擦得锃光瓦亮的皮鞋，再对着镜子仔细地梳抹着鬓角的头发，开心地三五步地从卧室出到阳台，对着镜头，听着"摄影师"的招呼，在花前留下自己的身影。

父亲和母亲的心照不宣，已经在镜头的前后达到了超级的默契。

而今，母亲已离开这个世界很多年头了，父亲还保持着拾掇拾掇花草的习惯。

这让我想起仓央嘉措的诗："你见，或者不见我，我就在那里。你念，或者不念我，情就在那里，不来不去。你爱，或者不爱，爱就在那里，不增不减。你跟，或者不跟我，我的手就在你手里，不舍不弃。来我的怀里，或者，让我住进你的心里。默然，相爱，寂静，欢喜。"大概是一样的情感吧！

"一雷惊蛰始，微雨众卉新。"大姐、二姐、三姐、哥哥，还有我，都有了自己的花事，种花种草种心田。默默耕耘，期待花开，盛赞美好，成了我们这一家子的共同语言。

昨天晚上，出差回来的先生，看我把阳台变成了小花园，竟也自告奋勇地弯着腰，扒着土，移栽了几盆恬淡的绿樱和蓝紫色的绣球花，细心地擦拭着溅到泥的花盆和叶子，细心地将它们摆放到合适的位置。

随手按开头顶那盏圆形吊灯——那是内壁精心手绘着浅淡牡丹花的磨砂玻璃灯，拉我一起欣赏每一盆花，夸赞着它们带来的温馨和田园诗意，带我领略最生动的花前月下。

今天清晨，正逢周末，先生起床的第一件事就是跑到阳台挨个地看花，说着哪一盆的可爱与变化，与平常火急火燎、忙于公务的他简直判若两人。

他开始仔细地询问我："这盆只见枝的是什么？哦，上面竟然有很小的绿绿的点。""那是造型了的重瓣海棠，开出的是鲜艳的红花。别看这么小小一盆，枝干都是长了六年的了。""那应该快开花了吧？""快了快了，"我说，"应该就这十天半个月的事吧！"

说话间，我仿佛看到了彤红的花瓣，在风中向我们点头……

端　午

　　记不得哪一天了，雨就这么半夜里淅淅沥沥地开场，一直不停。越往后雨落得越发带劲，时不时来一阵铁锅炒豆子的声音。

　　白天里，雨声覆盖了麻雀的叽喳声，覆盖了喜鹊的欢唱声，覆盖了花园里猫群的撕咬声。

　　上午的窗台外，绿意深浓。朴树、栾树、梧桐树的叶子上挤满了着急下坠的水珠子，熟透的杨梅被打落一地，洼地里浸出的一丝紫红无力地呻吟着。七里香旁那一小朵粉色的月季，却还在咬牙坚挺着立在雨中，依旧坚持着它半开的样子。

　　雨觉得实在是玩得有点腻了，就会随时消停一会儿。再高兴了，就还露出一点蓝天来。等众人都心里落妥了，料定日头一定会出来，道路一定会干爽，雨水一定会告一段落，于是大家都妥妥地在家中的一角放下雨伞，出了门来。

　　没一小会儿，天又开始闷热起来，身体像是被不透气的塑料给包裹住了，越发透不过气来。闷，是比热更难受的一种。又闷又热则是最难受的。

天突然就变得异常昏暗了，才是午后呢，却如同黄昏般的阴暗。天上浓云翻涌，轰隆隆的响雷声从厚厚的云里钻出来，不停地炸裂在你的耳旁，刺激着你的身体和想象，让你的心不由得揪起来。

一道道明晃晃的闪电，快速地扯在天幕上，亮瞎着你的眼。瓢泼大雨接踵而至，一瞬间就看不远了，路面上啪啦啪啦开出了一个个大圆泡泡的大水花。马路上、小道上、花坛边、房檐下、树根旁，到处都是飞速汇聚而来的大小水流。

"扯好大的闪子哦！还打了好响的炸雷！吓死人了！"在走廊上避雨的大人们纷纷讲述着自己刚才的经历，仿佛那还是发烫着的回忆。

"这个时候可不能在外面乱走，好危险！"

"哎呀，昨天一个闪子就在我窗前，我吃了一惊，生怕它扯进屋里来，怎么就那么厉害！"

"半夜里那个炸雷你们听到没？我的耳朵都疼了好久！"

"你也没带伞？哈哈，我们都成落汤鸡了，淋得一身水了！"

"哎呀，衣服都晒三天了，还没干，闻起来都一股臭味。"

"这还要落个十多天呢！这怎么得了啊！田里落沉了，土里落沉了！啥都没得收的了！"说到这个话题，跟进的人更多了。"是啊，老天爷要发威，谁也挡不住！"

"只唯愿今年不倒围子，不倒垸子，家里不遭淹，就阿弥陀佛了！"

"这样落下去，今年又要涨大水了！几年都没这样子落过这么厉害的雨了。"

端午的气氛与雨水息息相关。没有雨水的加入，感觉不能最完美地表达世人对端午的复杂感情和久远记忆。

　　上古先民选择"龙升天"吉日拜祭龙祖，打上龙图腾的印记。早在周朝，民间就有"五月五日，蓄兰而沐"的习俗。东晋的"仲夏荐角黍"，即夏至用角形的粽子祭祀祖先和神灵。北方中原认为"端午"为"恶月恶日"。民间认为"重午"是犯禁忌的日子，加上南方天气湿热，五毒俱出，为驱邪避毒，人们在门上悬挂菖蒲、艾草，称为"菖蒲节"。汉代《打戴礼》云："午日以兰汤沐浴。"

　　这些民俗无不表明：端午的历史远远早于端午节的历史，端午的风俗上古就有之。端午与端午节也是两条分明的文化线索。它们的交集点也许是楚国诗人屈原，也许是伍子胥，也许是东汉孝女曹娥。

　　历史学家的佐证影响不到南方这个叫"沅江"的小城的乡亲们。他们更乐意和子孙们谈论这样的端午节：屈原投入汨罗江的让人悲情，还有人们为了保护屈大夫的身体免被鱼虾吞噬，而用粽叶包裹着煮熟的大米，投入江中。为了驱赶鱼虾，他们又敲着鼓、划着龙舟，在雨中击水而行，只为了表达对屈原大夫的追怀和缅思。

　　而到他们的生活中，他们手中眼中的端午节成了如此的模样——淫雨霏霏，河里的水位逐日上涨，某一天，雄浑有劲的锣鼓声如礼花次第炸开，小镇欢腾了。

　　某一个下午，老街上的人们放下手中活计奔走相告，卖小菜的、开肉铺的、打牌的、开饭馆的、开理发店的、收破烂的、机关单位上班的……竟都不约而同地拥到了河岸边，来到了桥墩旁。

有夹着自行车占地方的，有早早跑到大桥的两边栏杆去抢地方的，有自带小板凳来垫脚的，有爬到张家那棵又高又大的毛桃子树上的，有在自家老屋楼顶上盘腿坐等的，有敲着长杆子水烟斗和人斗嘴理论说教着的，有把孩子架在肩上"骑架架"的。

一时间，河里的水流、桥上的人流，交织着，穿插着，叠加着。说话声、喊叫声、哼曲声，声声入耳。锣鼓声、加油声、喝彩声、叹息声、互相押筹的讨价还价声，此起彼伏！

走路时、吃饭时、抽烟时、说话时，大家都无一例外地都只聊着关于划龙船的种种。

精彩的画面一旦收存，十年八年的都会时不时地被那个叫"大脑"的日渐衰老的放映机放映成黑白的、断续的画面。

时间久了，岁月就在记忆里分层。有的如同黑色的巨石沉入海底，有的如同浮沫漂在水面，有的如同暗流掀起不经意的波澜；有的则如同一只抽搐的手，到死也不懂得如何放手不顾，而只会面目狰狞如闪电般出现在苍茫之上。

端午，以龙图腾为核，以历史为经，以世人对祖先的敬仰为纬，编织着民俗与文化、南方与北方民俗大融合、历史与现在的神奇演绎。

在每年的农历五月，以泛滥的江河之水为粽叶，包裹起一个巨大的具有包容性的粽子。

五月，甚毒。五月饱含的各种屈辱，战国时期楚国政权的腻歪不止弄丢了我们的屈大夫，更是从此把各种毒物发散人间，弥漫无辜的生灵。

甚毒的五月与我们朝夕为伍。

水把天大的冤和天大的悔全都魔变成了针，把千年的余恨撒手成了定时的报复。

雨水努力地把天地缝合，企图让天地相连成一体，瓢泼的、豆大的、水滴状的、牛毛般的。道路不是道路，而是汪洋。井井有条的生活直接跌入到了水深火热之中。

房子没有了地板，家具变成了无用的傀儡，床单变成了巨大的包袱单，一日三餐变成了稀饭咸菜，电灯变成了火柴旁摇曳不定的蜡烛，老房子被冲走，重力只顺应雨水江河入四野的猖狂。

但是无论经历何种变故，故乡都会默默打包好所有的沧桑过往，最后的生活都会逐渐回归平静。

五月初一的农贸市场，已经能够看到菖蒲艾草的身影，它们三根两根地被扎成束状，然后被垛得高高的，用四散的暗香来召唤着，宣示着。

地上新旧不一的一字摆开的竹簸箕里，盛着的是湿漉漉的、水灵灵的粽叶。一摞一摞的粽叶，带着骄傲，带着清香，带着一片一片的虔诚，被布满皱纹的手、长满斑点的手、颤颤巍巍的手、光滑细腻的手、带着碧绿玉圈金戒指的手、稚嫩短小的手、骨架宽大突出的手、皮肤黝黑指甲晦暗的手、细白如葱涂着血色指甲油的手……虔诚温和地把它们都领进了各自的家。

"清明插柳，端午插艾。""艾叶悬于户上，可禳毒气。"盛传至今的习俗照进了现代的生活。

采买的人还没来得及卸下东西，屋里的人已经急急地拿着一根红绳出来，先把买来的艾草细心地扎起，然后把它们挂在家门口，"菖蒲如剑，艾草却鬼"，二者无双的组合避邪驱瘴，让人们得一季内心的安定。

粽子，不是端午的主角，却是老百姓们寄托情感的最佳载体。

苏轼有诗《屈原塔》云："出任悲屈原，千载意未歇。精魂飘何处，父老空哽咽。至今沧江上，投饭救饥渴。遗风成竞渡，哀叫楚山裂。"……

人们忙着把滴水的箬叶放进清水中洗涤干净，再放入水中煮沸。这样的叶子在高温的激发下，香味会更浓郁，柔韧性会更好。细长的白糯米早上便浸泡在凉水中，二至四个小时后，糯米已经泡发可以滤水入盆了。

家乡人们因循守例，依然是代代相传，外婆手把手地教母亲，母亲手把手地教姐姐，只是到了外甥辈，即便也有好几个人，恐怕他们是做不来这功课了，至少没有谁能熟稔地独立完成。

包粽子的日子，我家是父母齐上阵，有时能干的姐姐们也纷纷加入队伍。

只记得，母亲搬出两把上着桐油的木靠椅，这种椅子长相普通，小时候的农村，家家户户都会有。底座如同一个放大版的板凳，靠背是两根三厘米粗的近乎圆形的木条相隔着立上去，再在离得稍远一些的左右各一根圆木条上去，四根木条都被钉上一字横着的横木条稳稳地卡住。

木靠椅是传统的榫卯结构，没有一颗钉子，简单稳固，舒适耐用，腰背都得到很好的支撑，是母亲的大爱之物。

母亲把一团粗棉线放在椅子坐的位置，然后扯出几尺长的棉线挂在椅背的一端。

准备好包粽子所需的全部工具：一个盆子、一堆糯米、一根筷子、一片勺子、一把剪刀、一团白线、一扎粽叶。

先取两片粽叶，一左一右或一上一下地在手上叠好，然后再把叶子的一端往中间旋出一个漏斗状，稍加调整至底部严实、无洞，不漏米即可。

这时左手得握紧了粽叶，免得它散开。右手用小勺舀米加入漏斗中，同时还得把筷子立在里面。随着米粒的逐渐增多，必须不时地把筷子上下移动，这样可以把米粒之间的空隙减小，包好的粽子也格外坚挺有型。

米放得差不多了，就需要用叶子多余的部分把粽子的顶部给包裹紧，既严严实实又不失美感。然后快速地把椅背上挂着的棉线在粽子的身上绕上几圈，再把顶部的两个角的位置斜绕起，快速地打一个结，动作的熟练快速让我看得眼花缭乱。

每隔大约一个拳头远，第二个、第三个粽子，依次诞生。

我转身片刻，再回转看到的已是一长挂令人惊叹的粽子，长长尖尖绿绿的，如同一串神秘古老的青色风铃，穿越历史，穿越战火硝烟，抖落悲伤与绝望，把活生生的真实带到我的生活，没有声音暗哑，没有内心迷乱。

十公分的藕煤炉子里，送进去的新煤球已经扬起了红色、蓝色的火焰。四十公分的平底大铝锅，已经张开了欢迎的胸怀。

父亲把一大盆水加入锅中，又取来一大盆包好的粽子，放入锅中，直到水没过粽子一拳头高，才盖上锅盖。炉门肯定是需要拔掉的，炉火定是要最旺的，连换下几个煤球，直到满屋粽香，持续不断。锅里的"咕噜声"如同老外婆的唠叨，喋喋不休，不停冒泡。

三个小时后，筷子撮上去软乎乎的粽子被夹出，这一锅的第一个粽子，被剪刀剪断，脱离了它的同伴。

母亲一边检查着粽子有没有馅跑出来，一边拿起剪刀把线头剪断。我则一边端起早已准备好的碗，一边催促着母亲快点帮我拨粽叶。

粽子的口感好坏，并不是第一口决定，而是吃到快一半的地方。通常中间部分会因为包得紧、米太厚，难以煮透而导致夹生的问题。

父亲通常会将这一大锅粽子，用小火在炉子上慢悠悠地煨上一整晚，第二天早上再出锅。确保锅里的每一个粽子都是绵软香糯、喷香沁甜的。

香喷喷的粽子当早餐，可以蘸点白糖，或者就这么直接吃都很舒服。箬叶的香味早就完全地透到了糯米里，再结合糯米本身的米香、糯香，粘软、柔软与温热不经意的结合，我可以把粽子从五月初一一直吃到十五都不嫌腻。

粽叶所含的抗氧化成分和多种氨基酸，极好地保护了里面的糯米，更是恰到好处地成全了我对粽子的长情。

后来，家里人也会加入一些创意，包上少许绿豆粽、八宝粽、红豆蜜枣粽、腊肉粽。再后来，我远走他乡，热衷于尝试新鲜的味道，吃到过猪肉粽、海鲜粽、咸蛋黄猪肉粽、碱水粽、野生菌粽、水晶粽、水果粽，五花八门。

包粽子的叶子，除了粽叶，还有箬叶、芦苇叶、芭蕉叶、柊叶、荷叶等。形状也是千姿百态，湖南的尖角粽、江浙的一叶粽、菱形粽、海南儋州斗笠样的大粽、长长扁圆形如"竹筒"的枕头粽。

千帆过尽，辗转周遭，我却越来越怀念故乡的白米粽。那是褪除所有旁支末节的修饰后的真切，细品之下不乏万种风情。

雄黄酒在我的记忆吗？我不置可否。父亲告诉我：小时候，孩子们的额头上都会被筷子头点上雄黄酒，或是写上一个"王"字。家门口和屋后面会倒上些雄黄粉防蛇，大人们则会喝上一口雄黄酒。

但我清楚地记得母亲会早早地起身，找来好看的零碎布料，找来针线，端出抽屉里早已准备好的宝贝——那是打成粉末的各种中药材，有艾草、丁香、冰片、肉桂、薄荷、白芷等。

母亲乐呵呵地亲手为我缝制香囊和药枕。缝好后，母亲总是会再弓下腰，为我在胸前佩好香囊。母亲然后会将小药枕拍打松弛，整理平整，弓下腰，把它放在我睡的地方。这时，母亲总会微笑着欣慰地说一句："这下好了，无病无灾了！"

而我，因为母亲的呵护，农历的五月里，我很少生病。在我的呼吸间、跳跃行走间、欢笑间，隐秘的馨香无时无刻不将我萦绕！而每一夜，小药枕的浅香守护着我的梦，将甜美嵌进了我的笑脸。

端午节的午餐，是很丰盛而且讲究的。

零食碟子有绿豆糕、薄荷糕、麻花、粽子。菜有讲究，红汤苋菜是必不可少的。自家做的咸鸭蛋煮熟切开，一道"咸蛋黄"，也是必备的。自家腌的皮蛋，把黄泥巴剥掉，洗干净，再去壳、切开，黄色的蛋心、黑色的蛋心，淋上酱油、红色的剁辣椒、香麻油，便是一道"凉拌皮蛋"。

黄瓜是必不可少的，比如凉拌黄瓜、炒黄瓜、酸辣黄瓜。红烧鳝鱼，用去骨斩成段的新鲜鳝鱼，配上黄瓜块、紫苏尖，浓的汁、香的味、软的肉，是五月里最难忘的美食。

端午宴上，有时还会配上炒螺蛳、泡菜炒河虾、白丝瓜汤、小炒肉，水果是地里的菜瓜、甜瓜、西瓜。

端午的粽子，既是零食，又是替代米饭的主食。它是连接古今的使者，也是家人主要的话题。它让我们在这个特殊的节日，不是说"端午快乐"，而是说"端午安康"。

端午节的黄昏，妈妈烧开了一大锅清香的菖蒲艾叶水，在热气萦绕的灶台，呼喊着她深爱的家人们——去沐浴芬芳，祈福健康。

端午，从千年前来，却始终清晰、年轻，它增加了我们与父辈、先辈的黏合度与亲和力，它给我们一份温热、真实、纯粹的孩提记忆，又促使我们把自己的认知用最美的方式传递下去，给自己的孩子，给五湖四海的朋友！

端午，它让我们审视历史，让我们懂得传承，让我们直面人生，学会尊重和敬仰自己民族的文化。它让我们打破束缚，树立个性，犹如震天的鼓点声，催促我们奋勇向前。"闭心自慎，终不失过兮；秉得无私，参天地兮。""路漫漫其修远兮，吾将上下而求索。"

滔滔的江水永不干涸，未来的历史里也写着我们和我们的端午……

立 夏

立夏日，时有小雨。

风车茉莉用近乎旋转的态势告诉我何谓风车，茉莉"莫离"不是重点。

它们用风一样的速度，裹挟着高大粗壮的树干，在你抬头细看揉眼睛的时候，它们先把无数个细小的白点密布在十多米高的树干上，又跑到另一侧，绕过树枝再任性地垂下来，如同几根水晶帘子。

我惊愕到植物的疯狂可以有多炸裂！那不是在路边，而是在只可仰望的山林的高处。

偌大的凤凰湖面，有两棵菱偏安一隅，它们是一对吗？

湖水的另一角，十多排渔网状的波纹前呼后拥着，奔向岸的方向。我清楚地看到，前排的忽然间散去了，后排的也被身后的叠到了一起。我清楚地看到，那稳稳抵达岸堤的，竟是不紧不慢的被我忽略的水纹中间的某一个，没有被事先特指，没有被委派，没有被划重点，甚至没有被看好。

太过招摇太过直白的美，我总欣赏不来。

幸好，有芳草丛中的一点熟悉红——野草莓（又名乌泡子），唤醒了儿时的回忆。小心地探出手，摘一颗，先不急着吃，而是先认真地闻一下——那春天的森林，春天的野外雨后独有的气息，加上浆果特有的清香，你的微笑会不自觉地爬上脸盘。在咬下软软果肉的第一时间，嘴角漾开了美好。

在前往农场的路途，我正好听到了路人一男一女的对话，更是增添了因它而有的独一无二的欢乐。

女孩半蹲在路边草地旁，一手拿个很小的塑料袋子，一手在摘着红果果。

男孩不解地问："你在干嘛？好好的不坐车，停下来干嘛？！"女孩扑哧一笑，一边伸手招呼道："快过来看，我找到好东西啦！"

"什么啊？"女孩莞尔一笑，不急着回答，却只是飞快地摘起一颗最大的果子，要给男孩尝。男孩一边摇头，一边说不吃。"哎呀，你别怕啊！这是野草莓，我都吃了好几个了！你放心，死不了的！哈哈！"女孩忙不迭地说了一大堆，"你咬一点点尝尝。"

男孩惊讶地笑着，一边点头说道："嗯，还真是甜甜的，味道还挺不错的嘛！"一边又自言自语起来，"哦！野——草——莓！"女孩再问："好吃吗？""好吃！""没有毒吧？""没有！""哈哈……"

而我的记忆里，小时候，我吃野草莓的次数远少于看见蛇坨坨的次数。

上学路上、村里溪沟边、纵横交错的小路沿边边上，方言里的蛇坨坨，就是蛇莓。

大人们说：“长蛇坨坨的地方，蛇多，可得离得远远的！”小伙伴们说：“看见蛇坨坨，可千万不能用手指指着它，那样就会看见蛇的。”一向怕蛇怕得要命的我，急得憋红了脸，紧张得大喊：“那可怎么办？”

小伙伴们同时喊话：“你快点把你刚刚伸出的手指头伸出来，让我们‘砍’一下就好了！”“看，就像这样子，别人用食指和中指给你施法，做个假装砍的动作，在你手指头上轻轻碰两下就好了，厄运就被赶跑了！”

好像魔法真的很灵！但凡我看到蛇坨坨或者用手指到蛇坨坨的那天，伙伴们都争先恐后地围着我要替我“砍手指”施法。

他们的魔法都挺灵的，一整天我都不会遇见蛇。一天顺利过去，我也会在睡前，在心里默念一句：“阿弥陀佛！总算没有看见那可怕的东西！”

今天，我挎着小竹篮去找果子。采到的第一颗，居然是硬梆梆、实心的“蛇坨坨”！我秒速把它扔出了好远，却怅怅地不见周围有熟悉的小伙伴！

在山坡垂下来的许多株野草莓的前面，我却忆不起一个小伙伴的脸，忆不起一个小伙伴的名字，那曾给过我那么多天真无邪的笑声的你，那陪我一起寻找野草莓，一起战胜恐惧的你！

就像再后来的一个立夏日，我也想不起今天的自己一样。也许，流光就是这样，你努力要记住的一切过往，却偏偏会记不清晰。

立夏日，独自在桃李的山中，踯躅多次，发呆半饷，美其名曰“放空”。

“立夏恰蛋，岩头鼓（指石头，方言）踩烂。立夏恰砣，岩头鼓踩破。"老家的哥哥在微信群说。立夏吃蛋，我没有。

早晨，听新闻，说：立夏，下雨是好事。正好今天小雨，预示着后面不会干旱，确是好事。但有可能会有洪水，这让我不安。

我不停地问："天，这雨，是下好，还是不下好？"

立夏日，入夜渐觉微凉，小花园里的太阳能灯自觉亮起，枣树精神抖擞，叶子不疏不密，不大不小，刚刚好。衬着后面的白墙，一片朴素简洁。

雨渐蔓延，拍在白墙黑瓦上，打在斜斜的屋檐上，落在石雕的花窗上，漂在"醉梦"的胡同里，印在徽派建筑的穿越里，潜进种梦人的心里。

雨渐有声，夜已深，鸟雀已睡，山影沉沉。我对面的月季正疯狂生长，蓝色阴雨终成一片浅紫的海洋，漂移在竹篱笆围挡上。

大雪节气

母亲生前念"二十四节气歌"的声音仍犹在耳，婆婆在家时，也会经常唠叨"今天初几啦？快到芒种了"。

四年前，上幼儿园的孩子居然也在奔跑中吟诵着快节奏的"节气歌"，让我目瞪口呆！

我一直惊讶于他们超人般的记忆力！要知道，我是无论如何也记不下"春雨惊春清谷天，夏满芒夏暑相连。秋处露秋寒霜降，冬雪雪冬小大寒"这样的句子的。

我一度怀疑"节气歌"是不是农人们的必修课，为何不上学的妇孺皆能随口讲出，还能对应上准确的时日。

我只知道老辈们会对应着日子忙碌着，有时是一年到头难得的一次特别的工作，家家户户都是，充满着仪式感。

"小雪腌菜，大雪腌肉"。应该江南很多地方是这样，而不会只有南京如此吧？

记忆中，着棉衣还缩脖子走路的日子一到，父亲便会连续多日早早去到菜市场，寻个熟悉的肉铺，提前一家一家说定自己要的品种和数量，再放些押金。再在约定的日子，去"砍肉""称肉"。那是把一大叠红红绿绿的票子换作了千挑万选的几十近百斤猪肉。有五花肉、后腿肉、猪排骨、大猪蹄子几对、猪肥肠子几串，再去花钱雇好人力车，忙活了大半天，累得一脸汗珠子，也只有一脸的满足。

腌肉实实在在是个麻烦的事情！回家首先要清洗，分切。很多人家的腌肉都是很大很厚一块的，我家因为人太多，一两百斤新鲜肉都不能够大方地分配。

腌制、风干和晒干，尤其是后面还要熏炕多日后，水分流失得很厉害。然后需要分到五个孩子户头，作为过年的礼物。最后留到父母这个户头的，真的是没有多少了。

我家的腌肉不会太大块，三斤左右一块，也方便手疼的父母拎进拎出，提上提下。

腌肉的诀窍全在放盐的多少和腌制的时间。一屋子的大桶子、大盆子、洗衣服用的大脚盆、有眼的大盘子、大缸子，消毒后都集合在客厅的水泥地板上。

父亲俨然是个总指挥，一会儿呼姐姐把床底下的一杆大秤顺带着重重的秤砣取来，一会儿又唤母亲快点准备好盐。只见母亲忙着剪开一个又一个的盐袋子，然后准备一个饭碗、一把大调羹，准备称盐。母亲又问："十斤肉多少盐合适？""一斤，不够过三日可以再加。"

待称好若干盐以后，父亲再命人把洗净的肉类抬过来，称过重量。他坐在小板凳上，躬着身子，拖过用开水烫干净的大盆子。先在盆底撒上一层盐，再提起一块肉，两面均匀地各抹上一层盐，肉厚的地方再稍微多一点点。

就这样，每块肉先用心地提溜一下，估估重量。再一层肉一层盐地往上码着。直到快靠近盆沿时，才停止。

盐慢慢地融化，渐渐变成水，待盆子里的水多起来，盖过了一拳头高的地方。再每日从底部往上翻上一遍，为了让盐水浸泡得均匀。这样子的腌肉不会出现咸淡不均，或盐味透不进里面去的问题。

三五日后，腌肉就可以挂屋檐下或地坪里。用长长的竹竿搭成架子，支撑着，任风吹日晒，就成为了香嫩的风吹肉了。

每年只会有十分之一的肉成为了风吹肉，大半都等着后面成为黄黄的、泛着油光的腊肉。

可是，"白辣椒炒风吹肉""大蒜叶子炒风吹肉"，都是让人垂涎三尺的美味。檐下的风吹肉才挂两天，我便说尽了好话，让母亲无可奈何地笑着，又拿着衣叉子去了屋外，破例在晚上给加了一道不足时日的佳肴，姐姐说："看你只差点没把盘子舔掉！"

父母每日天黑前都要把肉块从屋外取下，再提进屋里，一块块挂好。次日早晨又要把屋里的肉块提到屋外，高高地挂在檐下，天气好时，再移到地坪里。

那么多的腌肉硬是把一根根粗粗的竹篙压弯，弯得像一根被突然定型的快靠着地面的跳绳。

父母每天的辛苦，和着心里那个热闹喜气、儿女们欢聚一团的年味，便抹去了身体多处的疼痛。只有爱的喜悦，只有对团圆的盼望，只有对来年的美好憧憬。

第三辑

我亦是行人

轻松好伴侣

还在家里，我就频频接到友人的嘱咐，单身出外要分外小心，不要轻易跟陌生人说话，不要一不留神便露出乡音，不要说自己是出来找工作的，不要说自己从未来过，等等。

虽然口头我是定要对他们的关怀道声谢的，可一想到他们所说种种给我带来的诸多不便与恐慌，我心里实是只有恼火而泛不起半丝谢意的。

在登上南下火车之前，我的心是犹犹豫豫，无时不想退缩的。可票已在手，只好一咬牙，上车了事。

火车虽是起点，却已座无虚席。我很幸运地觅得一座后，便开始研究起身边这一小撮人来。五人当中有去打工的壮男，有某公司业务经理，也有衣着邋遢的胖女人，正很自然地用自己肥大的身躯占据了超过1/2的大桌面，龙虾般地蜷在那儿。邻近一年迈老农，则不时从衣兜里掏出一个熟鸡蛋，随着蛋壳轻微的剥落声，很快便有诱人的白色裸现在那夹满泥巴的十个黑指甲下。

不消说，作为旅伴，他们都是极其让我放心的安全者。

言语替代了寂寞。当然，攀谈中我没忘告诉他们：我是来亲戚家玩的，广州的路怕是记不得了，因为第一次来时我还太小。

这些小小的善意的欺骗，却为我壮胆许多。

就这样行至广州，在流动的车队中找到了自己的方向。空调送出的暖气和四散的流利白话很是刺激，使我觉有异物从齿间进出，我听到自己在用他们的语言问："多少钱？"不料，这极少的一点共同语言，竟为我平添了几多快慰，此后的坦然告诉我：我已不再紧张。那些曾经让我深深不安过的系列告诫，从此得以丢弃在外。

而后，凭借地图和剽学来的几句白话，我不断在去往新方向的途中感受到异乡的独特与美好。可惜期间我一直无机会目睹所谓的恐怖。

等到轻松下来，我倒是多了些良心发现：原来最能给你安全感的是你自己，最能制造恐怖的也是你自己。

那些被尊为未卜先知的智者，还不是借着平时练就的慧眼和敏锐的心，来避免不悦的发生。其实，安全感就如同欢乐的心，都是自己可以给予的，而不能统统怪罪于"日下的世风"。

小马过河的故事虽已年代久远，其中的内涵却是常新的。在我们收获足够的勇气，成为过河小马之后，一切的疑惑都会荡然无存。

十分地信赖自己吧，那么在你自赐信心的同时，会有轻松悄悄走近你的心，并作你长伴长相依的安全伴侣。

1992 年 6 月

陌生人的礼物

我快五岁时，哥已是大学生，放假回来的他教了我近百个英语单词，在 20 世纪 70 年代末的农村我几乎被周围的人们传为"神童"。

在前往四川看望哥哥的途中，轮船驶入三峡地段，我在船舱瞎转悠，看到一个老外正在买铅笔，我在旁边说了句："Pencil。"老外兴奋地抱起我，一个劲地转圈，还买了好几支漂亮铅笔送给了我。

因妈妈的教导，我已能流利识得简谱，也能同时弹着风琴（脚踏式的）。虽然后来我也收了很多徒弟和学生，在教会他们识谱后，竟没有一个恭敬地喊我"老师"。

记得那天上午，水杉树叶映在窗玻璃上，显得格外鲜绿，教室里的泥土也变得湿湿的，不时还会粘在鞋底上。

也不知外面的人看我弹琴有多久，直到妈妈有点紧张地出现在门口，问他们找谁，我才发现那是两个穿着军装的人，笔直地在走廊上站着。

听说是"南湾湖部队"的。一定是解放军叔叔！我想。

他们两人脸上洋溢着难以按捺的兴奋，一个劲地夸奖我，说我很厉害。他们说刚从镇上来，路过时，听到琴声，便好奇地走过来了。

妈妈马上请这两位军人进来喝口茶歇一会儿，他们看了看我，温和地笑了笑，客气地对妈妈说："谢谢了！我们还有点事，不麻烦您了，先走了哦！"便匆匆离开了学校。

一家人刚吃过午饭，我在门口猛然看见远远的有两团绿色正靠过来，急忙大呼妈妈。

暴雨刚过，乡间的路早已变成泥泞的烂泥巴路。这两人连膝盖上都沾满了泥巴，脸上滴着汗，手上拎着一大叠书，急不可待地递给我妈妈，还一边真诚地说："小女孩又聪明又可爱！太难得，我们有幸遇上了。心里实在是开心得很！"

他们其实还想听我弹琴唱歌，但是怕时间不够用，所以刚才他们特意折回去了镇上，打听到了唯一的一家书店，选了这些书想送给我，也不知道我喜不喜欢。

他们的脸上始终有着发自内心的愉快的笑容，声音里也满含着热切和希翼，就像我们是他们非常熟悉的家人一样。

别说那一瞬间我的眼睛瞪得有多大，计算着这两个人有多傻。去镇上一趟少说也要走七里路，这一个来回下来，加上他们出发的地方，应该起码已经走了二三十里路了吧。

爸妈一脸的惊讶，两个小伙子只是憨厚地笑着。喝了点茶就匆匆道别了。

爸妈把这些书交给了我，郑重其事地对我说："你可得好好爱惜，好好看书才行啊，可千万别辜负了这两个叔叔的心意哦！"

我认真地点点头，迫不及待地翻起了我收到的礼物，有安徒生童话、格林童话，有中国神话故事、有红军的故事……

其中有一本特别精美的写作摘录的书，在那个尽是黑白印刷的世界极为醒目。那是一页页分别印着玫红色和浅天蓝色文字的书，连画的线条都是彩色的，少见极了！在扉页的地方，我发现有两行蓝墨水的钢笔字，刚劲、有力、笔画工整好看。写的是："祝好好学习，天天向上！"下面还用小字留了他们简单的地址和姓名。

我想象着他们留言时略带微笑、满含期待的样子，当时的他们内心一定是幸福的吧！他们大概不知道，他们善意的举动竟是为我种下了一生的美好，这样的温暖和善念，以后会无数次在另外的时空传递着。陌生人的礼物，虽微小如火苗，却能成为照亮前方的一盏明灯！

九十七块

到达郭亮村的当晚，没多大工夫，气温就低了下来。下午上山时是穿着短袖还大汗淋漓，晚饭时，我虽穿着外套却只觉得风吹到身上，冷飕飕的。

孩子他爸出差多日，背包里却只有短袖。晚饭后，为了帮我买感冒药，我们仨在大山里转悠起来，寻找着唯一的一家药店。

嘴上一直说"不冷不冷"的某人，终于扛不住了，手臂一直抱紧于胸前，还念叨着："唉，这里估计也没有衣服买吧。"

一路问人，走了半小时也不见药店的踪影。孩子眼尖，看到远处坡上有个"+"号的房子隐约可见，大声喊到："妈妈，药店肯定就在这一片！"

"可是，上面这一排房子的门都是关着的，已经快晚上八点了。"我一点信心都没有，屋子前面只有两个游客模样的行人。

有一个老爷爷离房子稍微近一些，我不抱希望地喊了几声："买药呢！……""感冒了，要买药！"孩子接着喊了起来。

昏暗的光线下，那个老爷爷居然停下了脚步，转过身来，"是要买药吗?买什么药?"

哈哈,运气真的是太好了,我的咳嗽有救了!老人家给我推荐了一盒咳嗽药,一盒感冒药。"一共十五元!"老人家说。

"妈妈,我有钱,我来付钱,我给你买药!"孩子笑嘻嘻地说,一边毫不犹豫地从他自己随身包的"秘密口袋"里,掏出了十五块钱。

"谢谢宝贝!"我说。

"没事的,妈妈,出门前,你不是给了我钱吗?"儿子颇有成就感地说道。

出门前,我随手从包里拿出几十块零钱,塞给儿子,告诉他这是紧急情况下(比如说我们走散时)用的"救命钱",毕竟他才九岁不到。

我们开心地往回走,在一个小巷子口,偶遇一家超市,卖零食、围巾,角落处居然挂着冲锋衣外套。老公急不可待地拿起一件蓝色的外套,往身上套着,我问女老板:"衣服多少钱?"

"最低价,八十元。"女老板回应着。

"太好了,妈妈,我的包里刚好还有八十块钱!"话音未落,孩子已经把八十块钱一下递给了老板。

我说:"傻孩子,还没还价呢,怎么就给钱了?"

孩子认真地说:"妈妈,阿姨不是已经说了是'最低价'了吗?"我一时语塞。

孩子看爸爸穿得挺合适的,高兴地说:"爸爸这下可不冷了!"一边抱着我,贴着我耳朵说:"妈妈,我还担心还价的时间太长了,爸爸会感冒呢!"孩子他爸穿着温暖牌外套,心里乐开了花。

临出店门时,孩子盯着柜台上的"棉花泡泡糖",问:"阿姨,这个多少钱啊？"

"三元钱。"

"啊？！可是我包里总共只有两元钱了，买不了啦。"孩子边说边低下了头。

女老板说："孩子，你就给我两元钱好了，阿姨卖给你。你实在是个好孩子！"

"真的吗？太好了，谢谢阿姨！"孩子笑得合不拢嘴，接过了棉花糖吃起来。

我说："傻瓜，你的钱都给爸爸妈妈用完了，你不后悔啊？"

"才不后悔呢，妈妈不生病了，爸爸不冷了，我也有糖吃了，多好啊！哈哈！"孩子开心得要飞起般，蹦蹦跳跳地答着话。

我认真地对孩子说："谢谢你！琪琪，谢谢你的诚实，谢谢你的关心和爱！"

第二天早上，迎着晨光，我们在挂壁公路前合影。镜头前，老公不停地叮嘱我："一定要好好拍哦，这可是儿子给我买的外套！"

是啊，忽然之间，一切如此的不同。

忽然之间，这山间留存了独属于我们的温暖，我们也和它亲近了许多。

想想昨天的景象：几万人的人海，排的队看不到头。走到天昏地暗，等到心里发慌。九个小时，行路两万步。站立等待三小时，车上拥堵两小时，算算成果，我们不过是跨越了九十多公里的拥堵的距离。

最好的教育，不在考场，在路上。九十七块，爱的及时表达，不在书本，在有形的画面中。

狗友记

一直有个心愿，那就是为我所养过的狗友们写点什么，用文字记下他们迥异的品行性格，写下它们单纯的世界里一样存在的爱与恼，以怀念它们忠诚相伴的岁月。

十年以前的中国，恐怕不大存在"宠物"一词之说，家养的动物虽有用处种类的不同，但只要被主人养起，便都有了终身的安身之所，和一律平等的地位。

对待狗的态度，主人虽有可能因为它们食量的大小，安静或调皮的程度而略有差别，但决不会嫌恶它们。若有狗生病受伤都会得到悉心照顾，更有老狗油尽灯灭的，主人必会念叨着它往昔的种种好坏，择个地方把它葬了。

自儿时开始，凡我家养的狗在我心里都地位很高，等同甚至超出朋友的级别。但也并非每一条狗都把我当朋友看，起码阿黑就是这样的。

狗友一　阿黑

阿黑是条土狗，没有名字，挺结实的，一身不杂一根它色的黑毛。对主人们的呼唤，它几乎从来都没有回应，总是饿了渴了就走到它的碗前，低下个头，一会儿便又无声地走开了。

在我的记忆中，它总是那么孤独，总是寂寞地来去，总是不和人亲近。因没有它感兴趣的事情，连它摇尾巴的时候都少有。

那是家里养的第一条狗，住在乡下学校，小偷不定时光顾，所以父母才养了这条狗。养黑狗的那年，我大概五岁。

我一直试图和黑狗亲近，但是结果都一样。我除了蹲在地上看着它，根本就没有办法把我的小手放到它头上抚摸它一两下。它因此成为我心目中最孤傲的狗的代表，但唯有那次受伤时例外。

那是个冬季的雨天，中午黑狗回来了，一瘸一拐的，右边的前爪还带着血，离地远远地缩着。爸爸说看见它的时候，嘴里正嗯嗯地哼着，眼里尽是眼泪，异常的疼痛让它可怜地趴在爸爸脚下。黑狗的脚好像是被狠心人用砖头砸伤的。

看它这样，我也流泪了，黑狗许是读懂了我的眼泪，我又伸出小手时，它没有再躲避了。

可没过多久，第二场灾难又落到了这条黑狗身上。全家好不容易打次牙祭，买了猪脚来吃。正摇着尾巴吃着美食的黑狗突然做出要呕吐之状，然后在地上滚个不停，原来是被猪脚骨头卡在了喉咙。

一家人都不知所措，最后还是爸爸把它嘴撬开固定后，费了好大工夫才弄出了那横插在黑狗喉咙里的骨头。好多天下来，都只见它喝水，吃很少的被水泡烂的饭。

黑狗那个冬天苦头吃得太多了，然而，谁都没想到它会连命都搭给了那个冬天。

大概是终日在外行走的缘故，让人以为是没主的狗，想弄来吃。故将拌了毒药的食物扔给狗吃了，可之后他们却没找到黑狗的尸体。当那些人发现毒的是我家的狗后，跑来跟爸爸解释着什么时，我们一家人谁也没有出声。

我一直认为这是一条内心极为孤独寂寞的狗，那黑色的身影总让人心生怜悯。甚至从那以后我便有了这样的认知：黑毛的土狗不太容易接近，会让人产生很多遗憾的感觉。

偶尔也会有这样的念头：原来黑狗并不傻，它的不与人亲密接触是因为它始终都不敢相信人类，或者是动物的本能告诉它人类并不太可信，告诉它寂寞来去或许更能让自己的生命长久。

狗友二　喔喔

"喔喔"二字，应喊成四声，且声调略微拉长，方能显韵味。

喔喔是我家养的第二条土狗，聪明又通人性，它跟我家相处怕有四五年之久，家人都很喜欢它，它那黄且夹些黑色的毛更是让我摸得油亮油亮的，总赚来别人的大堆赞叹。

喔喔算得上是土狗中长得挺标致的一员。"喔喔"其实这算不上是它的名字，因为在我们南方的农村或城镇，凡养狗的人家，几乎都统一着一样的声调，拉着一样长的节拍，用着一样的汉字，喊狗逗狗，好像打祖宗十八代开始就是这么叫的。因此当时家养的狗是少有专门的名字的，但狗们似乎很接受这样的礼遇，反应都挺热切的。

毕竟，即使是同样的名字，经过各自主人的处理后，出来的味儿如同明摆着"你的""我的"之分。

喔喔是陪着我们搬进新家的，因为爸爸工作调动，我们住到了一个离镇上大约四里路的地方，在两个村庄中间的位置。

单位的面积十来亩地，院墙里有些林地，两眼小池塘，矗立着一栋二层带平顶的红砖外墙楼房，上下共十间。院墙的外面三面是稻田，门前是一条三米来宽的土马路。本来就清静的地方，加上长期居住的只有我们一家，更是十分静谧。

这条狗大部分时间都是趴在屋前的走道上，安静地看着家人进进出出，同时又警惕着院墙外的响动，履行着狗的天职。

我和这个忠实的朋友之间，少不了有着许多令人羡慕的故事。

有一天，不知为什么高兴，我跑着跑着重重地摔在了砂石路上，裙子没遮到的膝盖顿时出了好多血，疼得我抱着腿直喊"哎哟"。喔喔飞快地冲过来，摇着尾巴，张望着，周围嗅了嗅，开始舔起我冒血的伤口来，认真地、慢慢地、轻轻地舔着，当时的感动和温暖，我记忆犹新。而我的膝盖也因了这份特殊的安慰，疼痛消退愈合快了很多。

有一阵子，妈妈为补贴家用，在后院养起了鸡。没有多久，就发现隔三岔五地不见了鸡仔。那天傍晚后，听到鸡窝一阵哄乱，爸爸过去时正好闯到喔喔从鸡笼外急急地跑开。

于是爸爸断然："就是这没用的畜牲，偷了那么多小鸡吃，非打死它不可！狗是有记性的，免得日后还再犯。"说着，把狗找来，用绳子吊着，狠狠地打起来。

我从门外听到喔喔痛苦的呜咽，总觉得一向听话老实的它不可能做出这种事来。只是年幼的我不敢说这些，等到喔喔被放出屋时，我想着它的疼，想着它的哭叫声，看着那可怜巴巴的样子，我紧紧地抱着它，心疼地哭了起来。

爸爸还怒火未消，在一旁训斥："你看看你，没用的样子！你哭什么啊？"可是大人们怎会知道，就在我摸着喔喔的时候，我分明看见了它眼里闪着泪花。

而第二天晚上，爸爸为防再丢鸡，便一直躲在旁边看动静，却发现偷鸡的是狡猾而灵活的黄鼠狼，这才明白原来昨天这时候喔喔是在抓贼，真是"怨枉了好人"啊。打那以后，喔喔在家里的形象和地位发生了莫大的改变。

上学的时候，有没有朋友几乎每天早上都把你送上好几里路？而后，又在你回去的半路上或离家老远的地方迎接着你？

喔喔便是这样的顶尖好朋友。它是那么地喜欢"赶脚"（跟屁虫），一见我背起书包，它就会不离我左右，我一路赶它多少次，它都不理，依然兴致勃勃地朝前走着，嘴巴咧着，尾巴欢乐地摆着。

下雨天、冬天，它都陪着我，非得我扔石头或黑着个脸吼它，它才依依不舍地往回走，十分不情愿，好多次我偷偷地回头，都看见它停在路上看着我。而它调转身的地方，差不多都是在快到镇上的路口为止，因为我是无论如何也不准它到镇上去的。

镇口的人都说这条狗挺奇怪的，下午它总是在我回家的半道上玩耍和等待，看到我的时候，必定会围着我兴奋地转圈圈，然后跳着站起来，直到舌头舔到我的脸为止。

别人都笑说它是老远就能辨出我的气味来，老远就能听出我的声音来，可我觉得不是那么回事，主要是它心里有我这个小主人和好朋友。

人人都说："土狗贱，好养！"一口剩饭一口菜汤，都能把它给打发。依二十年前的生活水平，喔喔算是吃得好的。

很多时候妈妈都会给它弄点酱油拌饭吃。进入冬天，喔喔自己在杂屋旁边的屋檐下择了个地方当窝睡觉，因为那里堆满了干稻草。

有一段日子，喔喔好像肥了很多，还懒懒的，爸爸说它有狗崽了，那一刻开始我的日记本里多了个新的期盼，真新鲜啊，到时候狗崽们都会是什么样？

那一阵子总是斜风冷雨的，谁也不知道喔喔究竟会在哪天下狗崽，唯一的办法就是一天多去看它几遍。

我中午放学回来，去老地方没看到它，爸爸正忙着把一间空杂屋打开，正找来衣服之类给狗狗御寒，又说："喔喔不知何时下了条狗崽，可惜死了，可能是冷成这样子的，好胖的一条小狗，刚把它埋了。可不能让它再受寒了，待会儿你给它端碗肉汤饭来，好好补补！"

动物们真顽强，我把热饭拿来时，喔喔正一声不吭地下着第四条狗崽。存活下来的五条花色各异的小小狗，让我们都忘了曾有狗夭折的难过事情。

那段时间，我很骄傲地对外宣称："我在服侍喔喔这个大月婆子！"因为它只让我爸和我接近，其他人想近它一步，绝对不可能，狗妈妈可是随时准备咬上来人一口。对它来说，好像一切来人都是来偷狗崽的贼。

小狗们很快开目（睁开眼睛），很快可以歪歪斜斜地爬行，很快不再争抢喔喔的奶头，很快变得好像喔喔刚来我家一样，精神抖擞地汪汪叫着。

可是我知道，小狗们都将被偷偷地抱去亲戚朋友家中，开始自己独立的看家生活。

那时候的喔喔是好可怜，它总是屋前屋后地到处寻找，最后总是一无所获，只有在时光的逝去中，重新让自己习惯没有孩子的生活，重新回到和我如常的嬉戏中。

以后的喔喔性格依然刚毅，但渐有了一些敌人。

爸爸单位人手少，无形中我家要兼着看守整个占地近十亩的院子。因为公家造了两眼小鱼塘，种了几片苗圃，还栽了些瓜果，等到熟的时候分给大家，也算是单位的一种福利吧。

然而因为这些好事，常有一些别队的社员，或一些无所事事的等闲之辈瞅准了时间，从铁门里溜进来，更有甚者则翻墙而入。

近边的老乡里是绝没有这种人的。平时老爸和同事们常给队上的人讲些从林木到瓜菜防病虫害的知识，深得大家的尊敬。而那些小偷小摸的人起初都不知院子里有狗，都是冲着院子的空旷，好得手而来的。

哪曾料到，喔喔俨然就是一头猎犬，不止叫得凶，还会冲上去，追上去，大部分人都会被吓退；也有不肯放弃者，必定会被喔喔死缠着，逼到铁门边，好几次都因为这样，随后赶来的爸爸才能把小偷抓到。

所以，有怀恨在心者之后竟在这院子附近扔满了老鼠药，喔喔出去没多久，就口吐着白沫回来了，幸好爸爸及时给它灌了阿司匹林，把药都呕出来，才没有送命。

此后的日子，白天便不再让它独自出铁门，除了已成习惯的接送我上学。而喔喔生命的终点竟然是在送我上学后回去的路上，那个离家约三里远，通常它都在那儿掉转身的地方，那个地方叫立新村。而喔喔死亡的原因还是吃了毒药，至于是误吃还是被敌人报复，我不得而知。

这就是土狗们无法选择的命运，主人不可能更好更多地保护它们。

还好我的相册里有喔喔的身影。

一条春意融融的大马路，高昂的水杉树抽出了层层叠叠的新绿，旁边是曾每天经过的红砖围墙，镜头拉得很远。画面中，十二岁的少女一脸璀璨，抱着不足月的小外甥，喔喔高兴地贴在我身边站定，漂亮的耳朵迎风竖起，一双晶亮的眼睛炯炯有神。

这是黎叔叔偶然所拍，后来却在影展上获了大奖，我想当时评委们的目光一定都锁定在这只吸引人的黄狗身上。

如若没有它紧挨着我，我的笑容一定无法那般愉快动人，整张照片就索然无趣，了无新意了。

狗友三　小朋友

"小朋友"在我的生活里，大概占据了两个月的时光，那全是它的部分，加上它来之前的一个月，这短短的三个月已经是它生命的全部。

在我刚出高中校门的那个黑色七月里，小朋友被亲家母从赤山岛捉到了我家，因我上次无意中说了句："若你家狗下狗崽了，给我留一个，要最好看的一个。"过去几个月了，没想到人家倒真记住了。我可高兴坏了！

这小家伙一身细细的白毛，肥嘟嘟的，虽刚满月，却蛮活泼，立即被我"小白""小白"地叫上了。

那时我家已搬到了局里，房子不似以前大，不大方便养小狗，这事妈妈之前完全不知，加上一想到自己精心收拾出来的干净屋子，极有可能因小白的到来而改观，所以妈妈特别气恼，扔给我一句"我不管"，她就出去了。

为了少讨骂，我决定以后每天都让小白跟着我，我决定让我们两个形影不离，直到妈妈确定小白没那么麻烦和讨厌为止。

从那天开始，我总是让小家伙呆在自行车前面的篓子里，陪着我来去文化馆练钢琴。刚开始还好，可小白日渐长大，就不太愿意老老实实地坐在车里，好几次差点从篓子里跌出来。我不得不改为每天背着个大挎包，把它放在里面，感觉着它的不安静，一下靠着了我，一下又离远了；要不就是看见它从袋子里探出个小脑袋，让我乐呵呵的。

"小白"被叫成"小朋友"是我们到达文化馆后的事。

那时我们好朋友的圈子里有个叫"主席"的灵魂人物，是大家的开心源，也是大家的精神领袖。主席熊望洲是美术系毕业的，分配到了文化系统。

当时很多在艺术这条路上艰难行走的落榜者、高校就读者、业余爱好者，都喜欢去主席的空屋里坐坐，谈谈理想，得些共识，化解些压力。虽然更多的时候，彼此都仿佛只是个梦想或未来的空谈者，可那一种互相理解和鼓励，对每颗求索的心都是格外重要的。

练习时我想把小白拜托给主席的话还没说出口，看到从包里出来的小白，主席已兴奋地大叫："啊，'小朋友'来了，欢迎欢迎！"说着便一把抱紧了小白，还没两分钟，小白就撒了泡尿在他身上。

主席一点也不恼，只是轻拍着小白的头，笑着说："哎，真是个小朋友！"这次见面在大家嘴里传开，主席的待遇也被一致恭维成："主席，'小朋友'可是对你情有独钟哟，你们可太有缘啦！"

于是小白被正式冠名为"小朋友"，且成了集体疼爱的对象。

而以后的每一天，小朋友都会在第一时间见到主席时高兴地撒泡尿，或在其身上，或在其房中。

但是回到家中，硝烟仍然弥漫，爸爸童心未泯，看到小朋友身上黑了，于是找来吹风机和盆子，准备帮小狗洗澡，正好被妈妈撞到了，她老不高兴地说："完了，完了！又得狗毛满天飞了，我看这屋子都快成狗窝了！你们还拉帮结派，好啊！反正你们谁理狗，谁就休想我睬你们。"

我们父女俩联手，一阵手忙脚乱后，终于还给了小狗一身抢眼的白，这可是第一次为狗做此项服务，心里根本没个谱，好在小家伙一进水盆子就十分听话，任由你摆布。

战场打扫后，妈妈看到一切并没想象中的恐怖，小朋友也乖了，便偃旗息鼓了。

可惜好景不长。

那天我没带小朋友去练琴，回来时虚掩的门开了一条缝，家人正睡着，小家伙却不知何时溜了出去，也许是淘气，也许是好奇，想看看新鲜的风景。

想象着它小小的身体在大地上慢慢地走着，荡着欢乐的翘起的小尾巴，却怎么也想不下去，小朋友踩在水畔松软的南瓜藤上，竟会滑落到水塘里，直到晚上才被邻居发现。

小朋友就埋在水塘旁，只是今年的池边可能已没有开着花朵四处蔓延的南瓜藤了。

对于大千世界而言，一切都未发生，一切都未改变。但在我的心里，它永远都以小朋友的身份留存着。

狗友四　懒懒

我仿佛又看见了懒懒，一条白色的北京狗，紫黑色加大码的眼睛，水汪汪、圆溜溜、睫毛浓密，特别好看。尾部的毛长而柔软，上卷成一朵菊花，怎么也看不厌。

从懒懒开始，进入了宠物狗时代，也许这要归结于文明的结果。

给一群不起眼的动物冠上宠儿的称谓，给它们奢华的生活，这是宠物们幸福的开始。若去追问每一名成员的始末，怕一生陪伴同一主人的宠物少之又少，而可以不在颠沛流离中度过余生和晚年的就更少了。能以行为给出保证的主人们才是真正负责任和有爱心的人。

而令我终生都足以自责的事情便是我中途弃了懒懒。就是喂养懒懒的我，无法让它一直在我身边，先是把它托付给大姐，可姐姐住在幼儿园，十分不便喂养。后来，她迫于无奈，就把懒懒拜托给了姐夫的一个朋友……

种种重复。一段时间以后，我偶然问起懒懒，大家干脆连它最后去向何方都不清楚了。

也许，刚从眼前消失的流浪狗就是曾经被我疼爱备至的小生命。

大学时，不幸患病，刚开始的几个月里，瞒着家人跑了好几家医院，挂号时不知看什么科，导诊台一问症状，立即说"挂内科"，可根本没有查出病来，各种检查倒是做了很多，药物也是堆满了整个书桌面。只是没力气、不吃东西、出汗、怕冷、怕睡觉、头疼、怕吵闹，看不了书的症状依然和我对峙着。

那时对我来说，最痛苦的事有两件——吃饭和睡觉。夜夜至少六个梦，在睡着的三个小时内，我像个导演，每晚自顾自地拍着自己看的电影。

长时间的瞎折腾，使我面色苍白，走路腿打软，脾气也很爆了。而无法看书和听音乐，对自称为"书虫"的我来说，最是要命。当然，后来家人带我去看"神经内科"，才确诊是神经衰弱。

寝室十一点熄灯，我却着急起来，不知我的睡意何时才能光临。

偶尔有开夜车的室友点着蜡烛在那里揎的，我不时还能厚着脸皮同人扯上几句。一两点的时候，经常能收录些奇怪的听不懂的梦话，留到第二天再去集体研究探讨。之外，便听不到任何能引起我联想的声音。

那会儿我老是想：此时要有人打架就好了，要能听到鸡叫声就好了，要有星星落在我窗前就好了。

看着窗外，杉树的叶子一天比一天舒展，唯独春天才有的那份碧绿，好多时候让我产生想生吃的念头。它在夜色中愉快地呼吸、成长，我在靠窗台的桌上抱膝坐着，专注地守望着，我们彼此眼里都有对方，我们还做一些默默的交流，直到凌晨三点瞌睡来临。

那一段犹如梦魇的日子，实在缺乏生的乐趣，而其中的苦楚也不是任何人的三言两语所能清楚了解的，日日都是在艰难和无奈、忍耐中熬过去。

医生的嘱咐倒也别致，"放松！放松！康复前尽量少用脑。要保持愉快的心情。"真让我头疼，状况已经如此这般，哪里能释怀哪里能造出愉快？

正在这时，有朋友提议，不如养只小狗吧，不是很心爱的吗？

于是带我溜到了叫"教育街"的小小的宠物市场。大多的狗都还太小，看见人也没反应，店老板拿出一根火腿肠，扔在三米开外，有一黄一白两条小狗跑过去，白狗像个圆球，短短的腿都快看不见了，跑得快出一大节。反复试了好几次，都是同样。看这东西能吃能跑，肯定够健康，老板要价三百元一咬牙成交了。

后来才知，并非懒懒食欲好，胃口大，而是那些狗老板为吸引住客人，平时给小狗吃得很少，客人选狗时会扔放食物，肚子饿得厉害的小狗就会反应很快地跑过去吃，从而讨得买主的欢心。

因它在买回家的头三个小时里面，一直在睡觉，哪怕从我腿上滑到地上，也只是睁一下眼后又继续睡，懒得非同一般，干脆起名叫了"懒懒"。

有了我每天不用去课堂的悠闲，小家伙很快就明白了我俩不一般的关系。

白天我带懒懒去外面四处看风景，看着它雪球一样的在视线边缘移动，一路上跟它说个不停，我会忘了自己身上所有的不快。

它的食物是火腿肠加单晶冰糖，还有矿泉水。

晚上，就睡在我的床上，开始还准备了塑料报纸之类，可懒懒根本不在床上撒尿，倒是每天早上它醒来了，看着我睡了，它便又会跟着睡。到实在睡烦了，就不客气地爬到我身旁，伸出它短短的小爪子扒着我。

懒懒很听话，几乎不吵闹，像个小孩子。

有一天吃晚饭时，同学捣乱说要教它喝啤酒，用筷子蘸了滴酒放到懒懒鼻子底下，哪料到它毫不迟疑就舔个没完，舔完后还睁着那双大眼睛看着桌上，最后懒懒恐怕喝了两勺子啤酒下肚。回去喝了好多水后一直呼呼大睡，到半夜醒来找水喝后又一直睡到第二天。

懒懒因为我们的恶作剧真的醉了，睡着后任我如何摆弄它都没有要醒的意思。但那以后，再没见到过它这等昏睡的情景，而闻到酒气的它也必定会躲得远远的。

有朋友问我："你养过的哪条狗最通人性？"我马上会说："是懒懒。"

因为它是唯一一条会笑的狗，也是唯一一条懂得不让别人欺负我的狗。一想到这点，我就感动不已。谁对我凶凶地说话，谁在我身上拍一下，它准会第一时间冲过去，怒不可遏地对着这个人狠狠地吠个不停，对方若不停止，它是一定会冲上去咬人的。

直到我抚摸着它的头，平静地安抚着说："别气了，懒懒！没有人要打我，别气了哦！"它才逐渐低下它的头，松弛下它伸长了半天的脖子，紧贴我坐在了旁边。

……我仿佛仍然经常看见懒懒，在我和它的秘密通道。但我再也没看见过它咧开嘴笑，再也没见过它屁颠屁颠得意地踏步，再也没见过它欢乐地摇个不停的花一样的尾巴。

我仿佛仍然经常看见懒懒，却总是见到它含泪的大眼睛、趴在地上失神悲楚的样子，却总是听到它的呜咽和痛苦的呻吟，和它那不知走向何处的蹒跚颓丧的身影……

2003 年 5 月
病中记于湖南长沙麓山脚下

花的心事

正是二十几岁的年纪，我开始喜欢买上高矮不同的透明玻璃花瓶，去街头偶遇各种芬芳。不止是路边的花店，我更期待遇到推着自行车的"花人"。

车前车后被一片灿烂簇拥着，或是挑着担子的"花人"——担着一对白色的塑胶桶子，里面插着各种鲜花。那花的活泼，束也束不住，满天星经常蓬到路人的衣服口袋边。

那时的花店卖得更多的都是一些被大家熟悉的品种，比如玫瑰、康乃馨、剑兰、百合、非洲菊、桔梗、勿忘我、满天星之类。他们的利润主要来源于包装后的"捧花"或花篮。

而街头流动的花贩，多数是外地来省城谋生活的五十出头的男女。他们衣着朴实暗淡，头发蒙着一路的灰尘。自行车的前后堆满了各种花，他们更多的时候都是论"束"卖着花。一束紧簇的花，被一根橡皮筋扎着，上面套一个透明的塑料纸，简单不过如此。

花贩们的花要价实在，也很新鲜，若逢着他们要躲着城管，花又还挺多时，还定可以压低价格，把一大束花买到手。往往三十元一捧的花，十块十五块就可以抱回家来。

在自行车的篮子里，我邂逅到了白色的香味清爽的姜花；橘色，花蕾很小，透着幽香，挺像小铃铛的被我忘记名字的花；碗口大的深紫色的睡莲；浅绿浅紫的小雏菊……

花贩们通常比花店的老板更愿意主动和人攀谈，说着花的各种好处，没有冷漠，倒是语气中透出的一份自然而来的亲切与随和，给人强烈的舒适感。

这样的舒适，使得我很多时候都会一时兴起带着花束回来。可是，我永远都记得，当我捧着花束朝家走去的路上，我永远都是如同挽着爱人的手一般心情舒展，眼里都洋溢着欢愉和欣喜，那种心情，总是引来路人频频注视与回头。他们定是羡慕了吧？那一刻的心情，有几人会懂？

说是家，其实只是我为求学租的一间小房子而已。昏暗的房间，老式的家具，都是穷学生无法选择的。但是，花朵的到来，却是把春风连同春景都带进了斗室，空气里多了几丝情韵在流动。

我认真地斜剪着花的茎，细心地打掉多余的旁枝末叶。我会挑选风格相宜的花瓶，再用它接上温度合适的水，然后会再放些盐来帮助杀菌。如果是像玫瑰花之类的，我还会用打火机点着火，用它的外焰来移动着烧一下刚被剪过的枝，只需几秒钟，这是有经验的花店主人告诉我的。所以，经常我的玫瑰花可以水养二十多天而不败。

在那些日子里，所有的精心都是馈赠给自己平常日子的美好，是给自己的礼物，与爱情无关，也与别人眼中狭隘地认为买花一定是送人，买玫瑰一定是送给异性朋友表达爱情的定义相差十万八千里。

我对马蹄莲的记忆，深刻又模糊。深刻的是，我多年不曾插花，无意中当"外卖"点了送到家里的居然是马蹄莲。模糊的是，我已经不能太确定和它的初识是在哪儿了？但是，每次见着它，我的视线都会久久停留，难以移开。

那粗而直的绿色的茎，上面是白色的花朵，一朵花就一片花瓣，简单醒目，黄色的花蕊缀在其间。那不就是一个白皙秀丽、婷婷玉立、高雅大方，穿着精致的白色连衣裙的少女么？还是那揾着白裙一角，绽放动人笑容，吸引世界目光的玛丽莲·梦露？

只记得，还没舍得把马蹄莲买回去，就收到了一张裁剪过的方形纸上，留着铅笔一笔一划细心走过的痕迹——那是一张马蹄莲的素描画，还带着长长的心形的叶子。尚未盛开的花朵打着卷，长长的，如箭形。白和灰之间，马蹄莲花朵和叶子互为衬托，活泼生动。

你兴奋地言语着："花是那天在橱窗前见的，叶子是我凭着想象画的。画的时候我蛮有感觉的，前天我跑去图书馆一查资料，把我自己吓一跳，书上照片的叶子和我画的居然一样！太巧合了吧，太神奇！谢谢你！"友人充满着惊喜和满足，居然还谢谢我，因为我的视线所及才触动了他去留意这份美丽。

又一年，家里来电话说哥哥突然面瘫了，口眼都是歪的，正在住院治疗。我急急地收拾东西，脑袋里面嗡嗡作响，"这可怎么办？我家的大帅哥，脸歪了，嘴巴歪了，这么大的打击，他的情绪肯定糟透了吧？我该如何安慰他啊？真要恢复不了，对嫂子都是个打击吧？"

我不自觉地想着，怎么办呢？路过花店，灵机一动，我买了个花瓶，买了一大束马蹄莲花，灌好水。我就这么一路抱着，从省城汽车站坐班车去到银城益阳。

我还在病房门口探头探脑呢，冷不丁躺在病床的哥哥正好看到了我。哥笑嘻嘻地说："哟，省城的'太学生'（家乡对大学生的略带调侃的昵称）亲自来啦？带什么好东西啦？"

我连忙把花给摆在了床头柜上，对他说："怕你心灰意冷，给你送的好东西！你看！"

"哟，你们看我这没良心的老妹咯！你这可好，赶上给我这个歪嘴巴人送来了这个歪嘴巴花，哈哈！居心叵测的家伙！你是怎么煞费苦心地找到的啊？"哥哥拿我打趣，把同病房的人都给逗乐了。

我笑着回应着："早知道你这么能说会道，有说有笑，我接到电话就不该一直操心个没完！我还生怕你担心脸变相了，'没脸见人'，会唉声叹气、愁眉苦脸了呢！哈哈！""你别搞错，这可是我最爱的花，名叫马蹄莲。我只是想让它告诉你：即便是这么不对称的花，也有大把人欣赏，它也还是真美丽。你没什么好怕的，你要勇敢面对！"

嫂子这时接话道："一开始我也挺担心他的，没想到这个歪嘴巴昨天照镜子时还在给自己开玩笑，说'你们谁能像我一样，眉毛一边能动一边不动，还一高一低地保持着'。"

"他昨天晚上就写了一首诗，笑死人了！"嫂子又添上一句。

"那我就叫你'歪哥'好了！哈哈！"我嬉皮笑脸起来。

没想到哥哥居然接着朗诵起他昨晚新写的汉俳诗来了——"忽然半面瘫／嘴眼开闭皆艰难／一笑两灿然"！

病房里充满了一连串的欢笑声。

多少年以来，我总觉得：花的心事我无从知晓，我的心事，花倒清楚几分。

花语，源自古希腊，盛于法国，后传于诸国。对于花语，我觉得有时只能作为参考，毕竟一切都是因人而异。抛开东西方的巨大文化差异和几千年的时空转换不说，毕竟情由心而生。在美好缘由的牵引下，一切都是因人而异的。互为喜欢的人，彼此送什么都是美好的，所谓"情人眼里出西施"，所谓"爱屋及乌"，所谓"只要你开心，怎样我都愿意"。

花开花落自有时，清心明志每一日。花朵的盛开，原本是承载了它自己生命的旅程，有期盼，有希翼，有爱的承诺，有生命的传承。

我们，是旅途的路人，是生命之书的读者，是对情感思索的感悟者。草木之心，并非无情。它们渺小而短暂的人生会给我们无数的启迪。这如同每次从花瓶必须舍弃已经毫无生命力的它们时，我都会俯下身，用心地低声说一句：谢谢你的陪伴和给予！

2020.4.25

暮春时节于金陵

狗血求医记

一、流感驾到

儿子生病，寻医记剧情狗血，跌宕起伏，现在回想我仍恍惚⋯⋯

孩子连日高烧不退，呕吐，不思饮食，耳红目赤，嘴唇红到褪掉了一层皮，眼皮也是发紫红的，眼皮下垂耷拉的时间多起来，说话声少了，更多的是他的"嗯，嗯"声，无法安然入睡，开药后呕吐越来越严重⋯⋯侧翻身都会说头晕，身体没力气，连坐着都是撑不起的样子。

无力感。我的无力感更甚过磨难中的孩子，远胜过我不眠不休五十二小时仍然奔波着的身体。

医院人山人海，不分昼夜。

医生快言快语，错误引导 + 误诊，犹如尖刀挑刺着我的心脏。

孩子高烧，睁着眼却不理会我的存在说着我听不懂的长篇大论，手指着什么我一点也不懂，他完全沉浸在另一个世界，听不到我的呼唤，感觉不到我的抚摸，回应不到我的亲吻……

流感侵袭着这个近一线城市，虽然藏得很深，但踏入医院大厅的那一刻，它还是露出马脚。

周四下午五点半校车到站，孩子抓着一张 98 分的数学试卷和校服外套，一把塞我手上，一面急不可待地把平常总是不愿意让我背的书包转移到我的手上。

回家十分钟的路上，数次含着眼泪或蹲下去，可怜兮兮地说："妈妈，我的腿好疼！我实在走不动了！"

咳嗽，头疼，嘴唇干裂，额头微烫，我们停停走走，二十分钟后终于到家。我说："宝贝赶紧去床上睡吧，脱掉外衣，什么都别管了！"

"啊？妈妈，这么早，我就睡吗？作业怎么办？我还要写作业的。"孩子问，"妈妈，明天早上我们几点出发去北京参加论文答辩比赛？太好了，我终于可以去北京咯！"

早六点，体温 38.4 度。

六点半，体温快速冲到 39.4 度，我迅速拿出艾艾贴，将涌泉穴、背部肠胃和肺腧调理，2 组下来，很快体温降到 37.7。

接下来的一个通宵，是退烧穴位艾灸＋退热穴＋平肝清肺推拿按摩，和以往的感冒处理手法相似，结果却是体温不停地退后不久，又都会不停地站上来。小便正常，喝水量偏大，出汗一般，喝了小半碗小米米汤。

二、我在这儿

凌晨五点，宝贝说胡话，语速稍快，手会若有所指，眼睛睁着，却没把近在咫尺的我放进去，自说自话，我却听不懂他讲的什么……

我抱紧他，摸他的小手，亲他，喊他回来，都没反应，他在他的世界！只能够感受到他的情绪里有些着急，着急得真真切切！说话根本就没有停下来的意思。

漫长的几分钟，肯定不止三分钟，应该有五分钟吧，太长了，突然我和面对面的他之间，加入了一个寒武纪，又仿佛他把我强拖进一个狭长的黑洞，我笨重地坠跌，加速坠跌。

这一刻，耳温计屏幕显示不过是体温"38.3"。

我不知所措，我惊恐到不可名状。

"宝贝快回来，你去哪儿啦？"我自言自语。

一秒钟的疑惑后，再一眨眼，一个清亮的眼神出现，是我熟悉的那个。

"宝贝你去哪儿啦？"我继续自言自语着。

"妈妈，我在这啊，我不是在这儿吗？"你像平常一样地看着我。"谢谢儿子！我知道你在这儿！我逗你玩的呢！"我笑嘻嘻地跟他说。"你真傻啊！"臭小子还在继续嘲笑着我。

希望和喜悦在迷乱中穿越而至，可是，它压过去的痕迹，却让我痛到近乎窒息。除了抱紧你，我能做的只能是抱紧你。"宝贝你刚刚是不是做梦啦？""没有啊。""你不记得吗？""不记得，妈妈，我没有做梦。"

三、行程取消

半夜的几次醒来，你都认真问我："妈妈，我们是几点的高铁去北京？几点出发？""你发烧呢，不一定能去的，身体更重要。""可是，妈妈，我一定要去的，我一定要去比赛拿奖的！"

行李已收拾好，你用自己的努力赢得了第一次的北京之行，那是学校组织去参加的中国少科院"小院士"研究成果评选与展示活动，从获得参加资格那一刻起，你就无比开心和期待。

八点，你的体温又到了38、38.4度。我不得不拨通了学校带队老师的电话，说着我的抱歉和你的坚持。老师特别暖心，安慰我，期待来年。她要我转告你，明年一定还可以参加比赛的。

往返北京的高铁票退掉了，行程单也被修改。

四、第一站

早上九点出发，去到河西明基医院。这个时候看儿科专家号的人不算多，你的验血里有乙型流感病毒弱阳性。医生开了很多的药，有抗流感口服药奥司他韦。

医生多次嘱咐："流感，没更好的办法，多喝水多排尿多出汗，除了吃药，就是扛！""退烧药能不吃尽量不吃，以免病情没有真实发散出来。""那个奥司他韦药很难吃的！但是没办法，必须得吃！"

中午到家，毫无食欲的你被我逼着喝了几勺米汤，一小口面包，几片煮得绵软的白萝卜和青菜叶子。

为了能把药喝下去，你在很努力。居然主动问我要吃一点点泡面。

四种药，都是颗粒冲服或口服药，颜色不同，味道也是一个赛一个的古怪和难喝。

但你出乎我意料地，张大嘴很快地把所有难喝的药水全都顺利地吃了下去，然后休息了。

不料四点你呕吐厉害，食物全吐掉，然后便昏昏入睡了。

我用两个大锅子，用一包上好的陈年蕲艾煮了很浓的艾叶水，拿出刚买的大圆盆子给孩子泡澡。

泡完艾叶水，孩子连说舒服！

又一次说胡话！七点多，这次我似乎听到了"给我，卷子。""快点，哪里，马老师？"可是，细节感觉太戳心，这么大的我，怎么唤不醒睁着大眼睛的你？

体温 38.4 度。

五、二度明基行

夜里八点，决定出发去明基医院，九点挂号急诊，错过了专家号，讲了半天好话，也没办法给我加号。

急诊医生因为孩子呕吐的原因，同意改口服为输液药物帕拉米韦。结果开单时，电脑显示医院缺货。打电话给库房确认，说"昨天就缺货了，几时有货还不知道。"

医生说："实在没办法，你只能去别的医院找药了，流感太严重了。"并提醒我，小心孩子脱水，开了口服液体盐水来补充体液。医生建议我们去儿童医院。

六、第三站

夜九点半，我们赶到儿童医院。大厅里，走廊里、座位上，座无虚席，人声嘈杂，咳嗽的，贴退热贴的，哄孩子的。

我急急去自助机上挂号，616 号，现在是 414 号。显示屏上一排红色字幕，提醒我："现在就诊号大量挤压，预计一百九十个号需要等待六七个小时"。掰着手指头算了好几遍，要等到凌晨三点半左右才能看到病。

前两天在网上看到一个小视频，说，作为一个孩子父母，如果你没有过夜间儿科候诊四小时的经历，那么你就说不上是合格的家长，并配上黑压压的人头攒动的图片。

当时，我觉得很调侃和搞笑，还偷偷笑了一会儿。

没想到，这就是我和孩子要面对的冰冷的现实。

孩子像小狗一样，蜷缩在一张半的椅子上，睡着了。

为了看病，让他东奔西跑，无法睡觉，还要不断地消耗，我这么做是不是错了？

谁能告诉并保证我，这个医院有抗流感的药可以输？如果没有呢？

还不如我再去另一家先找着药。

七、第四站

第四站：省妇幼。

托朋友的福，让我能够不用再等四个小时，能看到医生。

可是，问询之间，医生却停下了开单的手，对我说："我觉得现在流感不是第一方向，我可以给你开输液单，但是这个过程中，有可能他会有抽搐的可能，紧急时只能送 PICU。"

"你自己考虑，我建议你先去省儿童医院，我怀疑他是脑炎，因为说胡话时体温不高，呕吐厉害，查体时颈项僵硬，这个事情拖不起，查清需要住院做腰部穿刺才能明确的，但不要拖，要去查。"

"怎么可能？医生，我不能接受你的说法，孩子很聪明，而且刚刚检查时他确实是紧张所致，我看到他脚背都绷起来的。""还有，流感先不看了吗？孩子这么辛苦，就不管他了？"

"我很负责任地提醒你，可能是病毒性脑炎，需要查才知道的。还有，输液过程的风险如果你承担，我现在可以给你开处方。"医生肯定地说着。

我真的凌乱了，我说，你先帮我开输液单，我考虑一下。

"妈妈，脑炎是什么？"孩子整理好衣服，抬头问着我。

"没什么，你不可能是的，医生只是在用排除法而已。"

二十三时五十七分，输液单拿到手，我没交费，把它塞进了口袋。

八、第五站

周六零点三十分，夜间第四站，我们又折回了儿童医院。为了让你可以躺着休息两小时，我们待在了车上，坐标医院侧门外的路边。

两点半，想着可能有人弃号回家，决定还是早些去大厅。大厅里的人似乎少了一些些，能看到三三两两的空座位了，至少也还是有两三百人在大厅候诊。

叫号机喊得好慢，我有点后悔过来太早了，孩子遭罪。

四点，我们终于看诊了。美女医生连续抛出十来个问题，然后看着我们的资料，推翻了关于目前"脑炎"的怀疑，并给孩子检查了。

她说："现在必须治流感，控体温，一定要在高热的时候吃退烧药，降体温。孩子现在的神志清醒，回答问题说法清晰，怎么可能脑炎？但是如果不控制流感，未来是有发展成脑炎的可能性，你明白了吗？我不给你说未来的情况，我和你说的重点是，现在我们需要怎么做。输液的话，我们院没有抗流感的药，你不如回原医院。如果状况改善了，就好了。如果再出现高热、抽搐、痉挛、神志不清、精神很差、嘴唇发紫发乌等，第一时间送来我院，不用去其他医院再折腾浪费时间，最后他们还是要送到我们这儿来。现在，ICU 的床位紧缺得很。"

阿弥陀佛，折腾一晚上，啥也顾不上，孩子从零点开始，已经退烧了，精神也比下午好很多，虽然整夜没有睡，B 超检查结果出来了，正常。

医生在病历本上写着：上呼吸道感染，回原医院输液治疗。不适、病情加重随诊。

我连声给女医生说着谢谢，心里渐渐清晰起来。

九、第六站

五点三十，夜间第五站，省妇幼。我们来输液，别去想什么极端可怕的事情，用药治疗先。我对自己说。

幸得保洁阿姨，还有注射室护士小姐的耐心指引，我顺利地在找不着方向，从没来过的这个地方，拿到了药。

期间想去找医生开出后面几天的输液单来，结果遇到了夜间帮我们看的那个医生，我友好地和她交流信息，她却说："不管怎样，当时，我触诊时，孩子脖子就是硬的。"

"我觉得他就是紧张引起的，也不能排除啊。"我委婉地说，想给她台阶下。

我又不是来找她理论的，我头晕的，都快站不稳了。

可是，她的情绪依然在那里挂着，"输液要观察，单子我开不了，只能一次的。""那我打完了，如果没有不良反应，要怎么办才能继续把疗程输完？"我问。

"那你明天挂儿科，再看呗！"

天！难道我还要再来排队挂号，再等候几个小时，只为了复制一张输液单，把药量写个两天？

我放弃了和她的沟通。

我忙着带孩子输液，观察。孩子输液的状态很好，还喝了一碗白米粥。

美女护士告诉我："你们打完针，再等一会就七点半了，那个时候，属于夜早班交接时段，你属于夜间病人，刚输完液，需要请早班医生帮你开后面的处方，不用挂号，他会给你开的。七点半的样子，你去里面候诊区等候就好了。"

真的，七点，前台开始收拾各个诊间，外边只有两人等候。

七点半医生来到诊间，听完我陈述，很客气地给我开了后面两天的用药，并细心地给我把手头的药品，如何用在输液期间给我做了标记。

生怕后面没有药，我不嫌麻烦地交费拿药，带回家，再在每天用的时候带过医院来。

十、阳光灿烂

八点二十，我们出发回家，孩子有说有笑。

冬日的阳光很好，虽然不如其他季节明亮，虽然冬季的色调都是有些灰白的，但是，看到它，就一切充满了希望和美好！

回到家，连忙给孩子准备容易消化的藕粉，终于可以安心地睡个觉了。

十点，从周四早上六点起床，给孩子准备早餐，送他去上学，到现在，周六上午十点，我已经五十二个小时不休不眠。

十一、后记

五十二小时，其中后面的两天几乎忙到忘记吃，长时间的高度紧张、劳累、担心，都在不得不抬脚往前走路的现实中，被忽略掉了。

身体不好的我顶下来了。虽然期间几度头晕，胸痛、胃痛、腰椎痛、腿痛，但比起孩子受的苦，都算不得什么！我既然给了他生命，就应该尽力让他健康快乐，向上而生！

那压得人透不过一丝丝气的沉重、苦闷、煎熬与无可奈何，那言语不得的悲伤，那只盼望着"好了就没事了"的良苦等待，又怎么只会是我一人独尝呢？

根本不想去评论各个医生的是非短长，人的认知，总是会因为一些其他原因，而表现出种种局限性，甚至误区。

只想感谢一路上给我点滴帮助和支持的人，感谢背着孩子东奔西跑的老兄，尤其感谢那些不吝热心的陌生人。感谢儿子的坚强，感谢他让我对生命中很多不起眼的事情都有了重新的认知！

心生祝愿：天下无疾！

2019.12.29

深夜于金陵

别样的晚霞

亲眼目睹的这一系列极其魅惑的色调，最清晰的记忆，还是几十年前，在我十二三岁时。

不透风的空气里，蚊子在空中四处乱窜。主人为驱赶牛蚊子会随手用个扎起来的"草把子"点燃地上的一小堆干草，却不让它有明火。那是继屋顶烟囱里冒出炊烟后的又一处青烟，在人们的身前身后升起，逗留，久久地不消散。

不多久，隔空传来了几家老小的咳嗽声、喷嚏声，逗鸡归笼的声音，屋檐下男人们提着水桶"哗"的一下把水从头淋下的声音，孩子赤脚奔跑摔倒在地的哭声，妇人趁着收拾的工夫大声咒骂"天哆哆，你是不是不要这些人活了啊？你是疯了吗？这么热，饭都不得到口，还要忙里忙外……"的声音。

伴随着知了疯狂的嘶叫声，连同各自压着火气的呼吸声，再掺杂着各自身上浓郁的汗味，那一份记忆确实如同岁月交响曲，难以淡去。

今晚，我陪着十二三岁的你，一路看圆圆的月亮如何悄无声息地褪去它厚实的面纱，再慢慢升上了天空，一起追着别样的晚霞。

那是满天铺开的红色的丝锦，上面再绣了成片的深紫、浅紫、桔红、金红、深红、血红，那份密不透风的美丽让人窒息！从万科南边的清水亭东路一直炫耀到了西边的道路，到北边河岸上方的天空。只有极少的几个小小的缝隙里，才能瞥见一小条的蓝，那是天空原本在黄昏时有的微浅的藏青蓝。

江滨公园锻炼的人真是不少，却也不拥挤，似乎恰到好处。

人少的路段，你忘情地骑着快车，但又总是会在前面某处耐心地等着我，看我跟上了再出发。

骑行最大的乐趣就是耳畔的风，掠过脸颊时既轻柔又舒服，任我沉醉，即便周围的树叶纹丝不动。偶尔还能听到微微的风的声音。

不知不觉，我和儿子已经骑行了十二公里。孩子，以后定会有更多更远的路途等着我，等着你去奔赴前行，我们也一定都能乐在其中的吧⋯⋯

印　象

　　期待积攒得越多，快乐叠加得越多，就像这陌生的唐菖蒲，原来就是我熟悉的剑兰。年轻时，只热衷去收红玫瑰，深知粉红剑兰在花店的暗语是"横刀夺爱"，一向敬而远之。其他颜色的剑兰，压根就没见过。

　　这一波一波的绚烂，比竹节还密集。高级而不失浪漫的花瓣，层出不穷，像吹响的喇叭，像高悬的信号灯，像静止片刻的风车，像晒出的一系列崭新的徽章，像我心底撒野到快泼出来的亢奋。那一长串潜入心底的台词，如同鱼儿在水底鼓出的泡泡，如同湖面绽放的"水中烟花"——菱角，用艺术的方式表达着令人舒适的关切。

　　剑兰给出的能量，应该是我始料不及的。梦寐后醒来，洁白的两枝已略作倾斜，它们一个个如侠客出行，衣裾还沾着晨露，脚步却不曾停歇。顷刻间它们相继拔剑出鞘，孑然傲立。在六月的微曦里，它们不染纤尘，将骨子里的古典站成远古的风采。

　　深玫红的一株，是最早开的。花苞时颜色深浓，我观察了它几日。待午后全开，却是华丽非凡。

这几日客人纷至沓来，各种琐碎事物的安排，让我无暇顾及它们竞放的过程，只是在偶然抬头的一瞬间，瞥及了当时已是无限美好的联袂登场。浅绿的剑兰很是梦幻，薄薄的春衫罩着青涩的青春，最终还是在时间的催眠中，浅浅睡去，再轻快醒来，却是气定神闲，泰然自处。浅紫色带着白芯的，像低飞的燕子在此婉转啁啾，顾盼成欢。

它们都是我花园里的客人，因为初次相见，相见欢。它们也是我花园里的主人，朴素的泥土上自我主宰，天地之间，个个都是无冕之王。

百子莲是个慢性子，绽放一个小朵的速度很是缓慢，四五天才有了一点点微小的变化，圆骨朵仍是那一丁点。飘香藤丝毫不飘香，却自然自信涨满，从一朵到五到六，甚至更多，一瞬间那个像辣椒的花苞都几乎被我忘却。挤挤攘攘的粉红色筒状花，仿佛是加大版的牵牛花的形状，完全覆盖了以前的绿叶。

西伯利亚白百合，用一点也不冰冷的大面积的白，和着温热的香，氤氲着白昼和黑夜。

大雨前，我拿来枝剪，把一枝坚挺的白百合，"咔嚓"剪下交给父亲。父亲一脸欢喜，欣赏着一圈四朵的花带，夸道："这花长得好！沉甸甸的，压手！花朵大得很！"我弯腰欲剪第二枝，忽然还是转身，走到院子中间，把枝剪递给了父亲。

"干嘛？"父亲问。

"这么快乐的事，还是交给你亲手做，更有意义。来吧，老爸！"我说。

父亲于是不再客气，径直走到左侧的百合花前，弓着腰，无需上下比划，干净利落地直接在根部剪上一刀。又一株顶上还立着花苞，下面新开了两朵的白色百合被老爸乐呵呵地剪下来了。

我马上拿来手机，抓着父亲在芭蕉叶下、百合花苗前拍照留念。

父亲拍完一张，又赶紧呼唤客厅沙发上的小外孙来与他合影，挡脸、不挡脸，有脸、没脸的嘻哈与搞怪中，拍个不停。

我忙唤起隔着玻璃"看戏"的三姐，要她快来分享这份快乐。父亲又把心爱的花束递给了她。低头、抬头，侧面、正面、凝视。

"笑不出来了！"三姐尴尬地说。

我打趣道："要不你就把我当成初恋情人吧！"三姐果然莞尔，最自然的笑容与亲切的百合花由此定格在记忆中。

父亲说："这个粉红百合，挺像大丽花的。"

我说："伊莎贝拉——这个粉红百合，挺坚强的，哪怕被蜗牛啃噬了一侧的花瓣，居然还开得这么端正，我真的得谢谢她！"

入梅后的江南，暴雨惊雷与高温闷蒸的天气轮番交错，仿佛约定好了一般。而这些生灵们，却丝毫不会措手不及，各个都能轻松驾驭，自然应对。

我们的生活里，常会阴阳失调，寒来暑往，风寒湿热，脾胃不和。多亏了它们的存在，让我们能在巴掌大的地方见到小山河，让我们能畅舒情志，印象美好。

生命中的小与大，不在形体，而在于安抚内心的能力，在流露的情怀，在肩扛的梦想。一草一木，一花一叶，生发的力量与感召，又岂是一季骄阳、一轮狂风、一次冰霜所能终结的呢？

微　醺

　　不期而至的小雨让人微醺，清澈水底的水草如松针挺立让人微醺，溶溶漾漾的波纹夹杂着一哄而至的小涟漪让人微醺。

　　临时为拼船（只能八个人一条船的包船规定）而偶遇的旅友一路上的友好谦和，一路上的说说笑笑仿佛我们早已是熟络多时的故人，这感觉让人微醺！

　　南浔的"四象八牛七十二黄金狗"的传奇让人微醺，尊德堂、懿德堂，张静江、张乃燕、张时铭，"五朵金花"、红房子……让人微醺。

　　百间堂的烟火气让人微醺——说一口软软的吴语、临河而设的极其小巧的木方桌配着更加矮小的小竹椅，两杯黄酒和着油爆河虾的香气让人微醺。

　　靠近莲界桥的河边，弓腰洗物件的中年男子清瘦的背影让人微醺。广惠宫的"道"甚至盖过苏轼的诗句与逸事，让人微醺。

　　初识胜故交的归晓峰老师，与我既是同年，又算得上是老乡

（他夫人就是我们湖南的辣妹子），画桌旁我和父亲毫不客气地坐下一不小心热聊了快两个小时，他的经历让人瞠目结舌，他的乐观与大爱让人肃然起敬，他的口足书画让人叹为观止甚至自惭形秽，惭的不是自己的手艺，惭的是自己四肢健全，却"手不如脚"，缺乏直面挑战的勇气。他那带有温度的笑容，挡得了一切世间的苦，仿佛一切皆未发生，着实让人微醺！

穿梭的木船，没有咿咿呀呀的"欸乃声"，船工安静地工作，船儿左右偏偏摇摇。我们在不停更换的石拱桥、老房子、各色招牌，以及被爬山虎盘踞得只剩下小木窗的小饭馆前如水滑过。音响里飘出的评弹"声声慢"正合心意，通津桥上一波一波的行人，一片一片如云升起的油纸伞，一个一个着汉服梳发髻，拿着圆扇，妆容精致、个性张扬的女子争相入到画里来，又匆匆出到行色匆匆的另一个梦里，这样的情境怎能不让人微醺？

金色的云霞形如一群大小各异的恐龙，放逐在暮霭紫的天空，把老亭子高高翘起的四角勾勒得传神老练，却还是输给了亭子顶上正中间的一个四方形水泥墩上，一只仙鹤向东而立，它一腿直立一腿蜷缩，细长的脖颈，头和喙都向高处微昂着，没有高处不胜寒的孤伶，唯有清雅与仙风。在逆光下，这一张深黑的剪纸，和头顶移动的恐龙群，搅乱时空，让人微醺。

入夜，光线倏地暗了下来，我牵着父亲皮皱皱的手，缓缓走在文园石头铺就的小径上，路灯的光刚好打在一块长长的石刻书法作品上。

书法家弘涛用金文、甲骨、真、草、隶、篆等多种字体穿插创作的书法作品，金粉缀着的文字是徐迟先生的作品《江南小镇》节选——"这里有水晶晶的水，水晶晶的天空，水晶晶的日月，水晶晶的星辰，水晶晶的朝云，水晶晶的暮雨，水晶晶的田野，水晶晶的寺院，……水晶晶的灵魂，水晶晶的生命，这个水晶晶的小镇，水晶晶的倒影，映出这个水晶晶的世界! 这是，呵! 这是我的水晶晶的家乡! "

全文重字很多，却只让人觉得意趣横生，仿佛我们不是在看字，而是在看画。文章的写作手法则最大限度地去繁就简，却最大程度地保留了最多的童真。几乎每一句、每一物都用水晶晶来修饰和描写，一事一物、一人一景都鲜活灵动、纯粹饱满，蕴含着江南水乡独特的性格。我和父亲接力揣摩诵读，不由得发出会心的笑，仿佛完成一项大工程，又仿佛酒过三巡的微醺。我笑着说："你看，你是水晶晶的老者! 多好! 多有名! "父亲凭栏微倚，乐不可支，说："今晚的黄酒喝得有点多，衬着这么好听的话，我有点醉了! "

举手投足间，总有暗香移来鼻前。恍惚间，我记起下午在川流的人群中，一个斯文白皙的少女，用一个浅浅的竹盘，摆放着十来条用黄色棉线穿起的茉莉花串，十元一串，还有大小两种小袋子的茉莉花包。

我用微信付了二十元，她帮我把手串戴在了右手上，简单系上一个蝴蝶结。又悄声告诉我，茉莉花包最好还是挂在包的外面，而不是捂在包里面。说完莞尔一笑，像是多赠送给我的一朵洁白茉莉花骨朵，让人微醺。

南浔来游过不止一两次，大概前几次因为孩子太小，必须亲自照看，许多地方都是串场般奔忙，敷衍了事。前天带着八十八岁的老父亲，带着他五六年没出省远行的遗憾与怀疑，在调慢成三天两晚的自由行程后，我的自我怀疑不断加剧："南浔怎么这么大？""这里我怎么从来没来过？"

在陪老父亲仔细拼读文字资料时，一个个冰冷陌生的名字也变得鲜活起来，穿越百年的风雨，让我替他们悲伤，替他们唏嘘，替他们喜悦，替他们感慨！有一些情感走出这里，便会抽离，不复存在。有一些情感，却长进我的身体，成为新的自己。这样的交错，让人微醺！

景区管理很人性化，对于八十岁以上的长者完全免票，还允许一名陪人免费通行，进门的时候，不同的人，都会柔声地一再叮嘱："前面有台阶，您小心点！""屋里光线暗，您扶好一点哦！"是家人来了吗？这样的交错让人微醺！

"老爸，你看，这暑假里，大多数都是宝妈带娃出门旅游的，只有我是最幸福的，只有我是属于为数不多的，父亲带着娃出门旅游的这一队的！"父亲说："哈哈，是你带着我玩的啊，怎么变了？"我执拗地重复着："事实就是属于父亲带着娃玩的啊，你看！我这几天学到了多少知识，我不认识的字你认出了，我不了解的人你说得出了，哪有什么还不是啊？分明就是就是！"嘻嘻，这样年近五十与年近九十的嬉戏让人微醺。

在小莲庄的附近，是南浔博阳开元明庭酒店。在酒店的花园漫步时，父亲多次地叨叨着："南浔南浔，南寻街，南觅街，你发现没？""我还真没发现！"

南宋淳佑年间，官方从南宋初的浔溪和南林两个名字中，各取一字合成新名，定为南浔。南浔难寻，难寻难觅。

蝉鸣隐去的丝乡小镇，古运河的日夜滋养，让古镇依旧有丰腴的灵魂，有丰腴的内心，犹如码头的固守，和渐行渐远的木船，它们的永续连接不在肉眼可见的外在，而在于看不真切的坚定。这一份深沉，必定是最值得回味的纪念，是最唯我的微醺……

神秘岜沙之旅

一　岜沙人的生命树

刚从远离人间喧嚣、不沾俗世烟火气的月亮山下来，刚从鲜为人知的岜（biā）沙苗寨下来。

行色匆匆中，虽有十分不舍，奈何也只能在早起熹微的山顶平台，在一次次的远眺中与它悄悄作别。依山而建的木制吊脚楼，袅袅升起的炊烟，秀丽的苗家少女，朗俊的岜沙汉子……都在渐渐远去，变成了画，变成了风，变成了不可遗忘的记忆。

在距离从江县城大约六公里处的丙妹镇，坐落着一座月亮山。而在盘曲而上的月亮山上，在绿意茫茫的丛林之中，散落着有五个寨子——大寨、宰戈新寨、王家寨、大榕坡新寨、宰庄寨，约两千八百口苗族同胞生活在这里。

岜沙苗寨就在这里。岜沙是苗语地名，意思是"草木繁多的地方"。

车子沿着蜿蜒盘旋的道路一路前行，到得山腰间，变成了一条仅限两三人宽的石板小道，拾级而上，进入并不宽大的寨门，侧面的石头上写着"岜沙"两个大字。

两侧满是几十米高的百年老树、松树、樟树、枫树、银杉、红豆杉，其中不乏三四百年树龄的马尾松、木荷，这些都是他们的"保寨树"。

传说苗族的祖先是蚩尤的第三个儿子。当年蚩尤被黄帝打败，率领部落开始了向西南的千年长征。岜沙苗族的祖先就是大迁徙的先头部队——九黎部落的一支。

他们在战争大败后，只能藏身于贵州黔东南的苍茫的深山老林里，没想到竟然由于此地植被茂密丰富，山峦叠出，天然的屏障让他们得以繁衍生息，生活至今。

岜沙人认为人只是自然界中的一员，和草木鸟兽一样地位相同。他们认为生命是一个循环的过程。

岜沙人认为"树神"保护了自己的根，从而敬树为神，从不砍伐树木。他们认为自己的生命与树有着不可言说的渊源，他们把树敬为神灵，与树合一。

他们崇尚"树葬"，以树来写就生命的轮回。人死了以其种下的生命树作棺，埋葬入土。不留坟墓，不立墓碑，只在死者的墓穴上栽种一棵小树，以示生命得到了树神的延续。生命之旅从此轮回，生命之树万代长青，庇护子孙万代安康。

岜沙人对树的崇拜贯穿了他们的一生，重点表现在"三棵树"上——岜沙人一生有三棵树：生命树、消灾树、常青树。

每当有孩子出生，父母会为他种上一棵树，叫生命树。

十五岁成人之前，会由寨上德高望重的老人（寨老）为他指定一棵野生的树，叫消灾树。每逢有不如意或者灾祸时，就去祭拜自己的这棵树，消灾驱邪，保其平安。

每当有人去世，就要将其生命树砍倒，做成棺木，葬于地下，平地而葬，不出坟头。再由家人种植上一棵小树苗，寓意人的重生，寓意人以另一种形式进入生命的轮回，实现人与树的合一，重新回归于自然。正如岜沙人所说："生不带来一根丝，死不带走一寸木。"

行走在层层叠叠的高大树木当中，看着郁郁葱葱的绿色，在山风中自由摇曳着、拍手着、舞蹈着、拥抱着、缠绕着、嬉戏着，有对长者的敬仰，有对爱情的表白，有对童年的重忆，有对后辈的告诫与扶持。

行走间，有粗壮的木荷树矗立于丛林中，仰首望去，上面标识着"滚拉住生命树"，这一定是一位身材矮小清瘦、胡子长长，却精神矍铄的长者吧？听说这里的老人都很长寿，八九十岁的挺多。

蚩尤大概没料到，几千年后，他的后裔中有那么一支细小的支脉，无意中让自己的民族崇拜与世界所重视的环保理念和环保宣传不谋而合！

在一个普普通通的海拔五百米的山麓间，环保，这一大格局大理念，被岜沙人作为民族信仰的方式，被身体力行地遵从，被默默地践行着两千多年。让一棵树顽强地长成了一片葱绿的海，托举着民族的梦想，护佑着一代又一代。

从未被怀疑，从未被动摇。没有华丽的语言，没有精明的计算，没有唾沫横飞的辩论，没有经世滔天的伟略，就是简单地践行与朴素地效仿、沿袭、固守、流传……

二　岜沙"户棍"

千百年来，岜沙苗寨的后裔们一直沿袭着传统的生活习性至今——男人丛林狩猎，农耕种稻；女人种地、刺绣、哺育后代，负责持家。直到解放后，他们才逐渐告别捕猎的生活。他们有自己的语言，自己的服装、发型和独特的习俗。

岜沙苗寨至今保留着佩带火枪（岜沙人在特定场合持枪获得了公安机关特别批准）、佩戴腰刀，镰刀剃头、祭拜古树等古老的生活习俗。岜沙苗寨被誉为"世界上最后一个枪手部落""地球上最神秘的二十一个原生态部落"。

有人说，世界上有两个历史充满苦难的民族，一个是犹太民族，至今散落在世界各国。一个是苗族，几千年的深山迁徙，辗转散落于云、贵、湘、滇等大山深处，生活于崇山峻岭的荒蛮地带。

不过幸运的是，祖国温暖的怀抱，温暖如歌："五十六个民族，五十六枝花，五十六个兄弟姐妹是一家。"苗族在祖国和平发展的政策下呈现出自己独有的光芒和特性。

我因为手机需要充电，有幸走进了岜沙所在的村委会，和其中的一位汉族工作人员相聊甚欢，也因此能够了解到更多的岜沙人的点滴。

岜沙周边林深树密，鸟兽甚多，加上过去盗匪出没，恶劣的生存环境，让岜沙人形成了"枪不离身刀不离腰"的传统。

岜沙的男孩在十五岁行成人礼时，会由德高望重的长辈给他们梳头，并派发一把枪。

梳上高高的发髻（户棍），换上青布衣，背上父亲专门打造的猎枪，从此，他的人生进入了独立的阶段，一个真正的岜沙男人走入了大家的视野。

当然，现在除了表演给游客看，平时并无用武之地，火枪更多担负起了迎宾仪式中"礼炮"的功能。凡重大节日庆典或欢迎客人，岜沙男子都会用它朝天空放枪。

岜沙汉子有自己特有的发型，而且是"镰刀剃头"，毫不夸张。

你看，长者手持一把弯月般的镰刀，就是平常劳作割草用的镰刀，需要理发者随意蹲下，长者半弓着腰；长者动作娴熟，理发者气定神闲。

只需给头发用少许水淋湿，剃头就可以开始了。先是剃光了左右耳朵的周边，再细致修整，最后只在头顶保留长发至老，他们将长发挽成发髻，再用黑底白花的头帕包成一圈。长发象征树上的叶子生生不息。他们把这种发型称为"户棍"（鬏鬏）。

他们认为每个人都是一棵生命树，而"户棍"就是树的象征，是连接自己与祖先灵魂的命脉。剃掉"户棍"就会从此脱离祖先的庇佑，这也是寨子里的岜沙人一直保留发髻的原因所在。

现在的岜沙人依然是用镰刀剃头，差不多五分钟的时间，标准的岜沙汉子发型就理好了。细看起来，十分细致。

寨子里是找不到理发店的。

但是现代，也会有不少年轻人，接受完九年制义务教育，走下山、走出苗寨、走出县城，甚至去外地打工，很多年轻人不愿意过多接受外界异样的眼光，不愿过多去解释，或者为了生活的便利，都不愿意再保留本族特有的发型。

三　守垴坡

女孩们依然保持很早订婚的习俗，这里的女孩十五岁都会订婚，但结婚至少都是三年以后的事情。他们现在最多生两三个小孩，而且更愿意生男孩，因为生女孩，等女孩结婚后，就会很少顾及到娘家，都是以夫家和自己小家庭为主。父母年迈，却得不到相应的照顾，心里难免会有生女儿不值的想法。

现在虽然男人不用上山打猎了，但依然需要种植稻米，开垦荒地，或者外出务工。

这里的传统稻米种植，品种还很多，有绿米、紫米、长粒稻米、短粒糯米、绿小米、白小米……难怪吊脚楼里还有专门存储粮食的"禾仓"！这些禾仓都集中在寨子周边向阳的山坡之上，防止谷物受潮发霉。同时，为了防火，也不与住家相连。

女人们基本上都是围着家里转，生崽带娃，养猪种菜，织布纺布，染布刺绣……很少离开家里外出。

女孩们梳着高高的发髻，别着鲜艳的花朵，穿着母亲用草根树根染制的土布衣裳，挂着银饰的项链，衣服仿佛A字版，把原本就身材小巧的姑娘们映衬得更加玲珑娇俏。

衣服上的各色亮片和红黄蓝绿白色的花纹，都是她们一针一线绣上去的少女的心事。她们的类似百褶的短裙，类似绑腿上面也会有系绳的装饰和刺绣的点缀，再配上绣花的黑色土布鞋，素雅中透着活泼，传统中带着个性。

女孩们的嫁妆也是自己绣的，难怪我看三五成群的少女们聚在一起，多是说笑一会儿，又安静地绣了起来。不是摆拍，而是真实的生活。

岜沙人的传统爱情是"女追男"，他们会相约到树下"守垴"（谈恋爱）。苗年的初一到初九，村内的男女都要在晚上去守垴，去荡秋千、吹苗笛，去把爱情的信物送给心上人。

从宰戈新寨的古芦笙堂出来的路上，我看到了山上的指示牌——守垴坡。守垴坡就是专门给青年男女谈恋爱的山坡。

以前守垴的日子每天都要烧篝火，在篝火边谈情说爱。现在的年轻人变懒了，所以只在守垴结束的最后一天烧。

岜沙人酷爱荡秋千，他们在森林深处的大树丫上系上长长的草绳，起荡时，从高处坡上助跑，借助惯性抛向高处，高者可抛到近五十米高，惊险刺激。

荡秋千也是男女表达爱意的方式。姑娘们把秋千荡得很高，同时眼睛向下面的小伙子们频送秋波，如果哪个小伙子被打动，就会跳上秋千一起荡，小伙踩姑娘的脚表明自己的心意，荡得越高、荡得越久说明两人越情投意合。

在每年稻花飘香的农历6月，会有"吃新节"，又叫"情人节"，在为期三天的节日期间，姑娘可以通过荡秋千来寻觅意中人，多的时候会有五十个秋千。"情人节"结束后，大人们会把麻绳剪断，仿佛是告诉他们："玩耍结束了，要安心劳作了。"

不难看出，岜沙人崇尚自由恋爱，他们的恋爱是单纯热情又奔放的。

四　有趣的名字

岜沙苗寨有多个姓氏，滚、王、贾、吴、易、蒋，其中滚姓为最早定居于此的家族，也是第一大姓氏。滚姓地位很高，宗族的领袖往往从中产生，类似于他们的"苗王"。他们极大多数是族内通婚，滚姓可以和任何一个姓氏通婚。同姓之间不能通婚。即便至今，他们仍然是严格恪守和传袭着这一规定的。

岜沙苗寨的吊脚木楼的外墙上，显眼处都贴有"滚姓家规"："见利思义、见水思源、见难思忠、见德思贤"。足见族人领袖的胸襟与对本民族后人的殷切期望。

他们的名字很有趣，父亲名字里一定有个字要用到儿子名字里，一般父亲姓名中的第二个字，会成为儿子姓的第三个字。

由于个人知识和生活的局限性，加上有些字又是音译到汉语的，所以名字起到孙辈再往后，有可能又轮回到祖上的名字去了。另外就是造成的同名同姓的特别多。我浏览一下墙上的部分村名姓名，逗得我合不拢嘴！

比如王姓有叫"王拉马，王马丢，王马想，王生两，王甩亮，王香两，王当往，王拉道，王你往，王水生，王香丢，王兄道"的。

滚姓有名叫"滚拉水，滚两马，滚生修，滚两丢，滚亮又，滚香拉，滚丢老，滚丢相，滚吉道，滚拉纠，滚香拉，滚你马，滚往追"的。

贾姓有名"贾道拉，贾拉元，贾生想，贾元两，贾望道"的，吴姓有名叫"吴两又，吴响信"的……

常有外地过来做调查的工作人员，因为"滚你马"的姓名而几度张不开嘴，又忍俊不禁，后哑然失笑，一度陷入"能理解不能接受"的尴尬。

这让我想起我刚学日语时，老师讲过一个笑话：因为日本传统的起名方式里有一种思路就是最先看见什么，就给孩子起名叫什么，比如……田，……林，……川，……坂。早年到日本的中国人，需要一个日本名字，他们很多都会起名为"马场"，发音类似中文的"爸爸"！一听到自己名字，就臆想着满世界都是喊自己爸爸的人而开心至极！虽然日语的爸爸根本就不是这个发音。

这颇有点像孔乙己的"多乎哉，不多也"的阿Q精神，我们的生活的确不能缺少阿Q精神，让我们远离泄气的状态，前提是既尊重他人，又娱乐自己。

千年习俗，远古遗风，像天上的星辰，有自己的方向，有自己的光亮，有自己的味道！

"树在。山在。大地在。岁月在。我在。你还要怎样更好的世界？"

第四辑

万物生　众生相

牡　丹

从淘宝无意看到牡丹作为年宵花，而且还带着挺立的花骨朵，我是挺惊奇的。牡丹花不是五月的花期吗？

"说不定是骗人的吧？我交的学费入的坑可太多了！"心底一个声音在大声抗议。

"能有多大事？而今的世界，网线一接，链接一点，全世界的产品都能买到。有啥不可以？有啥不对劲的？"心底的另一个声音更是理直气壮起来。

疫情三年，多地被按下了暂停键，孩子停课在家，公司无法正常运营，连过年回家都成为了奢求。

2022年的夏季高温，连续三四十天的近40度的高温干旱，叠加疫情，使我精心打理了一年多的花园和菜园子都遭殃了。

望着冬季冷清萧条的院子，我更是有苦难言。我的内心又何尝不是带着强烈的渴求？热闹一点吧，生机多一点吧。

"哎呀，试试吧，上当就上当，万一是良心卖家呢！"一番思虑后，我终于还是在直播平台付了款。268元，拍的是十二个花苞的大盆栽。

年二十一，温暖的冬日，顺丰的快递小哥用拖车给我运来了两个高高大大的纸盒子，沉沉的。

见我拿着剪刀准备拆快递，儿子连忙从一旁跑过来，贴心地帮我把盒子小心翼翼地移到了客厅，又按我的意思，在地面铺上几块大纸壳子。

忙活一阵下来，我的嘴里不停地念叨着："原本不抱希望的，因为几年前买芍药是吃过大亏。没想到这次，我还捡到宝贝了，生平第一次在寒冬腊月里看到牡丹花带着这么好的花苞子，还长得及腰高，杆粗叶肥的，太开心了！"

我把宝贝移到了南面的落地玻璃旁，借着满眼的阳光，我期待着最大的三个花苞的早日绽放。干燥的天气，虽然说明书说一般一周浇次水，但我发现浇透水的盆土三四天就比较干了。即使叶片一天两次地喷水，也还时不时有些卷起。

也许是开了地暖的原因吧，我想。但温度高一些，花蕾不是长得更快，那岂不更好？我便在自我安慰中欣然起来，心中开出了一大朵花。

可是，三天后，花蕾顶部多有些异样的干，叶子很多向下耷拉着，土是湿的，我黔驴技穷，却又不知所措。

直到突然想起，客厅夏季常用的流水喷雾景观，不是最好的大面积加湿系统吗？"何不一试？"

孩子听我一说，立马去提了一大桶水，再用不锈钢盆子小心地舀水进去。不大一会工夫，已经是云蒸雾绕，如坐山中。

再过两天，两盆玫红色的牡丹花已是傲首挺胸、意气风发的模样，有一个花骨朵已经胀得厉害，花托都快包不住它了。

再过一星期，应该会有三朵花能绽放吧，我估摸着。日子又寂寂地驶过。

除夕。最被我关注的那个花苞，虽没完全打开，但也不是之前紧紧包裹的状态。内里的柔软和明媚已经显现，仿佛是个挂着呵呵笑脸的小孩，来家门口想和我说个悄悄话。

半开的牡丹给我家送上了花开富贵的春节祝福。

翠翠的绿色高枝如同一座矗立的山峰。凌空的大石上、山腰的丛林里、陡峭的悬崖边……不时会有半影半现的靓丽玫红身影，餐风饮露、风姿绰约、侠气满身。

正月初六，我的生日。

和往常一样的时间，梳洗完毕，我习惯性地来到了窗边。却怔怔地，揉搓着眼睛，大叫起来："天哪！这是做梦吗？这是真的吗？就这么赶巧？还是特意为我奉上的礼物？昨天我还没看出什么不同来，1、2、3……6。"

"儿子，快来快来，快来看啊，多么神奇，多么美啊！"

真的。就是这么不可思议！我不知道它们在根系，在枝干，在叶间，悄悄累积了多少的能量和力量，来冲破我看不到的黑暗、困难与不被期待。

她们是何等的勇敢与独立！对生命有着自己的认知。我宁愿相信这是她们用心准备的礼物，在正月初六的早晨，像个信使一样，准点到达，不辱使命。

我只知道人们常说的"花开富贵"是牡丹花，从小我最欣赏的花。因为电影《红牡丹》而被我记住——面如牡丹颜，性似女侠，身穿紫红色长斗篷披肩，戴个帽檐很宽的紫红色帽子的正直侠女——"红牡丹"！

我常听人说身边"某某就是个富贵命！某某就是富贵花，某某真是命好！"，眼神中充满着羡慕。我也认同有些人天生好命，含着金钥匙出生，啥事不用愁。或者是"遇上了风口，不飞都不行"的傻福有福之人。

但是更多人的富贵，应该多半是暗自承受各种困窘和磨难，担下各种压力，熬过别人受不来的苦，面对过各种不愿回味的黑暗，才能在黎明时迸发出自己的光芒与火焰，向世界宣告大写的存在。

我鄙夷那种一说谁富裕，就脑中充满了各种疯狂的想象的人。——别人的生活如同就是天上会掉钱下来，坐在家里也有钱捡一般的轻松和理所应当。

更有甚者觉得，你与他也许并不相熟，或者是只知道彼此名字而已，人家就会觉得你为他花多少钱都是天经地义，都是理所应当。他们只看到自己生活的各种短缺，却不懂得思考别人的辛苦，不懂得别人财富的积累一定会有许多的艰辛不易。

这一类无脑族，往往只会不停地自怨自艾：我为何会这么穷？会不停地叹息：我干几十年也顶不了他们几年的收入，简直算得上是白活了一世！

叹息得多了，谈论得多了，内心就像化学反应一样，塞满了嫉妒和不平。

他们不会去客观分析各自的起点，各自的投入，各自经历的不同与付出的悬殊。他们不会去估摸着计算——即便高收入人群，也是会产生很多相应高的消费和人情开支的。他们只是一味地对比着彼此略有交集的过往，一味地强调着结果与现实的巨大落差。

人性真是可怕又丑陋！一件微小的事，往往会把些许美好的伪装和体面都震碎剥离，面目狰狞的真实迟迟到位。

再说让我疯狂喜悦的牡丹花吧！

随着孩子的即将开学，返程前我拍了许多美照和特写，为仗义的牡丹花。虽然依依不舍，可牡丹花终究被留在了空空的房子里。十天后，我厚着脸皮，央求着进屋维修的物业工作人员帮忙浇过一次水。

又半个月后，有朋友去拿东西，我又托他帮我浇了一次水，拍了个照片发给我。花基本上都像是要谢了，干冽的花瓣，发黄卷曲得厉害的叶子。

我沉默了。

山里的温差大，今年二三月的气温又偏低，想想说明书上的"适宜温度15—25度"，我也不敢把它们搬到院中。

"死生由命吧，我是做不了什么了。"我郁郁地叹息着。

再到三月初，春光渐好。煦日和风与细密温柔的春雨交替着，我终于去一小时车程外的山里看望了一次我的牡丹。那憔悴的样子，让我心生愧疚，我急忙把它们移到了院子里，盆底贴着泥土放置的。希望它们能够在温和的春天缓过来，告别危险期。

三月底的一个周末。我特意又去了趟山里，再看那一度萧索黯淡的小花园，已经有了深深浅浅的碧绿。再看我摆在月季前面的两盆牡丹，已经和它们一样享受着春光的照拂，有了自己的天地。

　　它们用自己的顽强逆袭，将活力和坚持照进自己的生命！殊不知，它们的沉默是金，是磐石，是无声的奔跑！并深深地触动着我，影响着我，激发着我……

芍　药

2005 年我曾在兰州居住过一年半有余，穿城而过的黄河是人们最喜欢和留恋的地方。

百年前的大铁桥"中山桥"横跨黄河两岸，一头连着历史，一头连着现在。岸边的黄河风情公园和沿河的风光带里有几个大型的木制水车。

河滩上，天晴风微的日子，是兰州人最爱的好时光。那一根根看不到头的丝线，轻松地牵起了一个个夸张造型的巨大家伙，在天幕下自由地摇曳身姿。

"爷爷，你太厉害了！我们的'大蜈蚣'那么长，却飞得那么稳！爷爷真厉害！"

胖墩墩的小孙子投入地拍着小手，围着爷爷幸福地转着圈圈，爷爷笑而不答，只是抬着头，有节奏地悠着手中的绳子。

那边，穿着时髦的一对情侣，正努力尝试着把卡通的"哆啦 A 梦"送上蓝天，一会男生疯狂奔跑，一会女生追赶着笑弯了腰。

四周一下涌出了好多的人，天空一下多了百十只大大小小、花花绿绿、奇形怪状的各式风筝，犹如各路神仙集体穿越，相约飞翔在这开阔的黄河岸边。

走进树木茂密的林子，你会看见遛鸟的老头，牵着狗散步的小伙子，和着乐器唱戏的退休阿姨，晨跑的年轻人，拉着小姐妹或街坊邻里的手正热闹地聊着天的阿姨团，拍打着肩颈认真锻炼的社区男女，以及抖篓竹的小队伍。

公园里，林子下的小径边，最多的就是一簇一簇的牡丹和芍药，粉红的、玫红的、纯白的最多，也有罕见的黄色。

我后来带着父亲、二姐来游玩时，大家都特别喜欢半蹲着，和热闹的花儿们合影，每个人的脸上都开着一朵花，回程的车上还在侃侃而谈花园里的牡丹和芍药花。

我不知道现在的人为何将芍药的花语定义为"将离"？直白地只对应着即将分手的情人之间？

我依然固我，依然会在每年在网上下单，从云南昆明买下几束芍药，养在花瓶里，看她优雅地打开一大片又一大片的花瓣，柔软又清透，一个安静的角落，因为她的盛开而旖旎生辉，装下我颇多的遐想。

我曾于前年春天买到过紫色的重瓣芍药，高贵雅致，沉静华丽。

古人最喜三月踏春，临水宴饮。桃花流水畔，或三五成群，结对吟诗乐饮，如曲水流觞。

三千年前的郑国，有两条河，一条叫溱河，一条叫洧河。上巳节（现在的农历三月三）里，春光明媚，大家都出城游玩，少男少女借机相识、相悦，到分别时的相约，赠对方以芍药，表达内心的喜欢和爱恋。

《诗经·郑风》里有一篇《溱洧》，原文如下：

> 溱（zhēn）与洧（wěi），方涣涣兮。士与女，方
> 秉蕑（jiān）兮。女曰观乎？士曰既且，且往观乎！洧之外，
> 洵訏且乐。维士与女，伊其相谑，赠之以勺药。

> 溱与洧，浏其清矣。士与女，殷其盈矣。女曰观乎？
> 士曰既且，且往观乎！洧之外，洵訏且乐。维士与女，
> 伊其将谑，赠之以勺药。

意思是说："溱水洧水长又长，河水流淌向远方。男男女女城外游，
手拿兰草求吉祥。女说咱们去看看？男说我已去一趟。再去一趟
又何妨！洧水对岸好地方，地方热闹又宽敞。男女结伴一起逛，
相互戏谑喜洋洋，赠朵芍药毋相忘。

溱水洧水长又长，河水洋洋真清亮。男男女女城外游，游人
如织闹嚷嚷。女说咱们去看看？男说我已去一趟。再去一趟又何
妨！洧水对岸好地方，地方热闹又宽敞。男女结伴一起逛，相互
戏谑喜洋洋，赠朵芍药表情长。"

古人表达爱情的方式，真是令人拍手称赞，即婉约又浪漫，
即含蓄又直接，还对应上了特殊的节气。

这份带着忐忑的相约，这份按捺不住的情思，难道不比带刺
的玫瑰更契合我们的文化？在自然的环境里，表达自然而然生发
的美好感情，纯真无邪的小心思、突然而至的喜悦、怦然心动的
不知所措、不想错失的真诚与决心……都在三月初三的时空里，

魔幻般地舞动着!

前年初冬的一天,先生过生日。一大早上,我邀请他在我的小花园里,带上手套,拿起小锄头,忙碌了许久。

先生说:"这个礼物比较特殊,人生第一次!"

我说:"播下种子,播下希望,未来最值得期待!"

我们一起种下了许多来自西藏的"藏红花"的根,还有 2 个我网购的芍药的根,丑丑的。

然后,疫情一年,我们也很少能够出城,所以也根本不曾照看过它们。

今年春天,小花园生机盎然,藏红花长势挺好,差点被姐姐误认为是野葱而被拔掉。被修剪过的月季疯狂奔跑,把枝干蔓向了一米开外。连矜持的造型月桂也新添了一件红绿兼有的新衣裳。

而我一直以为死掉了的芍药,两个秋天都毫无动静的芍药,居然在一个淅淅沥沥的雨天,冒出了红色的芽。它的周围已经被旺盛的月季、牡丹,还有孩子从山上挖下来的老鸦柿给布满了。要不是那显眼的红,绿色的海洋里我一定是发现不了它的。

我傻了,对着它说了好些的话:"为什么你冒芽了,这个时候?你是怎么做到的?怎么可以用三年的时间来做出生命的萌发?"这一切来得太不可思议了。

我絮絮叨叨地和家人分享着这个重大新闻,大家甚至都怀疑我是不是记错时间了?!

又过了半月有余,我从医院的心内科出院,来到了山里。

开门第一件事,照例是巡查我的小花园。我又一次揉了揉眼睛，又一次以为自己看花了眼！——之前的三四片红色的芽叶已经变成了二十多片叶子，红色也变成了新出的嫩绿色围在了一起。枝干也有一尺多高了。

一眼望过去，左边生出了两株芍药，右边长成了三株芍药，但我觉得，这还远没结束，没准过几天，又发出几支新苗来了。

这无声的记挂，恰如夫妻间的感情，心照不宣，目标一致；彼此给予，彼此支持，一起扛过最黑的幽暗，一起冲破最坚的难，一起畅迎春天的雨露，一起看遍世界的美好。

"维士与女，伊其将谑，赠之以勺药。"

这样的芍药，难道还不能成为我们相约、相守、相诺的信物？这样的芍药，难道还不能成为我们真情的告白者？这样的芍药，难道还不能成为我们奔赴爱情的见证者？这样的芍药，难道还不能成为我们为爱刻骨铭心、为爱勇敢前行的信使吗？

紫　藤

一

初见紫藤，是十年前。是我正在刷碗刷锅、忙得不亦乐乎的时候，在刚入住不久的万科小区楼下凉亭。

从三楼厨房的窗户远远望过去，平时柔软伸展的绿色藤蔓下挂出了深浅不一的梦幻串珠，风过也只是微微的悬停。

我放下活计，急忙奔下楼。定睛细看，却是又一次的沦陷。我移不开眼睛，迈不开双腿！

是七仙女遗失的那团紫色的衣裳，不小心被四月的风带到了人间？恬淡、空灵，超逸脱俗、不染纤尘。或含苞待放，或昂首成低飞的华美的云。

二

千年前的长安，白居易独自前往慈恩寺。四月的寺中芳菲落尽，仅有紫藤浩如云烟，这让他感慨无限，落笔成诗："慈恩春色今朝尽，尽日裴回倚寺门。惆怅春归留不得，紫藤花下渐黄昏。"李白则有诗如："紫藤挂云木，花蔓宜阳春。密叶隐歌鸟，香风留美人。"为我们展开了美丽的画卷。

唐代诗人许浑的《紫藤》，则为我们描绘出"绿蔓秾阴紫袖低，客来留坐小堂西。醉中掩瑟无人会，家近江南罨画溪"，好一幅浪漫的江南客饮图！

紫色自古就是祥瑞之色，紫藤寓意紫气东来，国画大师对其也情有独钟。

紫藤是吴昌硕喜欢的题材之一，他笔下的紫藤很多被题为"珠光"。"疏枝横玉瘦，小萼点珠光"是宋代诗人陈亮对梅花的描写，但紫藤的美让大师大为折服，故有了他笔下不一样的"珠光"。

齐白石所画紫藤，以线条和用色取胜，把笔墨之美与自然之美完美结合。晚年所画藤萝如画龙蛇，行笔苍劲老辣。"画藤愁不乱，能乱即有神"，意境淳厚朴实，用色拙雅，耐人寻味。

三

在南京市秦淮区太平南路，坐落着始建于 1953 年的太平公园，为纪念郑和航海所建。郑和公园原是郑和任南京守备时府邸内的私家花园。

一棵树龄已逾六百年的紫藤就在这里，是南京市现存年代最久远的紫藤，传说这是郑和亲手种植的紫藤。

1422 年，郑和第六次下西洋回国，被任命为南京守备。这期间，郑和建了郑和府，又叫马府（郑和本名马三宝）。

在小桥流水、假山亭台的古典园林里，在靠近湖边的长长廊架的一端，你会见到盘根错节、遒劲苍老的巨大的紫藤根部！它形似蟠龙，盘曲而上，蜿蜒前行，气势惊人！

紫藤最粗的地方直径超过一米，主干长达二十多米，树冠多达四十多平方米。春天里，四月天，无数的花朵铺满在廊架，如锦如烟，无声而至。又似紫瀑倾泻而下，直落到小湖的春水里，照见了时空走廊里另一个精致的春影！

人们在这里歌唱着、舞蹈着，从厉兵秣马、海上征途到歌舞升平，它成了岁月无声的见证者，成了活的历史。

在南京郑和公园里面，有一个郑和纪念馆，陈列了许多与七下西洋相关的资料、图片、瓷器等实物。我对郑和的了解，之前仅限于语文课本上的《郑和下西洋》，那天游完纪念馆，我才明白自己的知识贫乏得有多让人惭愧！

郑和的一生，太过厚重与丰富，贡献太过伟大，精神流传和海外文化传播至今不衰，实属罕见！

1405 年 7 月 11 日（明永乐三年），三十四岁的郑和奉成祖命，率两万七千八百人，从南京开启了第一次下西洋。在郑和的船队里，一百五十多米长的大宝船多达六十三艘，细致分工到有马船、粮船和战船等。

至 1431 年（宣德八年），郑和先后共七次下西洋。1433 年，他在船队归国的途中病逝。伟大的七次大航海，郑和共拜访了三十多个国家，足迹遍布东南亚、印度，最远到达红海沿岸和非洲东海岸。

郑和被后世誉为航海家、外交家。他"入国问禁，入境问俗"，把传统的中华文化、经典思想、丝绸、茶叶、瓷器、纸张，还有纺织、造纸、印刷等先进文明，也带到了沿途的各个国家。

郑和曾多次访问爪哇，看到沿途地区的居民生活落后，他便传授给人们牛耕的技术，教会水稻的种植方法和烹饪方法。

郑和发明的"过洋牵星术"是我国航海史上重要的技术，帮助郑和船队成功完成七次下西洋的艰巨重任。郑和使用《海道针经》结合过洋牵星术（天文导航），探索建立起了当时世界上最先进的航海导航技术。而最后一次下西洋时绘制的《郑和航海图》，也是一部出色的航行手册，船队白天用指南针导航，夜间则用观看星斗和水罗盘定向的方法保持航向，对后代的航海都有重大影响。

各国人民为了纪念郑和，以郑和来命名了很多建筑和场馆。今天，在马来西亚有三宝山、三宝井，在马六甲有郑和·朵云轩艺术馆，在印尼有三宝垄、三宝墩，在索马里有郑和村、郑和屯；在菲律宾有三宝颜……

四

前天，四月下旬的一天，在濮塘镇桃李春风的山坡上，和那个靠近水库堤坝的小山坡上，还有凤凰湖水边的大树上，我邂逅了不一样的紫藤。

它们是在松树林间攀爬自由、肆意生长的紫藤。

湛蓝的天幕下，它们在枝丫间躲着迷藏、打着哑语、荡着秋千，彼此嬉戏打闹着，从一棵树蔓延到另一棵树。开心了，还会翻起了跟头，画起了圈圈。

它们的出格，打破了松树林一向肃穆庄严的刻板，它们把自由和生机勃勃演绎得恰到好处，贴合内心。

我惊诧地猛一回头，凤凰湖边大树的树冠上也描上了如同浅灰如同浅紫的颜色，寻过去再凑近细看，恍然若梦！枝杈间、水面上，正有大小各异、长短不一的紫藤花串在做着悠长松弛的梦！

我再放眼眺望对岸的山上，连绵不定的绿色波涛潺潺而来，不定在某个位置又扬起了一阵紫色的浪涛，一片梦幻迷离的漩涡……这样的波浪层出不穷、跌宕起伏。

它们哪里是疯狂出格的紫藤花开，它们分明是无数个昼夜呼唤、渴求一见的灵魂深处的自己！是一个个活脱脱的，我们想见而不得见、想做而没法做成的自己！

那时深时浅的紫，在厚重的深绿间，温暖了岁月，调和了山川。没有喧嚣的仪式感，没有特殊的背景，没有摇旗呐喊的啦啦队。只有顺应内心，一点一滴地做着自己，不怕孤独，不怕嘲笑，不怕冷落，不怕打击，不怕困难，不怕逆境……

不回应，不附和，在独立中成长，在冷静中思考，在成长中强大，在绝决处新生，清醒而顽强地做自己！

如同郑和下西洋"敢为天下先"的时代精神，如同排除万难、勇创奇迹的郑和，一生都富于探索，一生都在书写和平与亲善！生世动荡，却不甘平凡。一生功勋卓著，成其为传奇，七百年后仍影响着当下的我们！

桐　花

一

三月底。

一周前还在南京的鼓楼医院心内科病床上躺着，一周后的我出现在了贵州省从江县的山寨里面。

这样的惊奇，这样的旅行，应该算是我给自己的奖赏吧！虽然临行前也有一丝忐忑，但优秀的主任医师笑着给我的调侃是："反正正常的活动不会要你的命就是，你放心好了！"

三年疫情的困扰，加上孩子的陪读，身为资深宝妈的我，已经很多年都没有过单独的旅行了。

原本想象的此刻定是欢喜雀跃、兴奋加倍的画面，却换成了我一而再、再而三的减轻着行囊的重量，变成了姐姐和先生的各种唠叨，变成了孩子提醒我有没有带硝酸甘油在随身的口袋、身份证有没有装好？以及他又一次帮我检查着手机行程的各种购票信息。

他们分明是在用这一份温柔的牵绊来示意我：你是真的和昨天有很大的不同了！

结婚前，我是可以到处浪迹，可以随时奔向远方的那种贼大胆。

和先生的热恋期里，我是可以在 2 小时内，从本来是在步行瞎逛的桃子湖堕落街到念头一闪而过"想见他"，然后快速转身跑向公交站台，回家收拾衣服又马上招手喊个出租车，花了近 100 元用半小时奔到长沙黄花机场，直接进大厅去买机票，美女工作人员说飞机起飞两小时内不给出票了，我一直缠着她软磨硬泡，说离 2 小时还差 3 分钟！美女一脸苦笑，不为所动。

突然，机场广播通告由长沙飞南京的航班晚点四十分钟，因此，我立马成为了可以合理合格购票进场的乘客。美女的表情变得和我一样的开心，还说："你们感情真好！祝你们幸福！"

在那个平凡的周五晚上，先生驱车从扬州赶往南京机场，接到了空降的我。

恋爱期的无尽的思念，炼成了高浓度的甜。

从江的名字我之前一无所知，从贵阳北站看到这个陌生地名时，我还以为是四川的，结果顺手百度了一下，才知道是在贵州省。又用高铁管家查询一下，居然动车只要 2 小时，班次也很多。附近还有肇兴侗寨、堂安梯田等景区，也有专线旅游班车，直接接驳高铁。这些似乎都已经超出了我的预期。

想想最近这十多年，由于生活水平的提高，出门都是专车接送或自驾车辆往返。我离那种背着背包、买个二等座，再去长途客车站，找个中巴车辆坐下的日子已经很远了吧。想到这种陌生而熟悉的感觉，我竟然有点小兴奋。

于是，今年的 4 月 1 日，我把随身小拖箱寄存在贵阳的酒店后，赶紧买了去从江的高铁票。然后在站前广场旁边的短途汽车站，找到了写有"黎平"二字的中巴专线车。

十元钱的车票是司机拿着一个二维码过来让大家扫的，态度很温和，也很耐心。车上装了很多个摄像头，乘客多是二十出头的年青男女，但似乎女孩更多一些。我奇怪她们在这么好的年纪这么好的春华里，怎么即不要上学，又不用上班，居然能够这么洒脱地出门旅游，还都是自助游。

再说回这十元钱的车资，竟然是在山间的公路间驰骋了一个小时不止！就这一点，好几次都让我产生了时空错乱的幻觉。要知道，在南京的十元钱，勉强够出租车走个三公里，刚好是个起步价，最多十分钟就消费完了。当然，在南京的十元钱，是无法点上任何一个品牌的大杯奶茶的。

约莫七十分钟后，班车终于到达黎平镇肇兴村的肇兴侗寨——全国最大的侗寨。

我订的民宿"自在·山居"就在村口不远的位置。黄昏的时候，我在大汗淋漓中找到了它。这里的温度似乎更像夏天，待在房间还得开着空调，我急忙把身上的毛衣换成了单薄的长袖。

屋后的露台可以一眼看到梯田状的小块稻田、整个寨子里沿山而建的木质民居、富有侗族特色的风雨长廊和鼓楼。夜间的灯火如星光闪耀，晨间的云雾缭绕着这个童话般的世界。

次日早上，我又花十元钱乘早班车去往堂安侗寨。在盘山公路上穿行，美好的景色伴着山下的悬崖，和极速的弯道，身体如同在坐过山车一样，内心更是不时地胆战心惊。

从山顶可以毫无阻挡地看到之前我们住的寨子，那么远那么矮，层层叠叠的人字形黑屋顶一纵散开，高耸的鼓楼却如神殿般绽放光芒。梯田拾级而下，如跌宕的波浪，碰在石头上，再扩大漾开。云影落在蓄了水的小块梯田上，慢悠悠地等着阳光划破长空，在某一瞬间投射到这儿，成为小小的反射出许多光线的镜面。

脚下的云雾终究没有再缠着步速飞快的路人，改而转去了更高的山巅或山腰的树林。

安静的寨子里，只有少数的人家居住在此，虽然有游人的来访，却没有打扰他们的生活。

没有嘈杂的叫卖声，没有汹涌的人潮，没有酒吧、音乐与啤酒。这样的相得益彰，算是当下旅游路线上不可多得的难得。他们是主角，我们是过客，凭什么要被外人影响和改变他们的生活方式？如果所有的民族，都只以追寻金钱和利益为第一要务，又如何能真正保护和传承他们自己的文化？

在下山回肇兴侗寨的路上，有几次车子还被堵住了。窄窄的山路对面停了长长的多辆私家车。乘客问，怎么啦？司机答：清明从外面回来扫墓的人多起来了，我们这里很重视清明的。

可不?！一记又一记的鞭炮声在山间显得格外清脆响亮，一群又一群表情肃穆、着装整齐的人们，在狭窄的小径上相继走着。随后，一个又一个的清明彩球在风中飘动，他们忙着在先人的祖山、亲人的坟头，点香跪拜，给坟头上铺满了纸钱，向天地神明简单表明着自己的心意和愿望。

是啊，刚刚在村口路边停留了许久，只为闻到了浓厚熟悉的花香。深呼吸的顷刻，恰好抬头看见了头顶的一片繁华正拉开帷幕——那满树洁白的筒状花朵，被布置在高高的树枝上！

哦！桐花开了！"仰头看桐树，桐花特可怜。愿天无霜雪，梧子结千年。"乾隆皇帝一首桐花的诗，写得尽天下痴男怨女的儿女情长吗？

《逸周书·时训解》里记载有七十二候，而其中，清明三候："一候桐始华；二候田鼠化为鹌；三候虹始见。"《岁时百问》："万物生长此时，皆清洁而明净，故谓之清明。"

在这春和景明之时，清芬怡人的白桐花预示着清明来了。"自叹清明在远乡，桐花覆水葛溪长。家人定是持新火，点作孤灯照洞房。"没想到在这个深山环抱的侗族山寨里，我能看这最早盛开的白桐花，领略今年他乡最早的清明仪式。

二

我的脑海里关于白桐花特殊的画面不少，村子里房前屋后，随处可见，但能触动我心弦的没有。可是，紫色的泡桐花，却是一直长在我的心扉。

二十多岁，我辞了很好的工作，再次回到大学校园充电读书。那四年的时光，在很多人看来是很奢侈的事情，但是，我笃定坚持。虽然日子过得很煎熬。

疾病的困扰、感情的挫折、内心的不甘，都在无数个不眠的深夜吞噬着我的坚守。

那时，在岳麓山脚下，沿山坡而上的老式单元楼房里有一个窗口是我租住的栖息地。

直到有一天，摇曳的风里多了一抹香。夕阳映照下，几栋老房子围合的院落内，一棵高耸的大树，高过了五层高的楼房，开到了云里。那一簇簇、一揪揪浅紫的桐花开成了云朵，开成了锦缎，开进我青春失落的午夜诗句里。

许多次无眠的深夜，我推门站在三楼的阳台，清冷的夜色毫无温柔可言，只有那一树开得酣畅淋漓、用诗意致敬青春的紫桐花，陪伴着我，守护着我。

白居易诗中有句如此："月下何所有，一树紫桐花。桐花半落时，复到正相思。"他可曾知道：千年后的夜晚，有个失落的潇湘女子正是吟着他的诗，合拍着同样的激动与怅惘，走过那些起伏的岁月与山丘？

那段时间，我和桐花每天都保持着高频次的相互注视。它用它的幽香、浪漫、雅致的紫色筒裙，稀释了我原本浓得化不开的忧伤。

那个春天，我被紫色的桐花治愈了！

我似乎明白，古人为何会选择桐木作为制作古琴的材质了！世间原本是只有一个伯牙和钟子期的，只是，我们每个人何尝不都在为自己寻觅心中的伯牙或钟子期，而穷其一生啊？！

我们的生命里充斥着各种所谓的朋友，被冠以各类称谓和形容词的朋友。而真相却是"春风满面皆朋友，欲觅知音难上难"。

白桐花开了又落了，紫桐花开了又落了，泡桐树的叶子渐渐连成了绿荫。泡桐木除了变成日常的家具，变成灶膛的柴火，得于智者的慧眼，却能有幸以古琴的方式，进入大家的精神生活。

《诗经·定方之中》载："树之榛栗，椅桐梓漆，爰伐琴瑟。"可见春秋战国之际，就已知椅、桐、梓、漆四种树材皆可用于制作琴瑟。"琴虽用桐，然须多年木性都尽，声始发越。"在《梦溪笔谈》里，也强调琴材"以桐面梓底者为上"。

古琴所用材料中的桐木，发音润厚古朴，纹理细密，不翘不裂，堪称最佳斫琴之材。

轻拭琴身，轻抚琴弦，在杳远、空旷、空灵、孤独、自由的世界里，在日升月落、浩瀚无际的宇宙，经历放空自我，对话自然，清澈内心的欲望，抖落尘埃，重获澄净，回归初心。

人生如桐花，自开还自落。人生如古琴之音韵，既有跌宕起伏，也有平静如水；既有高山流水的喜悦，也有萍水相逢的温和；既有平平淡淡才是真的淡然，也有傲世天下的霸气与勇敢；既有抚触琴弦的真切与激动，也有空谷回音的虚无与缥缈；既有出世的旷达，也有入世的睿智。清韵流淌，行迹山涯；内心清明，勇敢向前！

空谷幽兰

一

七月三日，早上气温迅速攀升至三十三度，我、先生、父亲、游哥（老兄）一行，驱车从马鞍山来到了三十公里外的当涂县大青山旅游区李白墓园。

车门一开，火热的空气扑得人有点呛喉咙的感觉，没过两分钟，大家个个都是挥汗如雨。

"这会临近中午，恐怕有三十六度了吧？你看，我手臂上都冒出许多汗珠。"我嘀咕着。

"是蛮热的，不过也正好让你减减肥。"游哥嘻哈着。

"那她不能减，越减越肥！"老爸添上一句。

"你们早不来晚不来，非要这个时候出门，这不是害死人嘛？明摆着要折磨我！"我边走边回复着。

"机会难得，不来白不来，来了干嘛不看，这里长眠的可是我的偶像！"游哥说。

"那好啊，今年八月十五的晚上，你再从湖南赶来，我们一起来陪李白喝个酒赏个月！约吗？"我抛出了福利，游哥不应，只是呵呵笑着说："好倒是好，就是我不中你的招！"

说笑间，我们已经从"诗仙圣境"的牌坊下走入了李白墓园景区。

走在石板路上，环顾一下园内的景色：古色的围墙中间的镂空造型，如同一个别致的相框，把湖水、垂柳、眺青阁，远处小巧的石拱桥，还有几棵挺拔的水杉树，都恰到好处地映衬其中。

大家不约而同地在湖边停驻，不约而同地手指着对岸的一尊汉白玉雕像，那是如临风玉树、伟岸逍遥，昂首侧举酒樽的诗仙李白。烈日当空，幸好有粉紫色的一树紫薇，用流动的神韵打破了这一份白的单调与热的直接，无数细小的打着荷叶卷的花朵随枝条垂挂下来，远远一看，仿佛是谁偷偷绣在诗仙衣袂上的远方的思念。

"人生得意须尽欢，莫使金樽空对月。天生我材必有用，千金散尽还复来。"老兄不由得吟起诗句，父亲则与诗仙隔空做对饮状。

二

我们缓步来到眺青阁外，屋内右侧一张小四方桌上，简单摆着炒茄子、炒豆角几样家常小菜，一个身着灰色短袖的男子侧身坐着，正在吃饭。

"啊，谷老师，我来得真不是时候。不好意思，打扰到您用餐了!"我急忙说道。

不等谷老师开口,我又连忙说:"您千万别着急,您慢用!我们先去太白碑林转转,正好老父亲喜欢。"

谷老师早已放下筷子,起身和我打招呼,一边挽留着,一边说着没事没事。见我们已经右转,在身后喊了一句:"我一会就过来碑林哦!"

父亲责怪说:"选的时间不对,太不礼貌,搞得人家饭都吃不安。"

我嘻嘻哈哈:"来都来了,怪只怪我们出发得太迟!还是先去碑林好好学习吧!"

一入长廊,从郭沫若、林散之、鲁迅、赵朴初、启功等众多名家书写的李白诗句的碑刻,再到下方对应给出的楷书"翻译",一下子,所有的诗句都活起来了,无论篆隶行草,瞬间都成为了我们琅琅上口的吟诵。

长廊才走了一半,老远就见衣裳湿透的谷老师快步向我们走来,顾不上擦汗,就以他一贯认真平实的语气,和我们介绍着碑林的知识。

"天气炎热,我们还是去眺青阁坐着聊吧!"我提议着,实在是怕喜爱书法的老父亲难以自拔,迈不开腿。

谷老师又在前面带路,等大家都到了屋内,他说:"喝点冰米酒吧!桃花酿!喝点冰的会凉快一点!"

说着,为我们一一倒上了桃花村的桃花酿。我问他,他说是附近村里酿的酒,春天时把新鲜的桃花收集在一起,榨出汁来,再调到米酒里面。

桃花酿甘甜又清冽，甚是让人爱恋，以至于父亲要回老家时，唯一向我索要的是必须随身背几瓶桃花酿回去。

"谷老师，您是怎么成为李白墓园的第 49 代守护传承人的？"老兄问起。

谷老师的话匣子打开了……

三

李白仰慕谢朓风范，一生曾七次来当涂。从二十五岁李白第一次来当涂，写下著名的《望天门山》，到六十二岁终老于当涂，李白与当涂有着至深的缘分。

公元 747 年，李白第四次来到当涂。他与居住于此的谷兰馨（号东溪公）一见如故。兰馨公热情款待诗仙并陪同游历谢公山，临风怀谢朓。

诗仙曾为谷兰馨写诗"题东溪公幽居"为记：

杜陵贤人清且廉，
东溪卜筑岁将淹。
宅近青山同谢朓，
门垂碧柳似陶潜。
好鸟迎春歌后院，
飞花送酒舞前檐。
客到但知留一醉，
盘中只有水精盐。

公元 756 年，李白携宗夫人隐居江西庐山，后入幕永王李璘，因平叛安史之乱叛军，卷入永王谋反的政治漩涡，故被判流放夜郎。公元 759 年秋，李白过白帝城时遇赦。穷困潦倒的他只得投靠当涂县令李阳冰，暂居当涂县城南七里龙山，儿子伯禽陪侍左右。

谷兰馨极为仰慕诗仙的才气与风骨，在得知消息后，便热情邀请李白来谷家，并陪同游历了谢公山。在谢公宅边，李白发出心中遗愿：去世后愿长眠谢公山下，与谢朓为邻。

由于现实中李白没有分寸土地，谷兰馨当即向李白承诺："愿无尝捐赠自己居住房屋西席之地，用于李白长眠之地。"谷兰馨还告诫其子孙后代："只要李白长眠此地，谷氏子孙定要世代守护好李白墓地。"

公元 763 年春，李白因病去世，其子伯禽初葬父亲于龙山东麓。

公元 817 年，宣歙观察使范传正（李白生前好友，范伦之子）找到李白孙女，得知其先祖遗愿为："悦谢家青山，与谢朓为邻。"遂迁尸骨于向东六里的青山脚下谷家村。

四

一千二百零七年，无论岁月如何变迁，李白墓安然于谷家的宅基地里。无论时代怎么变化，沧海变桑田，一诺千年却是亲眼可见的真实。谷家人用热血、至诚与生命捍卫着祖先的承诺，保护着诗仙与谢朓跨时空的约定。

我第一次见谷老师，是在 2023 年的农历正月初五，偶然间在高德地图查到的地址，不抱希望地驱车前来。

在眺青阁的玻璃柜台前询书的时候，不经意地问起一句："您是不是被央视报道过？当时面临着要守墓和自己想要趁年轻出去闯，还特别内心挣扎过一段时间的那个人？"

"呵呵，是的是的，是我。"那是我第一次听谷老师讲述自己的经历，感觉他说一口很标准的普通话，讲话非常真实，人也非常热情。李白诗句脱口而出，李白经历娓娓道来，我猜出他是一个暗地里很好学的人。

那天，我买了一本《康震讲诗仙李白》，谷老师还认真地在扉页题诗留言印章。他的小孙子，大约六岁吧，小声地在旁边看着字跟着背了好几首诗，又提示爷爷下一步该盖章了。

小男孩认真地告诉我："我是第51代李白墓园守护传承人，我叫谷毅轩。我爷爷是第49代传承人。"

太白祠里，汉白玉的李白雕像已然是绝世而独立的剑仙了。"诗无敌"三字映入眼帘。

跨过门框，就是圆形的李白真身墓了。碑文"唐名贤李太白之墓"传说是杜甫所写，连墓碑顶部的设计都是做成了可以蓄酒的酒樽状。基于对诗仙李白的热爱，来拜谒的人们多有带来国内外各地的美酒，长长的石桌面上摆得满满当当。上一次，我还看到了有李白崇拜者们留下的手写的字条。

第一次来祭拜时，是谷老师讲授着礼仪，谷毅轩示范来着，有板有眼。此刻，抚着石制的门框，谷老师饶有兴致地说起了它的来历："这可是我们自己家里的门框啊！李白墓重建的时候，家里就把它给捐出来了。你看，这上面还有'文化大革命'时候用油漆涂抹盖住的痕迹……"

五

千年以来，大概李白墓和谷氏家族在情感上和日常里，早已是息息相通、密不可分、融为一体了。不被关注甚至不为世人知晓的年月里，以真诚去践行先祖承诺，犹如幽兰生空谷，无人亦自芳。"气若兰兮长不改，心若兰兮终不移。""纯是君子，绝无小人。空山之中，以天为春。"

人们围着环形的墓缓慢绕行一周，看着墓上可爱的青青小草闪着生命的光，周围的翠柏交相掩映。视线透过石制门框向外延伸，是草坪上窄窄的石板路安静相随，一直到举杯向天的李白雕像。"天若不爱酒，酒星不在天。地若不爱酒，地应无酒泉。天地尚爱酒，爱酒不愧天。""举杯邀明月，对影成三人。"……

五月初的时候，我第二次来此处。当时有近百名着汉服的男童女童，在草坪上诵唐诗，拎着小桶画色彩画，投壶玩游戏不亦乐乎！近九十岁的舅舅一行从山西回老家探亲，途经马鞍山，听我提到李白墓，欣然前往。从享堂出来，他从随身的包中取出心爱的口琴，立定在湖边，侧对着李白雕像，深情地吹起了一曲《远飞的大雁》，"远飞的大雁，请你快快飞，捎封信儿……"

物换星移，得谷氏家族一千多年的倾心守护，仅太白祠在1938 年的战火中被炸毁，1979 年由当涂县政府重修。1982 年李白墓扩建，征用了谷家村二十多亩良田。在后来政府的扩建中，太白碑林得以呈现。而几十年前，谷老师和其家人、族人，在艰苦的环境下，耗费无数心血，带着干粮到处去深山荒野，寻找树木奇石，硬是把光秃秃的农地打造成了绿树成荫、诗意栖居的浪漫后花园。在"文化大革命"等政治运动中，全村人更是紧密团结，无论白天和黑夜，大家神经都高度绷紧，不放过一个陌生可疑的身影，加上各种的斗智斗勇，才得以让李白墓冢免于被红卫兵损毁，李白墓得以能被完好保全。

他们哪里只是李白墓园的守护者，他们分明是中华文化里最浪漫最侠义的守护者，他们分明是暗处用心护卫的剑侠，正义与仁信礼义智为他们加持。他们分明是替现在和将来的中华儿女们守护着一个最美的梦，一个亘古以来发着光的圣洁美好的精神家园！

那天，我笑着对大家说："谷老师才学深厚，每次来听他讲李白，都是侃侃而谈，却很少有重复的内容。"父亲说："谷常新，真是常见常新！好！大家都要多来见见。"

时值动漫电影《长安三万里》风评正劲之际，我却还没有时间去亲自感受。前天看谷老师朋友圈，说受影片对李白文化传播的影响，这阵子去李白墓园参观的人数激增。我想，作为李白文化的研究者和传播者——谷常新老师，作为喜爱中国文化的你我，都是很乐意在这个喧闹浮躁的世界，看到这样的回归，再品兰的高洁的！

（感谢马鞍山市当涂县李白墓园第49代传承守护人谷常新老师，为我提供大量宝贵的历史资料！）

2023年7月于安徽马鞍山